安《あ》達《だち》ヶ原《はら》の鬼密室

歌野晶午

祥伝社文庫

目次

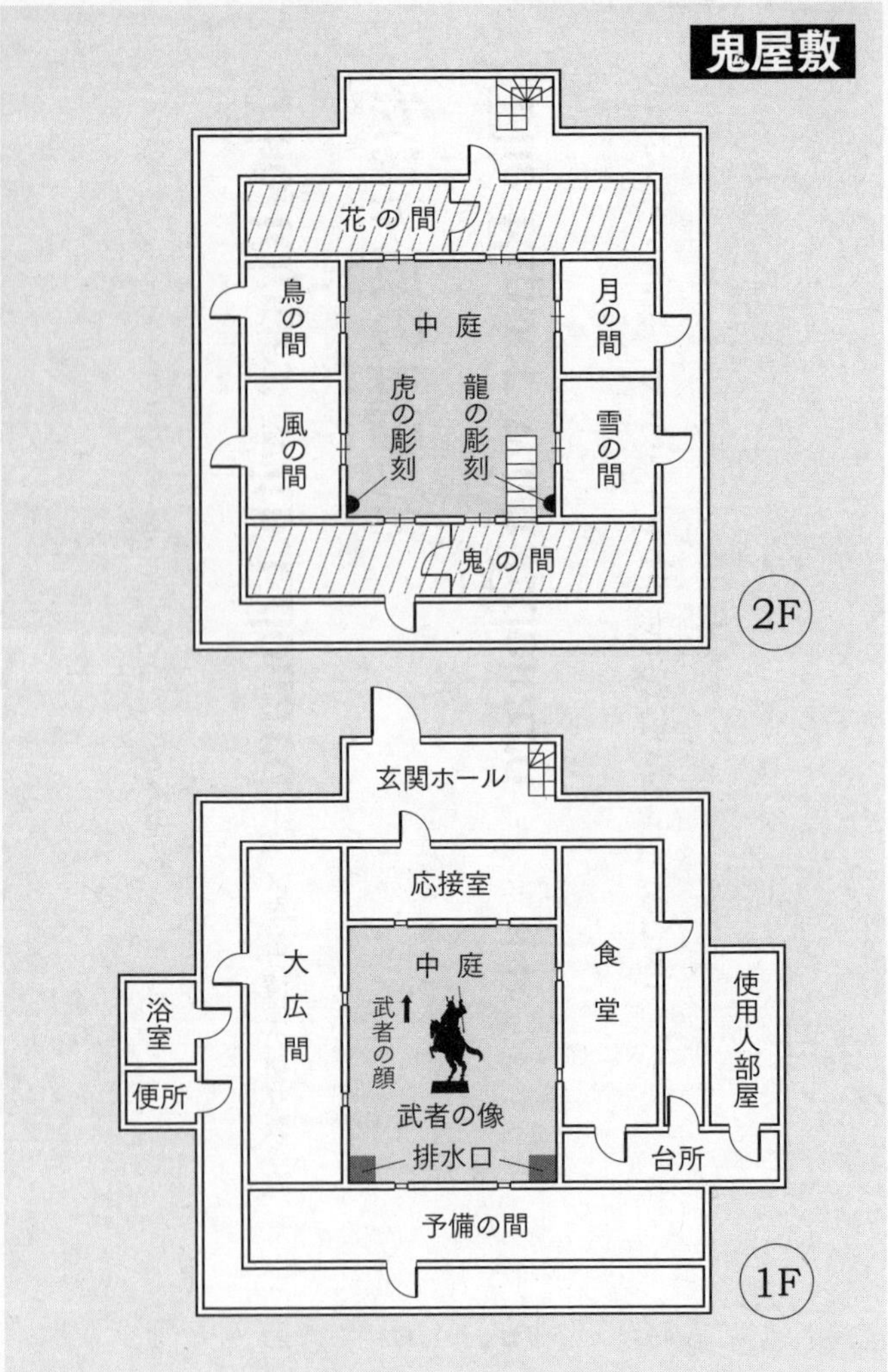
鬼屋敷
花の間
鳥の間
中庭
月の間
虎の彫刻
龍の彫刻
風の間
雪の間
鬼の間
2F
玄関ホール
応接室
大広間
中庭
食堂
使用人部屋
浴室
武者の顔
便所
武者の像
排水口
台所
予備の間
1F

堂園別荘4F

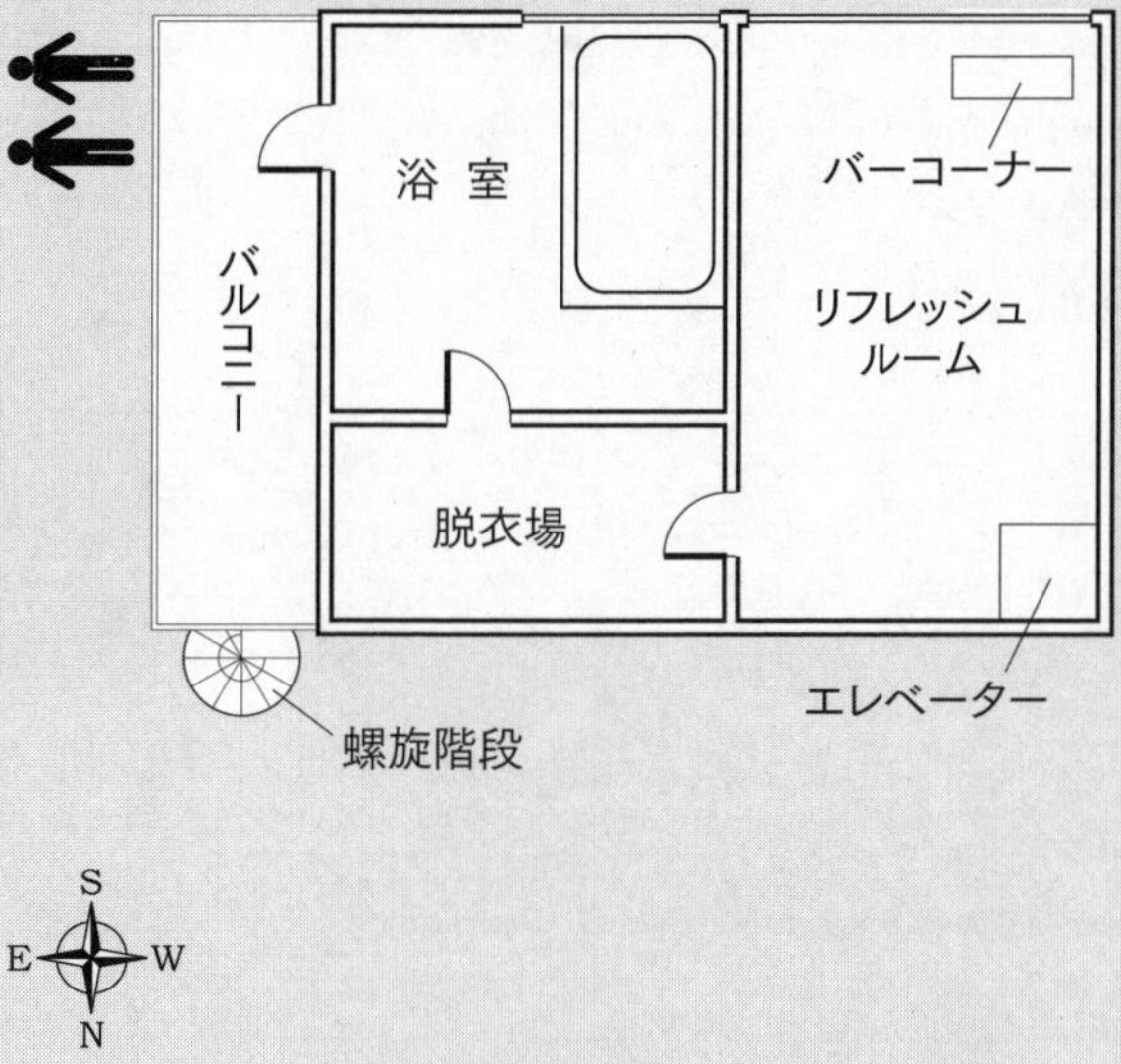

こうへいくんとナノレンジャー
きゅうしゅつだいさくせん

なつとよぶにはまだはやい、けれどもたいようがさんさんとふりそそぐ、あるあついごごのことでした。

しょうがくいちねんせいのこうへいくんは、がっこうからとんでかえると、げんきなこえでげんかんのドアをたたきました。

「ただいまー」

いつもなら、すぐに「おかえり」とこえがしてドアがあくのですが、きょうはいつまでまってもへんじがありません。

こうへいくんは、うえきばちのしたからかぎをとりだして、じぶんでげんかんのドアをあけました。

「おかあさーん」

こうへいくんは、そうよびかけながら、くつをぬいでおうちにあがりました。

リビングルームのテーブルのうえに、おかあさんからのてがみがおいてありました。

――おばあちゃんのおうちにいってきます。れいぞうこにおやつがあります。いいこでおるすばんしててね。しゅくだいもするのよ。

「つまんないの」

こうへいくんはぷうっとふくれて、せんせいからごじゅうまるをもらったおかあさんのにがおえを、ぽいとなげすてました。

おやつはシュークリームでした。こうへいくんは、なまクリームがすきでした。くちのなかでふわっととけるからです。ところがれいぞうこにあったシュークリームは、カスタードクリームでした。カスタードクリームは、ベタベタしたあまさがくちのなかにいつまでものこるので、こうへいくんはあまりすきではありません。

「つまんなーい」

こうへいくんはシュークリームをほおばったまま、ランドセルをずるずるひきずって、じぶんのへやにいきました。しゅくだいなんかしたくありません。

こうへいくんは、ちょっとかんがえてから、クマのちょきんばこをあけました。おとしだまののこりが、ほんのすこしだけありました。こうへいくんは、ひゃくえんだまをにまいにぎりしめて、おそとにでていきました。

こうへいくんがむかったさきは、きんじょのほんやさんでした。といっても、ほんをかおうというのではありません。みせさきにおいてあるガチャポンをやるためでした。

ガチャポンというのは、おもちゃのじどうはんばいきです。おかねをいれて、レバーをガチャガチャまわしたら、ちいさなおもちゃがポンとでてくるので、ガチャポンなのです。

こうへいくんは「ミクロせんたいナノレンジャー」のガチャポンに、ひゃくえんだまをいれました。

ナノレンジャーのガチャポンからは、てのひらにのるくらいのナノレンジャーせんしや、ブロッケンぐんだんのひみつメカがでてきます。おとこのこはみんなあつめていて、みせっこしたり、こうかんしたりしています。でも、がっこうにもっていくのはきんしです。せんせいにとりあげられてしまいます。

「ネオ・ルーセントだんしゃく、ネオ・ルーセントだんしゃく、ネオ・ルーセントだんしゃく……」

こうへいくんは、じゅもんをとなえるようにつぶやきながら、レバーをまわしました。ネオ・ルーセントだんしゃくというのは、ブロッケンぐんだんしてんのうのひとりで、にんげんときかいのあいのこです。かおがはんとうめいになっていて、なかのはぐるまがみえるのがかっこよく、わるものなのに、こうへいくんたちのあいだではいちばんにんきなのです。

レバーをぐるっといっかいてんさせると、したのくちから、まるくてとうめいなプラスチックようきがでてきました。

「やったー！」

こうへいくんはおもわずこえをあげました。なんと、ほんとうにネオ・ルーセントだんしゃくがでてきたのです。

そして、もっとしんじられないことに、にんぎょうといっしょに「あたり」のかみもはいっていました。「あたり」がでると、ナノレンジャーのひみつきちがもらえます。ひみつきちは、まだおともだちのだれももっていません。

こうへいくんは「ナノレンジャー、しょうりのマーチ」をくちずさみながら、しんまちこうえんにはしりました。おともだちにじまんしようとおもったのです。

ところが、しんまちこうえんにはだれもいませんでした。さぎょうふくをきたおじさんたちが、おみずをまいたり、ほうきではいたり、ゴミをあつめたりしているだけでした。たっているだけでもあせばむようきなので、みんな、おうちのなかであそんでいるのでしょうか。

こうへいくんはがっかりしました。ひとりぽつんとブランコにすわって、てのひらのなかのネオ・ルーセントだんしゃくをじっとみつめました。すると、なぜだか、ニヤニヤわらいがでてきます。こうへいくんは、カプセルをあけたりとじたりしながら、にんぎょうをだしたりいれたりしながら、おともだちがやってくるのを、しんぼうづよくまっていました。

しばらくして、こうへいくんをよぶこえがしました。

「なにしてるの？」

おなじクラスのゆみちゃんでした。

「じゃーん！」

こうへいくんは、ゆみちゃんにカプセルをつきつけました。ゆみちゃんは、ちょっとくびをかしげてから、

「ちょうだい」

と、てをさしだしてきました。

「だめー。これ、ちょうレアものなんだから」

こうへいくんはカプセルをひっこめました。

「ちょうだいちょうだい」

ゆみちゃんは、いうことをききません。

「やだよー」

「ちょうだいちょうだいちょうだい」

こうへいくんは、ゆみちゃんにむしゃぶりつかれました。そして、あっとおもったときにはもう、カプセルをとりあげられていました。こうへいくんよりゆみちゃんのほうが、ずっとからだがおおきいのです。ようちえんのとき、なかされたこともあり

ます。

「かえせよぉ」

こうへいくんは、なきそうなこえでうったえました。ゆみちゃんは、しらんかおで、カプセルをあけます。

「せんせいにいいつけるよ」

こうへいくんはてをのばしました。ゆみちゃんは、ひょいとみをかわし、カプセルのなかみをあしもとになげすてました。

「きれいだぁ」

ゆみちゃんはカプセルをてんにかざしました。こうへいくんは、それでやっとわかりました。ゆみちゃんはカプセルがほしかったのです。

こうへいくんは、ほっとためいきをついて、にんぎょうと「あたり」のかみをひろいあげました。

「よくきけ、ナノレンジャー・イエロー。ここがじごくのさんちょうめよ。ふぉっ、ふぉっ、ふぉっ」

こうへいくんはネオ・ルーセントだんしゃくのこえまねをして、にんぎょうをゆみちゃんにみせつけました。

「キラキラするの」

ゆみちゃんはネオ・ルーセントだんしゃくをみようともせず、からっぽのカプセルを、みぎにひだりにまわしています。

「ひみつきちがもらえるんだぞ」

こうへいくんは「あたり」のかみをひらひらさせました。

「ほら、いろんないろがみえるの」

ゆみちゃんはカプセルをおひさまのひかりにかざしています。

たしかに、カプセルはとうめいなはずなのに、あかや、あおや、きいろや、みどりや、もっとたくさんの、にじのようなもようがうかびあがっています。そのもようは、カプセルをうごかすことで、とりのかたちになったり、ねこのかおにみえたりします。

でも、それがなんだというのでしょう。ネオ・ルーセントだんしゃくや、ひみつきちのほうが、もっともっとすごいのです。

「じゃあねー」

こうへいくんは、とってもつまらなくなって、ゆみちゃんのそばをはなれました。にんぎょうと「あたり」のかみを、むねのポケットにいれ、ブランコをこいだり、ジャングルジムにのぼったりして、おとこのこのともだちがやってくるのをまちました。

おんなのこのひめいがきこえたのは、ジャンボすべりだいであそんでいるときでした。ゆみちゃんのこえのようでした。

こうへいくんはびっくりして、すべりだいをもうスピードですべりおりると、こえがしたほうへはしっていきました。

ゆみちゃんは、いどのいしぐみにこしをおろしていました。ちいさなかたをふるわせ、まぶたをごしごしこすっています。

「どうしたの？」

こうへいくんはしんぱいしてたずねました。

「おちちゃった……」

ゆみちゃんは、しゃくりあげながら、いどのなかをゆびさします。

「なにが？」

「さっきの」

「カプセル？」

ゆみちゃんがうなずきます。

こうへいくんはあきれてしまいました。カプセルなんて、ただのゴミです。おともだちのなかには、ガチャポンのきかいのまえにすてていってしまうこもいます。

「じゃあ、いまから、うちにおいで。あんなの、いくらでもあげる」

こうへいくんは、ゆみちゃんのてをとりました。ゆみちゃんは、いやいやをしました。

「カプセルなんて、どれもおなじだよ。どれでも、いろんないろがみえるとおもうよ」

そういっても、ゆみちゃんは、いやいやをやめません。こうへいくんは、ますますあきれました。

「ゆびわもいっしょなの……」

ゆみちゃんがつぶやきました。

「ゆびわ？」

「ゆびわといっしょにおちたの」

ゆみちゃんは、はめていたゆびわをカプセルにいれたそうなのです。そうすれば、カプセルのキラキラが、もっともっときれいになるとおもったそうなのです。おんなのこのかんがえることは、よくわかりません。

「ゆびわって、うそもののゆびわでしょう。いいじゃない、そんなの」

こうへいくんが、おにいさんになったようなかんじでなだめたところ、ゆみちゃんが、ぷうっとふくれました。

「うそものじゃないもん！　リリアンのブルー・サファイアだもん！」

「まほうおうじょリリアン」は、おんなのこにだいにんきのテレビ・アニメーションです。リリアンがみにつけている、まほうのゆびわやブレスレットは、おもちゃにもなっていて、これがまただいにんきなのです。おもちゃやさんのまえに、てつやのぎょうれつができるのだと、ニュースでいっていました。こうこうせいのおねえさんや、はたらいているおばさんも、カッワイーといって、バッグにぶらさげています。まったく、おんなのひとのすることは、さっぱりわかりません。

でも、こうへいくんは、ひとつだけわかっていました。おんなのこにとってのリリアンは、おとこのこにとってのナノレンジャーなのです。もし、やっとのおもいででにいれたネオ・ルーセントだんしゃくが、このいどにおちてしまったら、いったいどんなきもちになってしまうでしょうか。それをおもうと、こうへいくんは、ゆみちゃんのことをほうっておけなくなりました。

こうへいくんは、いどのふちにりょうてをついて、ぐいっとくびをつきだしました。

いどといっても、みずがない、うそもののいどです。むかしはこうしてみずをくんでいたんだよと、こどもたちにおしえるために、きょねんつくられたのです。うそものだけど、いどのうえにはりっぱなやねがついていて、そのてんじょうにはかっしゃがあって、なわにむすびつけられたつるべおけがじょうげにうごきます。ただ、ふだんは、こどもがおちるといけないので、いどのくちにはふたがしてあります。つるべおけは、かっしゃのところまでひきあげられ、なわできつくくくられています。

いどのくちには、いまも、ふたがしてあります。ふたがしてあるのに、どうしてカプセルがおちてしまったのかというと、それは、ふたがてつのぼうでできていたからです。あかちゃんはけっしておちないけれど、ガチャポンのカプセルがおちるにはじゅうぶんなすきまがあったのです。

こうへいくんは、てつのぼうにかおをおしつけ、うんとめをこらしました。まっくらでなにもみえません。どのくらいふかいのかもわかりません。

「だめだよ。あきらめな」

こうへいくんは、からだをおこして、くびをさゆうにふりました。

「やだー！」

ゆみちゃんは、あしをばたつかせてわめきました。

「どうしようもないじゃん」

こうへいくんはこまりはてましたが、それでも、どうにかしようと、ぼうのすきまにうでをつっこんでみました。うんとうんとのばしたら、かたまではいりました。ですが、ゆびのさきにはなににもふれませんでした。

「やっぱりだめだよ」

そうつぶやいて、こうへいくんがうでをぬいているそのときでした。むねのあたりがもぞもぞして、あっとこえをあげたときにはもう、ちいさなかたまりが、いどのなかにおちていきました。あわててうでをのばしますが、ぜんぜんまにあいませんでした。

いどの、おくのおくのほうで、カサリと、ちいさなおとがなりひびきました。

こうへいくんは、まっさおになって、むねのポケットにてをつっこみました。ネオ・ルーセントだんしゃくがありません。「あたり」のかみもありません。

こうへいくんはしゃくりあげ、やがて、こえをあげてなきだしました。

そのこえにおどろいたのか、ゆみちゃんも、おおごえでなきだしました。

「ナノレンジャー……」

こうへいくんは、いどのふたにかおをおしつけ、まっくらなそこにむかって、なみだながらにつぶやきました。

そうです。ナノレンジャーがいたらなあ、と、こうへいくんはおもいました。ナノレンジャーはミクロのせんしです。みえないいくらいちっちゃくなれるので、ふたのすきまなんて、かんたんにとおりぬけられます。ちのそこにもぐるのもとくいです。トリメディアン・ガンマとのさいしゅうけっせんでは、ちきゅうのマントルまでいってかえってきています。こんないどのそこからおもちゃをひろってくることは、ブロッケンぐんだんのしたっぱせんとういんをたおすより、はるかにらくちんでしょう。

こうへいくんはてをくみあわせ、くらやみのおくのおくにむかって、しゃくりあげながらいのります。

「エネルギーじゅうてんひゃくにじっパーセント。レッド・シグナル、イエロー・シグナル、ブルー・シグナル。ナノレンジャー、しゅつどう、スタンバイ」

—つづく—

The Ripper with Edouard

——メキシコ湾岸の切り裂き魔

1

エドワードがやってこなければ、彼はジョセフィン・テイラーを殺さなかった。

はじまりはミドルスクール八年生の夏だった。

ハリケーンの接近でサマーキャンプが一日短縮され、彼がずぶ濡れで帰宅すると、両親のベッドルームから奇妙な声が漏れていた。叫ぶような、うなるような、うめくような、得体《えたい》の知れない響きをもっていた。

ベッドルームのドアは半分開いていて、彼はそこから獣《けだもの》の交合を見た。

母親が男に組み伏せられていた。父親ではない男に。

男は彼女の乳房に顔を埋めていた。たわわに実った双丘をもみしだき、ちゅうちゅう音をたてて乳首を吸いたてる。男がそうするたびに、彼女の口から切なげな声が漏れた。

「絞めて……」

彼女はあえぎながら、男の両手を自分の首に導いた。

「絞めて……。強く……」

窓の外に稲妻が走った。

彼女は眉間《みけん》に皺《しわ》を寄せ、恍惚《こうこつ》として泣いていた。

「もっと、もっと……」

母親の体がびくんと反《そ》り返った。

彼はドアの陰で射精した。

三十分後、彼は両親のベッドルームに忍び入った。

快感を極めた疲労から、母親は軽いいびきをかいて眠っていた。間男《まおとこ》はいない。シャワーも浴びずに逃げるように出ていった。

彼は乱れた毛布の上から母親の体にまたがった。彼女は小さくうめき、首を右から左に動かしただけで、またいびきをかきはじめた。

部屋には獣の臭いが濃く残っている。

彼は母親の首を両手で包み込んだ。

窓の外に稲妻が走った。

彼女が薄く目を開け、さっきの男の名を口にした。

彼はきつく目を閉じ、十本の指に渾身《こんしん》の力を込めた。

母親はそれで息絶えた。

「ママ、ママ……」

彼はしゃくりあげながら、キャンプで使ったナイフで死者の乳房をめった突きにした。

それが彼が犯した最初の殺人である。

しかし彼は捕まらなかった。

警察の捜査がはじまって間もなく、間男が自殺した。庭の樫《かし》の木で首をくったのだ。

そしてそいつが犯人ということで片づけられた。


彼が二度目に人を殺したのは激しい雨の晩だった。

殺したくて彼女に近づいたのではない。たまっていた性欲を金と引き替えに吐き出したかっただけだ。

パンドラは自分の手で死神を呼び寄せたのだ。

彼女はあえぎながら、彼の両手を自分の首に導いた。

「絞めて……」

窓の外に稲妻が走った。

「絞めて……。もっと強く……」

パンドラは恍惚とした表情でのけぞった。

それが彼の中に眠っていた魔物を覚醒させた。

彼はパンドラの望みどおり、彼女の首を絞めてやった。

「ママ、ママ……」

彼はそう繰り返しながら、パンドラの眼球が飛び出すまで、彼女の首をぐいぐいやった。

そしてナイフで乳房を切り裂いた。

三度目はセックスなど考えていなかった。彼は殺人だけを目的として彼女に近づいた。

「外でしよう」

彼がそう持ちかけると、ベビーBは空を見上げて、クレイジーだわと唇をへの字に結んだ。

「これで新しい服でも買え」

彼がもう三百ドル追加すると、ベビーBは相好《そうごう》を崩し、彼の腕にからみついてきた。

雨のメイフェア公園に人はいなかった。

「好きにしてちょうだい」

ベビーBは自分から安っぽい服を剝《は》ぎ取り、風に捨てた。

彼は彼女を押し倒し、前戯もなしに首を絞めた。

「ママ、ママ……」

彼はそう繰り返しながら、ベビーBの眼球が飛び出すまで、彼女の首をぐいぐいやった。

そしてナイフで乳房を切り裂いた。

彼が四度目に人を殺したのはエドワードのせいだ。

女は笑っていた。降りしきる雨にもかかわらず、歩道にぺたりと腰を降ろし、くすくす忍び笑っては、両手をくねくね動かしていた。

「どうした？」

彼が声をかけると、ジョーことジョセフィン・テイラーはとろんとした顔をあげ、バイバーイと手を振った。

「こんなところにいたらエドワードに襲《おそ》われるぞ」

「エドワード・モラーン！　あんなうすのろ、目じゃないわ！　来るなら来やがれ！」

彼が脅《おど》すと、ジョーは上体を緩慢に揺らしながら気焔《きえん》をあげた。体も頭もクスリでいっている。

「家まで送っていこう」

彼は自分の車に向かったが、ジョーは歩道に座り込んだまま動こうとしない。

「さあ、おいで」

彼はジョーの手を取った。

「帰れるぅ。自分で帰るぅ」

ジョーは目の前の車に手を伸ばした。

「それじゃあ運転できないだろう」

「できるわよ」

彼女は立ちあがろうとして、しかし腰が抜けてその場にひっくり返った。彼は彼女を抱きかかえた。

「だめー。車、置いとけなーい。乗って帰らなきゃ、ここに来たと、ママにばれちゃう」

彼女は体をばたつかせた。

「とりあえずうちに行こう。熱いシャワーを浴びて、醒《さ》めたら車を取りにくればいい」

「やだー」

「エドワードをなめるな。殺されるぞ」

彼は嫌がる彼女を自分の車まで運んだ。

車は市内を迷走した。

「今日のことは誰にも言わないで」

クスリが少し醒めてきたのか、ジョーはふるえながら肩を抱いた。そして彼の腕を取り、自分の胸に導いた。

彼は車を停めた。

「それはお互いさまだ」

彼は助手席の彼女に躍りかかり、濡れた首筋に十指を食い込ませた。

「ママ、ママ……」

彼はそう繰り返しながら、ジョーの眼球が飛び出すまで、彼女の首をぐいぐいやった。

そして車外に引きずり出し、Tシャツの裾をまくりあげ、ナイフで乳房を切り裂いた。

死体の始末はエドワードがつけた。

2

クォーターバックがワイドレシーバーにパスを放ると見せかけてランニングバックにボールを手渡そうとしたその時、オフェンシブガードのブロックがうち破られ、あわれクォーターバックはバッファローのように突進してきたディフェンシブエンドの餌食《えじき》となった。

サード・ダウン。

しかも三ヤード後退。

アーレイ校の応援席に溜め息とブーイングが交錯する。

電光掲示は残り十七秒を示している。

スコアは36—38。

ゴールラインまで三十ヤード。

カウボーイハットをかぶった前の男はペッとガムを吐き捨て、フィールドに背を向けて階段を昇りはじめた。

アンパイアが右手を挙げ、レディー・フォー・プレイを宣言する。

アーレイ校はトリプルウイングのフォーメーションをとった。チェスター校はマン・ツー・マン・ディフェンスで対抗する。

クォーターバックのラルフ・アンダーソンが位置についた。腰をかがめ、センターの脚の間に両手を入れ、ワン、ツー、と大声でシグナルを送る。

フォーのタイミングでセンターからクォーターバックにボールが渡った。ラルフ・アンダーソンはすかさずステップバック。その前方で、攻撃ラインと守備ラインが、ガツン、ガツンと激しくぶつかり合う。

ラルフ・アンダーソンはステップバックしながら体を左に開き、ボールを持った右腕を後方にふりしぼった。

パスを待つワイドレシーバーが左に流れ、敵ディフェンス陣もそれをぴたりとマークする。

ラルフの腕が弧《こ》を描き、ボールが放たれた。

楕円球はスクリューのように回転しながら、左サイドの密集に——、ではなく、がら空きの右サイドに飛んだ。ラルフは体を左に開いたまま、右方向に完璧なノールックパスを放ったのだ。

81番の選手が密集を抜け出し、猛然とスペースに突っ込んでいく。ディフェンス陣は完全に虚を衝《つ》かれ、出足が二歩遅れた。

81番——ワイドレシーバーのテリー・ゲイルはボールの軌道をちらとも見なかった。まるで落下地点を確信しているように、無人のスペースをトップスピードで横切り、サイドライン手前で両腕を前方に伸ばした。そして楕円球はまさにその手の中にすっぽりとおさまったのだ。

テリーはキャッチと同時に体を九十度左にねじり、今度はゴールラインに向かってスタートを切った。

フィールドから押し出してやると、敵の34番が横合いから摑《つか》みかかってきた。

テリーはこれを左手一本ではばみ、サイドラインを駆けあがる。

43番のタックルはスキップするような巧みなステップでかわす。

ギヤがローからいきなりトップに入る。

魚雷のように頭から飛び込んできた23番が、ぶざまに土を舐《な》める。

スタンドに歓声と悲鳴が交錯する。

もう誰もテリーを止められない。彼の行く手に待ちかまえるのはただ、純白のゴールライン。

タッチダウン。

時計はその時、十四分五十八秒を示していた。

対抗戦の歴史に残る劇的な幕切れだった――、のだそうだ。

ナオミがその攻防を思い出せるのは赤毛のダグ・コールマンのおかげである。対抗戦明けの月曜日、彼は机の上に立ちあがり、モップの柄《え》をマイクに見立て、第四クォーター十分からの攻防を再現した。実況のまねごとは休み時間が来るたびに繰り返され、それは金曜日の午後まで続いた。

熱にうかされていたのはダグ・コールマンだけではない。その一週間というもの学校中がうわついていて、たとえばアメリカ史のオーエン先生は、はじまりは一八六九年にニュージャージー州で行なわれたプリンストン大とラトガース大の対抗戦である、などと一時間をフットボール誕生秘話の講釈についやした。

それもそのはず、アーレイ校がチェスター校との対抗戦を制したのは、実に十二年ぶりのことだったのだ。

しかし歴史が作られたあの晩、スタジアムで観戦していたナオミは、ゴールラインまでの距離も攻撃の回数も把握《はあく》していなかったし、選手の動きにもボールの行方にも興味がなかった。残り時間がないにひとしく、自分が応援すべきチームが負けていることは理解していたが、そのとき彼女が何を思っていたのかといえば、もう四、五回瞬《まばた》きをすればこの退屈なイベントから解放される、なのだ。

そんなナオミでも、アーレイ校が逆転勝利をおさめたことはもちろん理解できたし、それなりに興奮をおぼえもした。

ダークグリーンのヘルメットをかぶった81番の選手にパスが渡った時点でアーレイ校の応援席は総立ちとなり、彼が赤いヘルメットのタックラーを一人かわすごとに拳《こぶし》が突き上げられ、足が踏み鳴らされ、紙吹雪《かみふぶき》が舞い、逆転のタッチダウンが決まった時には、ゴジラと火星人が同時に襲来してきたような騒ぎとなった。

ナオミは誰かに抱きしめられ、誰かを抱きしめていた。みな自然とそうふるまっていたし、そうふるまうのが自然に思えた。

とはいえ、心を失うほど興奮していたのかといえば、そうではない。

たかが隣の学校との試合で、なにをここまで騒ぐのだろう。五十七年の伝統を誇る対抗戦というけれど、ＣＮＮやＦＯＸのクルーがどこに来ているの。とある地方都市で行なわれている、とある練習試合にすぎないじゃない。日本だったら父兄も見にこないわ。アメリカ人ってバカみたい。

見知らぬおばさんの激しいキスを受けながら、ナオミはそんなことを思っていた。

でもみんな喜んでいるのだから自分も喜ばなくっちゃ。

ナオミは誰かと肩を叩き合い、ハイタッチを繰り返し、甲高《かんだか》い声で叫び散らした。そうしていると、わけもなくハッピーな気分になってくる。

そんな中、前の席の子が振り返り、ナオミの腕を取った。

「ロッカールームに行くわよ！　ラルフとテリーにキスをしてあげなくっちゃ！」

ちりちりにパーマがかかった金髪、透き通るような青い瞳。クラスメイトだっただろうか。

ナオミはきょとんとしたが、金髪の彼女は、まるで十年来の親友にそうするように腕をからめてきた。

「テリーは十年生《ソフォモア》の彼女と別れたそうよ。わたし、チャレンジしちゃおうかなあ」

ナオミはまだ彼女の名前を思い出せなかった。彼女は機関銃のようにしゃべり続けるので、問いかけることもできなかった。ナオミはただされるがまま彼女に手を引かれ、なお祭の余韻さめやらぬスタンドから通路へ連れ出された。

帰宅を急ぐ者、突然立ち止まって踊り出す者、ヒーローの名を連呼しながら逆走してくる者、マスコットボールでパスをはじめる者――通路の秩序も乱れほうだいで、ナオミは右に左にもみくちゃにされた。そうするうちにナビゲーターの腕が離れ、ナオミは彼女を見失った。

五フィート足らずのナオミが人ごみの中に金色のカーリーヘアを捜すことは不可能だった。彼女の名前を知らないので、呼びかけることもできなかった。

このまま人の流れに乗って外に出てしまおうかとナオミは思った。だが、このまま帰ってしまったのでは、週が明けて学校で彼女と会った際、気まずい思いをするような気がした。

ナオミはやっとの思いで人の流れからはずれると、ロッカールームを求めて、あてずっぽうに地下へ降りていった。

地下通路はひんやりとしていて、適度な湿気もあり、さっきまでの熱を冷《さ》ますのにはちょうどよい。

地下通路には古いロッカーやベンチが放置されていて、低い天井には縦横にパイプやダクトが走っていて、狭く、薄暗く、ナオミの足音だけが鳴っては消える。

どこまで進んだところで、先ほどの彼女の姿が見あたらないのはもちろん、ロッカールームらしき華やかな場所にも行き着かず、少々おっかなくなったことも手伝って、ナオミは引き返そうかという気になった。

と、前方の柱の陰に人影が見えた。一人はスーツ姿、一人は角刈りで迷彩のTシャツとパンツ。明滅する蛍光灯の下、向かい合って話し込んでいる。スタジアムの職員だと思ったナオミは躊躇《ちゅうちょ》なく声をかけた。

「すみません。ロッカールームに行くには——」

するとその問いをかき消すようにゴトンと鈍い音がした。前方の男たちの足下にアタッシェケースが落ちたのだ。ナオミの声に驚いたらしい。

ナオミも驚いた。アタッシェケースの中から紙幣が飛び出したからだ。百枚二百枚ではきかない。額面はさだかではないが、おそらく千枚を超える紙幣が床に散乱した。

迷彩Tシャツの男が何ごとかわめきながら拾い集める。

スーツを着た男がゆっくりとナオミに近づいてくる。六フィートをゆうに超える大男だ。

「なんだ、ちび？」

男は低い声で言った。漆黒のサングラスをかけているのでその表情は読みとれない。けれど声の感じから判断して、ナオミを歓迎していないのは明らかだった。

「ちび、ここで何をしている？」

男のスーツはダークグリーンで、革靴の先端は鋭く尖《とが》り、黒い髪はきっちりオールバックに固められ、口の周りにはうっすら髭《ひげ》を生やし、耳には深紅のピアスが光っている。映画に出てくるニューヨークのマフィアのような出《い》で立《た》ちだ。

「はぐれたんです。金髪の子と。ロッカールームに誘われて。金髪の彼女に」

しどろもどろに答えながらナオミは、不用意に声をかけてしまった自分を呪った。

「よう、ビル。俺、そいつのこと知ってるぜ。日本からの留学生だ」

作業の手を休め、迷彩Tシャツの男が言った。

「うちの学校の？」

ビルと呼ばれた男の眉がサングラスの陰で大きく動いた。なんだ小学生じゃなかったのか、といった表情だ。

「ああ。十年生だったかな。新学期に転校してきた。名前は——」

「エディ、てめえは黙って金をかき集めてろ。一ドルでも足りなかったら承知しねえからな。で、ちびさん、おまえはたしかにアーレイ校の生徒なんだな？」

ナオミは黙ってうなずいた。

「名前は？」

「フセ……、ナオミ・フセです」

「さて、ナオミ・フセ」

「はい」

「あらためて質問する。おまえはここで何をしている？」

「ですから、人を捜しているのです。青い目の女の子、ここを通りませんでしたか?」

ナオミは必死に笑顔を作った。ビルはぶっきらぼうに答えた。

「通ってない」

「おかしいなあ。こっちに来たはずなんだけど。わかりました。ほかを捜します。どこに行っちゃったのかなあ」

ナオミは首をかしげ、溜め息をつき、サングラスの男に背を向けた。そしてゆっくり一歩踏み出し、決してあわてず二歩目を踏み出し、三歩目も自然な足取りで、しかし四歩目でつかまった。

「いつからここにいた?」

ビルの声が低く響いた。ナオミは足を止め、笑顔が用意できたところで振り返った。

「いつって、たったいま来たところですよ」

「金髪の青い目の女とは誰だ? クラスメイトか? 名前は?」

「それは……、たぶんクラスメイトだと思うんですけど、名前はわかりません」

「ナオミ・フセ!」

「本当です。転校してきたばかりで、クラスメイトの顔と名前がまだ一致してないんです。本当に、その金髪の彼女にロッカールームに誘われて、途中ではぐれちゃったんです。ああ思い出した! 彼女、ダラス・カウボーイズのTシャツを着ていました」

「ロッカールームだぁ？」

ビルの声のトーンがあがった。

「そうです。お祝いしにいこうって誘われたんです」

「でまかせ言うんじゃない。ロッカールームはてんで方角違いだろうが」

ビルが一歩踏み出した。

「そうなんですか？　このスタジアムははじめてなので、わからなかったんです。こっちの方じゃないかって、なんとなくそう思っただけで……」

ナオミは消え入るように言って視線をはずした。

「言ってることがどうもおかしい。ナオミ・フセ、もう一度だけチャンスを与える。質問は二つだ。なぜこの場所にいる？　いつからここにいる？」

「嘘ではありません。本当にたったいま来たばかりです。たまたま来てしまっただけです。信じてください」

ナオミは手を組み合わせて顔をあげ、そして凍りついた。

ビルがその右手を上着の胸元に差し入れようとしていた。

銃⁉

この国にはその危険があることを、ナオミはすっかり忘れていた。おかあさん、と思わず心の中で叫ぶ。

すると願いが海を越えて届いたのだろうか。

「ビル、手伝ってくれ。机の下に入っちまってる。一人じゃ持ち上げられない」

「使えねえな、このうすのろ」

エディの声にビルが振り返った。

ナオミは反射的に駆け出した。

「おい、待て！」

ビルが叫ぶ。ナオミは走る。こういう場合、決して動いてはいけないと教えられていた。しかしその場にとどまるのはもっと怖かった。

地下通路を一直線に突っ走る。おかあさんおかあさん、と心の中で繰り返す。するとまた気持ちが届いた。

十ヤード先のドアが開き、胡麻《ごま》塩《しお》頭の男性が顔を覗《のぞ》かせた。

「ハワードさん！」

ナオミは声をあげ、彼の背後に身を隠した。

「鬼ごっこかい？　私もまぜてくれ」

ヘンリー・ハワードはビルの三倍も老《ふ》けていたが、体格は遜色《そんしょく》なかった。

「この人、銃を持ってます」

ナオミはささやいた。

「銃？　ふざけんな」

ビルが両手を開く。左手に「D-DINER」のマッチブックが、右手にはタバコの箱が握られていた。

「どうも痰《たん》がからんでね」

ビルはタバコをくわえ、左手だけで器用にマッチブックをすった。

「ガキのくせに粋《いき》がるな」

ヘンリーがとがめると、ビルはニヤッと笑ってタバコの箱をヘンリーに放った。「医薬品。効能・咳を鎮《しず》め、痰を切る」と書かれてあった。ドラッグストアで売っている、タバコを模した吸入剤だ。

「じいさんはヴィックス派？　俺はどうもだめなんだな、あのドロップは。甘すぎて」

ビルは声をたてて笑った。ヘンリーはいまいましげに箱を放り返した。

「なんならボディーチェックする？」

ビルは紙巻きをくわえたまま両手を壁につけ、尻を左右に振って挑発する。

「もういい。ともかく、鬼ごっこはお天道さまの下でやるものだ。彼女は私が連れて帰る」

ヘンリーが強く言い放つと、ビルはふんと鼻を鳴らして通路の奥に消えた。

「助かったわ」

ナオミは大きく息をついた。

「怪我《けが》はないかい？」

ヘンリーが心配そうにナオミの顔を覗き込んでくる。

「平気です。でも怖かった。わけのわからない言いがかりをつけられて」

「やつは口先だけの男だ。父親の手前、ぶっそうなまねもせんだろう。だが、やつとはかかわらないほうがいい。いい噂《うわさ》など、これっぽっちも聞かん」

「父親の手前？」

「父親はショッピングモールのオーナーにして市議会議員にしてPTA会長。ウィリアム・ハミルトン――せこい悪事を働くところだけは親父そっくりだ」

するとビルはあんな格好をしていて高校生だというのか。

「ホント、助かりました。ハワードさんが来てくれなかったらと思うと……」

ナオミはあらためて胸をなでおろした。

「なかなか姿を現わさないものだから、迷子になってるんじゃないかと思ってね。君が乗ってくれないことにはバスを出せない」

ヘンリー・ハワードはスクールバスの運転手である。

「ありがとう」

「なんの。早く帰ってアストロズの試合を見たいだけさ。ここだけの話、私はフットボールよりベースボールなんだ。さあ、九十マイルで突っ走って、七回の攻撃までには帰り着くぞ」

ヘンリーはぎこちなくウインクすると、ナオミの肩に手を回して階段を昇りはじめた。

3

日本の高校をドロップアウトした理由を、ナオミはあまり思い出したくない。一言で言ってしまえば、性に合わなかった。実際には一言で片づけられる問題ではないのだが、しかし一言で片づけておかなければ嫌な気分が舞い戻ってくる。だいたい、もうすんだことなので、思い出しても仕方ない。

今のナオミにとって重要なのは、現在の自分をどうするかである。

ナオミは今、アメリカにいる。テキサス州南東部のポート・ピータースという町に住み、そこのアーレイ高校に通っている。といっても、この九月に転校してきたばかりなので、まだひと月も経っていない。なのに心の中はすでにヘビーだ。あとさき考えずに日本を飛び出してきたことを、少々後悔しはじめている。

たとえば、先週末行なわれたフットボールの対抗戦。

新年度の第一日目にはすでに、校内はその話題で持ちきりで、ラルフがトレーニングキャンプ中に捻挫《ねんざ》したとか、チェスター校に天才ラインバッカーが入学したらしいとか、今年もよくて引き分けだろうとか、三人寄れば、フットボール、フットボール、フットボール！

最悪だったのが、担任のラモーン先生だ。

「ナオミ、チアリーダーになりなさいよ！　アレクサンドラ・パトリック、放課後、あなたたちの練習を見せてあげて」

いったいどういう発想から、五フィート足らずの女の子にチアリーダーをさせようとしたのだろう。大人にまじってダンスする小学生を想像し、かわいらしく思ったのだろうか。

その件はアレクサンドラことサンディ・パトリックが同情してくれてことなきをえたのだが、応援の横断幕作りにはかりだされた。

対抗戦当日も、実は授業が終わったらまっすぐ帰宅するつもりだったのに、スクールバスはみなスタジアムを目指していた。生徒は当然全員観戦するという前提で、バスの運行を変えてしまったのだ。おかげで退屈な試合につきあわされ、あげくのはてには、うさんくさい上級生にからまれてしまった。

ナオミは、みんなにまじって何かをするのが生理的に嫌いだった。日本にいた時には、文化祭も、甲子園《こうしえん》の応援も、マクドナルドへの寄り道も、「趣味じゃないから」の一言でパスしてきた。ところがアメリカに来てからは、それが言えない。たぶん気後れしているのだろう。だからストレスがたまっている。

そう、ストレスの原因はすべて自分の気後れにあるのだ。

周囲は、留学生だからといって容赦してくれない。訛《なま》りもスラングもまじえてガンガンしゃべる。ナオミは幼稚園の時から英会話教室に通っていたが、それはしょせんゲームだ。フライト・シミュレーターのF－15戦闘機《イーグル》を自在に操《あやつ》れるからといって、本物のF－15を飛ばせるわけではない。実戦配備されたナオミは言葉の半分も聞き取れない。けれどいちいち聞き返すのも気がひけて、なんとか想像で補完できないかと頭をめぐらせ、そうする間に次の言葉を浴びせられ——だからストレスを感じている。

この先どこまでやっていけるのだろうか。

その月曜日の昼休みも、ナオミはぼんやりとした不安に包まれていた。

対抗戦明けの月曜日である。校内にはスタジアムの興奮がそのまま持ち越され、昼休みのカフェテリアの話題もフットボール一色だった。

ナオミは孤独だった。ひとりぽつんとランチボックスを広げていたわけではない。正面も両隣もクラスメイトだ。彼女たちは奇跡の逆転劇を飽きもせず反芻《はんすう》し、ナオミはそれを笑顔で聞いている。理解できているふりをしてうなずいている。それが孤独をつのらせる。

さっさと席を立ち、ひとり芝生で読書できれば、孤独も寂しさも感じないのだと思う。集団にまじっているふりをしなければならないので、孤独で、胸苦しい。

そんなナオミを救ったのは、幸か不幸か、ウィリアム・ハミルトンだった。

「へー、本当に小学生じゃなかったんだ」

ウィリアム・ハミルトンはナオミの背後から出現し、ナオミの頭越しに手を伸ばすと、ランチボックスの中のサンドイッチを勝手につまみあげた。彼はスタジアムで会ったとき同様、オールバックにスーツと、高校生らしからぬ格好をしていた。

「手作り？　うん、上出来」

ただピーナツバターを塗っただけなのに、頬張りながらそんなことを言う。

三人のクラスメイトは、申し合わせたように嫌な顔を見せ、席の移動をはじめた。ナオミも、彼女たちと一緒に行動するのが自然かと、椅子を引いた。しかしウィリアム・ハミルトンに押しとどめられた。

「変な噂を流さないでくれよ」

彼は周囲に目を配りながらそうささやき、ナオミの隣に腰を降ろした。

「俺が銃を持ち歩いている？　冗談じゃない。うちの親父は市の銃器抑制委員会の議長だ。そういう噂は、たとえ根も葉もない噂であっても困るんだよ。俺は親父を尊敬しているし、俺自身、銃はなくすべきだと思っている」

言葉に偽《いつわ》りがないと言いたいのか、ビルはサングラスをはずし、ナオミをじっと見つめた。服装から想像していたより、ずっと幼く愛らしい目をしていた。

「わかりました」

ナオミは目をそらし、立ちあがろうとした。しかしまた止められた。

「もう一つ。銀行強盗もしてないぜ。あれは俺の金だ。ガキのころからこつこつ貯めたものでね、残念ながら、全部一ドル札だ。それをアタッシェケースに詰めてダチに見せびらかせば、気分はビル・ゲイツというわけだ。それで喜んでいるんだから、俺もまだガキだな」

ビルはふんと鼻で笑った。ナオミには言い訳がましく聞こえた。

「それで、あんたに訊きたいことがあるんだが、何か聞いたかい?」

「何か?」

「俺とエディのおしゃべりさ」

「いいえ、何も」

「あのさ、俺はビル・ゲイツを気取ってたわけ。でもってエディの野郎は、そうさな、AOLのマーク・アンドリーセンってとこかな。そう、あれはごっこなんだよ、ごっこ。おたくのライセンスをそっくりよこせ、連邦陪審に訴えるぞ——なりきって遊んでいただけさ。それを真《ま》に受けて妙な誤解をしてほしくないんだな」

「何のことです。わたしは何も聞いていません」

「本当に？」

「はい」

「一言も？」

「聞いていません。どうしてそうしつこいのですか？　やましいことがあるのですか？」

ナオミが強い口調で切り返したのは、透き通るような茶色の瞳で見つめられるのが気恥ずかしかったからだ。

「オーケイ。悪かった。この話は二度としない。仲直りだ」

ビルが左手を差し出してきた。そもそも仲が良かったわけではないけれど、ナオミは仕方なく彼の手を握り返した。その手は自分の二回りも三回りも大きかったが、掌は意外とすべすべしていて、指先からも繊細さが伝わってくる。

「かわいいおてて」

ビルは右手も伸ばしてきて、ナオミの手をすっぽり包み込んだ。

「やめてください」

ナオミはあわてて手を振りほどいた。

「心配するな。お子さまには手を出さないよ」

ナオミはムッとしてサンドイッチを頬張った。

「おわびに一杯おごろう」

ビルが左手を天高く挙げ、パチンパチンと指を二度鳴らした。するとどこからともなく迷彩服を着た男が現われて、テーブルの上にバケツのような紙コップを二つ並べた。スタジアムの地下でビルとこそこそやっていたエディだ。

「そういや、自己紹介がまだだったな」

ビルが紙コップを取りあげた時にはもう、エディは影のように立ち去っていた。仲間というより、親分と子分の関係らしい。

「俺はウィリアム・ハミルトン。十二年生《シニア》だ。ビルと呼んでくれ。これでわかっただろう、名前が同じだからミスター・ゲイツを気取ってるわけ」

ビルが乾杯のしぐさをしたので、ナオミもしぶしぶ応じた。

「わたしは——」

「おっと、あんたは自己紹介しなくていいぜ。俺は一度聞いたことは忘れない。ナオミ・フセ、日本からやってきた十年生」

「フ、セ」

ナオミは言い直した。ウィリアム・ハミルトンにかぎったことではないのだが、「フセ」を「フューセ」と発音する者が多く、ナオミはそれがどうにも気にくわない。

「そう、ナオミ・フセ」

やっぱりフューセとしか聞こえなかったが、ナオミはもう訂正しなかった。

「それでなに、ナオミは、誰がお目当てだったわけ?」

「はい?」

「試合後のロッカールームに行こうとしてたんだろう。お目当てはやっぱり花の16番?」

「あの時の話は終わったのでしょう」

ナオミは眉をひそめた。

「いやいや、べつの話題さ。なんなら、ラルフ・アンダーソン様と会わせてやってもいいぜ。俺が口をききゃあ、造作ない。なにしろあいつと俺は、幼稚園の時からのダチだ。二人きりの場をもうけてやってもいい。ただし、ラルフの彼女になろうとは、決して思うなよ。やつには三年越しの恋人がいる。五月祭の女王《メイ・クィーン》様に勝負を挑む?」

「べつに会いたくありません」

「じゃあ、お目当てはテリー?」

「いいえ」

「ふーん、ナオミはスターよりバイプレイヤーがお好みなのかい。リック・オドネル? マイケル・グリーン? オジー・トンプソン?」

ビルはナオミの表情を窺《うかが》いながらぶつぶつ繰り返す。

「誰にも会いたくありません」

ナオミははっきりと言った。

「そういう遠慮って、日本人特有?」

ビルが唇の端で笑った。

「遠慮じゃないです。わたし、アメフトにはこれっぽっちの興味もありません」

「アメフト?」

ビルが怪訝《けげん》な顔をした。ナオミは顔を赤らめ、小声で言い直す。

「フットボールにはまったく興味がありません。あの時も、彼女の強引さに負けて、仕方なくロッカールームに……」

あの金髪の彼女の正体はいまだに不明である。クラスメイトでなかったことだけ確認できた。おそらく彼女は、興奮のあまり、見ず知らずのナオミに声をかけたのだろう。あるいは、興奮しなくても他人に気安く声をかけるのが、この国の流儀なのかもしれない。

「フットボールに興味がない、だと?」

ビルがふんと鼻を鳴らした。

「そうです。金曜日の試合、ちっともおもしろくなかった。できればスタジアムにも行きたくなかった」

思わず本心を口走ってしまい、ナオミはハッとして口に手をあてた。

「おいおい、そういう嘘は小学生にも通用しないぞ。フットボール・プレイヤーにキュンとこないティーンがどこにいる。あんた、日本にいた時はクォーターバックの男の子にラブレターを送っただろうが」

「日本の高校生は、アメフト、じゃなくって、フットボールなんてしません。日本でフットボールといえばサッカーのことです」

「サッカー！」

ビルは手を叩いて笑った。

「何がおかしいんです？」

「べつにぃ。サッカーね。ああ、なかなかクールなスポーツだ。アメリカはサッカーのワールドチャンピオンだしー、女子サッカー」

そう言って、ビルはまだ笑っている。

「へー、そうかい、日本人は本物のフットボールは知らないのかい。しかし今あんたはアメリカに住んでいる。フットボールを知らないじゃあ、この国でうまくやっていけないぜ。オーケイ、うちに来な。俺が一から教えてやる。一九八九年のスーパーボウル、マイアミの奇跡のビデオも持ってる。『神か！　悪魔か！　いや、モンタナだ！』」

「モンタナ！」

今度はナオミが吹き出した。

「さすがにモンタナは知ってるか」

ビルが目を細めた。

ジョー・モンタナはナオミが唯一知っているフットボール・プレイヤーだった。幼かったころ、日本のテレビ・コマーシャルで何度も見た。「どんなモンタナ」という脱力ものの駄洒落《だじゃれ》を言わされていて、彼女は幼心《おさなごころ》にも哀れを感じたものである。この男にあのコマーシャルを教えてやったらどんな顔をするだろうか。一瞬、それを想像し、ナオミは愉快な気分になった。だが、どう伝えてよいか即座に思いつかず、

「そろそろ教室に帰ります。ごちそうさまでした」

と椅子を引いた。

「授業はまだはじまらないぜ。遠慮しないで全部飲んでいけよ。心配するな、ファット・フリーだ」

本気か冗談か、ビルはそんな台詞《せりふ》を吐いた。カップの中身はたしかにダイエットコークで、脂肪もカロリーもゼロだったが、三十オンスも飲んだら体がおかしくなってしまう。

「せっかくですけど、小学生には多すぎます」

ナオミは皮肉らしく言って腰をあげた。

「オーケイ。今度は十オンス・カップにするよ。それで、いつ来る?」

「は?」

「俺の家にだよ」

「わたしが？」

ナオミは首をかしげた。

「おいおい、さっき約束したばかりだろう。フットボールを教えてやるって。モンタナ、ヤング、エルウェイ、サンダース――ビデオはなんでもありだ。もちろんカウボーイズのスーパーボウル連覇もね。今日の放課後でも歓迎するぜ」

「約束なんかしてません」

ナオミはあわてて胸の前に両手をかざした。

「だからさ、遠慮はよくないんだって」

ビルが顔をしかめる。

「遠慮じゃありません。フットボールのことはホスト・ファーザーに教えてもらいます」

「オヤジの知ってるフットボールは、せいぜいＯＪの時代のものさ。今とはルールが違う」

「じゃあ、クラスメイトに聞きます。フットボール部のニックに教えてもらいます。今、そうと決めました」

ナオミはきっぱりと言った。ビルは肩をすくめた。

「ま、いつがいいか、考えておいてくれ。お友だちが待ちかねているようだし、今日のところはバイバイね」

ウィリアム・ハミルトンはサングラスをかけ直し、ナオミのクラスメイトたちの間を踊るようなステップで通り抜け、どこからか現われたエディをしたがえてカフェテリアを出ていった。クラスメイトの三人は、ナオミがいつまでも捕まっているので、様子を見に近づいてきたらしい。

「ナオミ、彼と知り合い？　ずいぶん話し込んでいたようだけど」

アレクサンドラ・パトリックが小声で尋ねてきた。冗談じゃないとばかりに、ナオミは両手を激しく振りたてた。

「彼には近づかないほうがいいわよ。いい噂を聞かない」

パトリシア・ジョーンズがつぶやいた。

「どういう噂？」

ナオミは気になって尋ねた。スクールバスの運転手、ヘンリー・ハワードも同じようなことを言っていた。

「それは、まあ、いろいろよ……」

パティは口ごもり、栗色の巻き毛をモジャモジャやりながら、ほかの二人に目をやった。

「ねえナオミ、今週の金曜日なんだけどさ」

メアリー・エルナンデスが作ったような笑顔を投げかけてきた。メキシコ系の彼女は五フィートそこそこしかないので、ナオミとよく目線が合う。

「そうそう、ナオミ、ぜひうちに来てほしいの。わたしの誕生パーティーに」

サンディも表情を緩《ゆる》めて手を組み合わせた。ナオミはとまどい、おどおど首を動かした。

「毎年恒例《こうれい》なの」

パティがナオミの手を取った。

「料理がすごいのよ。サンディのママ、天才だわ」

メアリーもナオミの手を取った。

「パーティーといっても、ぜんぜん堅苦しくないから。ドレスもプレゼントも必要ないわ。来てくれるわね？　約束よ」

サンディにも手を取られ、ナオミは雰囲気にのまれてうなずいてしまった。

午後の授業中、ナオミは先生の声が耳に入らず、三度お小言をちょうだいした。意志に反してサンディにイエスと言ってしまった自分をうじうじ責めていたからだ。

対抗戦のお祭り騒ぎから解放されたと思ったら、今度は誕生パーティー。その次は何をやらされるはめになるのだろう。いつまで気後れしているのだろう。それを思うとナオミは、ヘビーな気分に押し潰されそうになる。

ところが、思い悩むうちにナオミは、ある事実に気づいた。ウィリアム・ハミルトンとのやりとりの中では、実は何度も本心を明かしていたのである。驚きと不可解に満ちた事実だった。

4

水曜日の夕食の席でヘインズ夫人が、あさっての晩はヒューストンのアストロドームに行きましょうと提案した。ナオミはメジャーリーグにも興味がなかったが、この時ばかりは手を高々と挙げて賛同した。

木曜日の夕食の席でナオミは、急に誕生パーティーに招かれたの、と申し訳なさそうに切り出した。でも試合のチケットを職場の人から無理に譲《ゆず》ってもらったのよね、ディビジョンシリーズだからプラチナチケットだったのよね、と付け加えることも忘れなかった。ところがヘインズ夫人は、お友だちのほうが大切よ、アストロズの試合はワールドシリーズで観られるわ、とナオミの思惑《おもわく》を覆《くつがえ》してしまった。

ヘインズ夫人――ドロシー・ヘインズはナオミのホスト・マザーである。五十五歳になった今も、九時から五時まで会計事務所でタイプを打っている。そのせいなのか、この歳の白人女性にしては、ほっそり上品な体つきをしている。

専業で主婦をやったことがないせいなのか、ヘインズ夫人の料理はどうにもいただけない。洗濯物の畳み方も掃除の仕方もがさつだ。けれど彼女はナオミの気持ちをよくくみとってくれる。ナオミが気後れして「イエス」と言ってしまっても、本心を察して「ノー」の方向で物事を進めてくれる。

なのに木曜日にかぎってヘインズ夫人の勘が鈍っていた。郡の水道局に勤める夫のジョン・ヘインズ氏は女房に右へならえという人なので、ナオミの誕生パーティー参加はあっけなく決定してしまった。

それからが大騒ぎだった。衣装はどうしましょう？　プレゼントは用意してあるの？　特別なことは何もしなくていいのとナオミが拒《こば》んでも、ヘインズ夫人は、親として恥ずかしいまねはさせられないと言って譲らない。ヘインズ夫人はほうぼうに電話をかけ、十一歳の子がピアノの発表会で着たというドレスを借りてきて、不器用な手つきで丈や肩幅を調整した。プレゼントは、ヘインズ氏もまじえてあれこれ検討された。

「私のコレクションの中から好きなものを持っていきなさい。それが一番日本人らしさをアピールできていいだろう」

ヘインズ氏が真顔でそう言い出した時にはナオミの肝《きも》が冷えた。彼は二十年来の日本びいきなのだが、そのコレクションはといえば、はたしてコレクションと呼んでいいのか悩んでしまう得体の知れない品々なのだ。金ぴかの鞘《さや》に収まった刀（いちおう斬れる）、浮世絵の法被《はっぴ》（メイド・イン・ホンコン）、合成樹脂でできた雛飾《ひなかざ》り（五人官女！）――すべてTVショッピングで買い求めたらしい。

ヘインズ氏の提案は結局ボツとなった。ナオミが曖昧《あいまい》にほほえんでいると、ヘインズ夫人が気持ちを察して、花束にしましょうと決めてくれたのだ。しかしナオミには重要な課題ができてしまった。留学期間が明ける来年の五月までに、勘亭流《かんていりゅう》の四字熟語を羅列した掛け軸がどれほどいかがわしいのかをヘインズ氏に納得させるだけの英語力を身につけなければならない。

そして金曜日になった。

目覚めても風邪の自覚症状はなく、ナオミはピーナツバターを塗った食パンをランチボックスに詰めてから、スクールバスで学校に向かった。授業もいつもと変わりなく、体育のバスケットボールで骨折することもなく、「七時からよ」とサンディに念を押されて、ナオミはスクールバスで帰宅した。

ヘインズ夫人にワインレッドのふりふりドレスを着せられ、シボレーの後部座席に押し込められ、ナオミはようやく覚悟を決めた。サンディのママの天才的な料理を食べつくし、あとは壁の花を演じていよう。

アレクサンドラ・パトリックの家までは二十分ほどのドライブだ。二十分といっても、その大半は六十マイル制限の道を走るので、距離としてはかなり離れている。サウスイースト地区のパトリック家とマデリン地区のヘインズ家は、ポート・ピータースのダウンタウンを挟んで正反対の位置にある。

パトリック家は豪邸というほどのものではなかったが、植民地時代《コロニアル》ふうのしゃれた白い建物で、玄関までのアプローチにはヤシとユッカが交互に植えられていた。丁寧に刈り込まれた芝生の庭からは、夕日に染まったメキシコ湾を望むこともできる。

「十一時に迎えにくるから、それまでたっぷり楽しむのよ」

ヘインズ夫人がうきうきした様子で帰っていくと、ナオミは心を空っぽにして呼び鈴を押した。

「ハーイ、ようこそ。もうみんな揃ってるわ」

サンディはTシャツにスポーツショーツだった。

「あの、これ……、お誕生日、おめでとう」

主役をさしおいた格好にナオミは赤面し、そのことを指摘されまいと、あわててバラの花束を差し出した。

「ああそうね、ありがとう」

サンディがきょとんとしているのは自分の服装にあきれているのだと、ナオミはますます気まずくなった。この場で回れ右して逃げ出したくもなった。

「今晩はパパもママも留守だから、騒ぎほうだいよ。ビールもワインも用意してある。お酒、飲めるよね？」

サンディはせわしく言いながらナオミを屋内に招き入れ、玄関のドアを閉めた。これでもう逃げられない。おまけにママが留守ということは、おいしい料理もなしということではないか。

ナオミはサンディに手を引かれて奥へ進んだ。サンディが一歩踏み出すごとに、その腰がきれいに横に振れる。軽装のせいで彼女の豊かなボディもまぶしく、一緒にチアリーダーをやらなくて正解だったと、ナオミはつくづく思った。

サンディは奥まった部屋の前で足を止め、ドアをノックした。

「はーい、みんな、用意はいい？　入るわよ。さあ、あなたからどうぞ」

サンディがドアを開け、ナオミに先に入るよううながした。

ナオミが室内に足を踏み入れたとたん、パンパンパンと何かが爆発する音がした。

「ようこそ、ナオミ・フセ！」

大きなテーブルを中心に、十人ほどが輪になってこちらを向いていた。メアリー・エルナンデス、パトリシア・ジョーンズ、エリックにダニーにローズにアリスにカイルにクリスにビッキーに――クラスメイトだ。みんなクラッカーを手にしている。

「なにぼんやり突っ立ってんだー。主役は両手を振って笑顔をふりまくもんだぜい」

エリックがナオミに銃を突きつけた。ナオミはきゃっと叫んでサンディに抱きついた。

「笑って、笑って」

パンと乾いた音が鳴った。銃口にバラの花が咲いた。

「今日はあなたのウエルカムパーティーよ」

ビッキーが指笛を鳴らした。

「もうひと月近く経っちゃったけど、なにしろ新学期がはじまってからずっと対抗戦の準備で、それどころじゃなかったのよ」

メアリーに手を引かれ、ナオミは部屋の中心に歩んだ。テーブルの上には、ピザとスナック菓子が無造作に並んでいる。

「ママの料理は次の機会にね。すっごくおいしいのはホントだから」

サンディがウインクした。

「早く飲もうぜ」

ダニーがピンク・シャンペンの栓を威勢よく抜き、サンディの乾杯の音頭でパーティーがはじまった。

ナオミが主役であることは疑いようがなかった。赤毛のダグ・コールマンが司会者気取りで仕切ってくれたからいいものの、そうでなければ、パトリオット・ミサイルのように飛んでくる質問をとても迎撃しきれなかった。

現金なもので、ナオミもちやほやされて悪い気はしなかった。月曜日の昼休みからこの部屋に入る直前まで続いていた憂鬱《ゆううつ》な気持ちを思い出す暇さえなかった。

だが質問の中には、ナオミに別の種類の憂鬱を連れてくるものもあった。

「ゲイシャ・ガールなのになんでキモノを着ないの？」

この類《たぐ》いの質問はまだご愛嬌《あいきよう》で許してやれる。

「どうして留学しようと思ったの？」

「ナオミのパパはどんな人？」

そんな悪意のない質問が、ナオミの古傷をちくちく刺激するのだ。

「チャレンジよ」

「少し厳しいかしら」

ナオミはいずれの質問にも偽りの笑顔で答えるしかなかった。

半年前、学校をやめるとナオミが切り出した時、父親は笑い飛ばした。次に無口になった。そして怒鳴りちらした。

ここまではナオミにも予測がたっていた。だが彼の涙は予定外だった。おんおん声をあげ、肩をふるわせた。母親ではなく父親がだ。母は泣きじゃくる彼の横で蒼白な顔で固まっていた。

ナオミはあっけにとられ、急激に気持ちがなえていくのを感じた。学校をやめる気がなえたのではない。退学の意志は絶対だった。だから、やめたいと相談を持ちかけたのではなく、やめると宣言したのだ。

自分の心を理解してもらおうという気持ちが失《う》せてしまった。反対されるのは目に見えていたけれど、気持ちをぶつけ合えばかならず理解してもらえるはずだと、ナオミには確信めいたものがあった。自分の胸の内をわかってもらったうえで、気持ちよく新しいステップを模索したかったのだ。ところが父親ときたら、ただ泣きわめくだけで、気持ちをぶつけ合うリングにのぼってもくれない。

この人とは気持ちを分かち合えないと悟《さと》った時、ナオミにとって彼は父親でなくなった。といって彼と完全に縁を切る勇気は持ち合わせていなかったので、妥協策として、自分の本当の希望はひとまず棚上げにし、彼が納得してくれそうな理由を提示した。ともかく現在の学校を離れることが絶対で、それを親に認めさせる手段としてアメリカ留学を持ち出した。

ナオミが日本で通っていた高校はアーレイ高校と姉妹校の提携を結んでいて、毎年一人ずつ生徒を送りあっていた。その交換留学制度にチャレンジしてみたいと申し出たのだ。うまいことに、ナオミには英会話のたしなみがあった。幼稚園の年長の時、わけもわからず親に英会話スクールに連れていかれ、以降ずるずる十年あまり通い続けていた。別段楽しくはなかったし、長じて英語の必要性に目覚めもしなかったが、とくに苦痛でもなかったので、学校帰りに本屋に立ち寄るような感覚で十年あまり通い続けていた。

日本の大学を出たらアメリカに一年間行きなさい、というのが父親の口癖《くちぐせ》だった。おそらく本人の英語コンプレックスがそういうレールを敷かせたのだろう。しかしそういうレールがあったおかげでナオミは、予定が少し早まっただけじゃないのと、父親を丸め込むことができた。

ナオミが現在アメリカにいるのはそういうねじ曲がった理由からで、一種の逃亡であり、チャレンジではない。チャレンジの気構えなく流れてきてしまったので、何ごとに対しても腰が引けてしまい、ストレスがたまるいっぽうなのだ。

クラスメイトの無垢《むく》な質問は、忘れたつもりの過去と、よどみ漂《ただよ》う現在を、ナオミに思い起こさせる。

とはいうものの、ナオミはおおむね良い気分だった。はじめて口にしたアルコールもいい具合に作用していた。

「日本のハイスクールはどんな感じだった?」

もしかすると、こういう一番嫌な質問をぶつけられたかもしれない。その可能性は極めて高い。

「もうっ、サイッコー!」

ナオミは笑って親指を立てたかもしれない。あるいは、

「その話題は二度と口にしないで」

と中指を突き立てたかもしれない。

けれどナオミには、いずれの記憶もない。慣れないアルコールに意識を奪われ、気がついたら車に揺られていた。ヘインズ夫人の迎えの車ではなく、エリック・ロバートソンが運転するコンバーチブルに。

酔っぱらったエリックがドライブを提案し、ナオミは真っ先に参加表明したのだという。エリックは先の夏休みに免許を取ったばかりで、ハンドルを握りたくてたまらない時期にあった。

それはあとで教えられたことである。リアルタイムのナオミはぼんやりと助手席に座っていた。なぜそうしているのかわからなかったが、頰を通り過ぎる風が心地よかった。カーラジオからはカントリーフレーバーなロックが流れ、後部座席ではダニーとビッキーがいい雰囲気で肩を組んでいた。

そして事故が起きた。

「おっ、おっ、おおっ」

エリックが妙な声をあげ、車体がガクガク長いこと揺れたのち、ドーンという音とともにナオミの全身を衝撃が貫《つらぬ》いた。

「おーい、だいじょうぶか?」

最初にダニーが言葉を発した。

「つー! ナオミ、そっちから出られるか?」

エリックにうながされ、ナオミはエアバッグをすり抜けて外へ出た。手も脚も普通に動いた。

車は半分歩道に乗りあげ、大木と斜めに接触していた。ボンネットの左から運転席にかけての被害が一番大きい。クラクションがいかれてしまったようで、けたたましく鳴り続けている。

「なによー？　どうしたのよー？」

後部座席からビッキーが出てきた。彼女も無傷のようだった。

「エリック、動けるか？」

ダニーも出てきて運転席を覗き込んだ。

「だいじょうぶ。ちょいと手を……、いてて……」

エリックが助手席側から這《は》い出してきた。左の二の腕から出血していた。ただし、ドクドク流れ出ている感じではない。木の幹で皮膚をこすった程度なのだろう。

「全員、奇跡的に無事ってわけか」

ダニーがほっと息をついた。

「ああ、縁石でこすってスピードが落ちたしな。しっかし、ああ、買ってもらったばかりなのに……」

エリックがしゃがみ込んで頭を抱えた。

「へたくそ」

ビッキーが悪態をついた。

「しょうがないだろ。道の真ん中に転がってたタイヤ屑《くず》をよけたらこうなっちゃったんだよう」

「おーい、だいじょうぶかー」

通りを挟んで向こうの歩道から声がした。

「救急車はいりません！　警察を呼んでもらえますか！」

ダニーが大声で応じた。

「警察……。そうだよ、警察だよぉ……。やっべえ……」

エリックはその場に大の字になった。

「あなた、だいじょうぶ？」

ナオミはふと気づき、車に向かって声をかけた。

「だいじょうぶだいじょうぶ」

ビッキーがチアリーダーのように手足を曲げ伸ばしした。

「えっと、あなたじゃなくて……」

近くに街灯がないのでさだかではないが、車内に一つの人影があるような感じなのだ。

「誰かぁ、ガムか飴《あめ》を持ってなーい？　少しでも酒の臭いを消したいんだけど。と、中にホールズがあったっけか?」

エリックががばっと起きあがり、車に戻っていく。その後部座席に、前のめりになった人がいるのが、ナオミには見えるのだ。動いている気配は感じられない。

「あったあった。全部食っちゃえ」

しばらくの間エリックは、運転席のあたりにうずくまってガリガリ音をたてていたが、やがてヘッドレストに手をかけて身を起こし、外に出ようと体の向きを変え、そしてわっと声をあげた。

「あなた、さっきから何? もっと落ち着きなさいよ。落ち着かないとうまく言い逃れられないわよ」

ビッキーが言った。

「だ、誰だよ、こいつ……」

エリックのかすれた声が響き、ナオミはダニーの腕を引いた。

「見えない? 後ろの席にまだ誰か残ってるの」

「はあ? 後ろには二人しか乗ってなかった——、あ、ホントだ」

ダニーが車に寄っていき、そして彼も悲鳴をあげた。

「エ、エリック、死んでる?」

「ああ、死んでる」

「もー、あんたたち、なにわけわかんないこと言ってるの!」

ビッキーが癇癪《かんしゃく》を起こした。

「で、でも、ほら、死んでる。来てみろよ」

ダニーに手招かれ、ビッキーが車に近づいていったが、途中でハッと足を止め、顔を覆ってその場にしゃがみ込んだ。

「だ、誰なのよ。後ろはダニーとわたしだけだったじゃない。いったい誰なのよ、その人! どうにかしてちょうだいよ!」

「誰だかわからない。わからないけど、一つだけ言えるのは、ずっと前から死んでるということ。だ、だってほら、ほ、ほ、骨が、み、み、見えて……」

ダニーはそこまで言って、また悲鳴をあげた。

5

一夜明けてナオミは首に痛みを覚えたが、レントゲンの結果は異常なしで、軽いむち打ちだろうと湿布を貼られただけで病院から帰された。同乗の三人も、怪我はないにひとしかった。

エリック・ロバートソンの飲酒運転とアルコール・パーティーは、その後かなり厄介《やっかい》な事態を招くことになった。しかしナオミにとってそれは二の次の問題だった。

一番の問題は、後部座席に降って湧いた死者である。

干《ひ》からび、骨がなかば露出していることから、素人目《しろうとめ》にも相当古い死体だとわかった。

女性であるとも判断がついた。

ではその干からびた死体は、いつ、どこから、車の中にやってきたのか？　後部座席の二人、ダニーとビッキーは、サンディの家を出発した際には何もなかったと言う。出発後も異変はなかったと断言した。いちゃついていたけれど、人一人分の物体が侵入してきたら気づかないはずはないし、そもそも途中一ヵ所も信号がなかったので停止しておらず、死体が入ってくるタイミングがない。

警察の到着を待っている間、エリックとダニーとビッキーは、声を揃えて繰り返していた。

「悪夢だ！　スティーブン・キングのホラーだ！」

しかしナオミにしてみれば、キングではなくクイーンだった。状況を落ち着いて観察すれば、エラリー・クイーンのように合理的に説明づけられるではないか。

エリックの車はコンバーチブル・タイプなのだ。つまり屋根がない。死体はそこから入ってきたと考えてはどうか。文字どおり降って湧いたのである。

たとえば、エリックがはねた人間が、放物線を描いて後部座席に落ちてきた。しかしこれはありえない。はねて着地するまでの数秒間に、どうして干からびるほど死体現象が進行するだろう。

では、対向車線からやってきたピックアップトラックが荷崩れを起こし、積んであった古い死体をすれ違いざまエリックの車に落としていった、というのはどうだろう。可能性としてはある。しかしそうだとしたら、どうしてダニーとビッキーが気づかなかったのだろう。干からびて軽くなっていたとはいえ、人一体が降ってきたらそれなりの衝撃を感じるのではないだろうか。

すると残る可能性は一つしかない。死体は車が停止してから出現した。通りすがりの人物が車内にひょいと投げ入れた？　そうではない。車の停止が衝突によってもたらされたことを忘れてはならない。歩道に乗りあげ、街路樹に衝突した。死体は木の上から降ってきたのである。樹上にあった死体が衝突の衝撃で落下してきた。ダニーとビッキーは衝突そのものに気を取られ、隣の落下物には気づかなかった。

警察の調べにより、ナオミの想像は現実となった。車が衝突した木を調べたところ、枝に死体の着衣の切れ端がひっかかっていたのである。

その樫《かし》の木は、高さが二十五フィート、横は一番広いところで二十フィート、着衣の切れ端が見つかったのは、地上から十フィートほどの、枝が入り組んだ箇所だった。

ではなぜ死体が木の上にあったのだろう？

ナオミが最も気になったのはその点である。この点に関してはナオミも、クイーンでなくキングの世界の話として片づけたくなった。

殺害現場が木の上だったのだろうか。犯人は被害者を木の上におびき出し、殺した。その可能性がゼロだとはいえないが、あまりありそうな話ではない。人を殺すには足場が悪すぎる。抵抗されたら自分が落下してしまう。

被害者は木の上で自殺を図《はか》ったのだろうか。しかしそうであったのなら、梯子《はしご》が残っていないとおかしい。幹に足がかりはなく、登るには梯子等の道具が必要で、しかるに自殺したあと自分でそれを片づけることはできない。第三者が片づけたとは考えにくい。片づける際、不審に思って木の上を調べるだろうから、その時点で死体が発見されている。

したがって、被害者は木の上で事切れたのではなく、死後木の上に移動したと考えたほうが自然なのだが、死体が自力で木登りすることはありえないので、別人の手によって樹上に運ばれたとなる。そして、その別人イコール殺人犯とするのが妥当だろう。路上に放置されていた死体を通りすがりの人間がかついで登ったとは、ちょっと考えにくい。

では犯人は何を目的として死体を木の上に運んだのだろう?

合理的に解釈しようとするなら、その答は、ない。

着衣の切れ端があったあたりは、枝が複雑に入り組み、葉っぱがみっしり茂り、さらにはスパニッシュモスのベールに覆われていた。スパニッシュモスというのはこの地方によく見られる常緑多年草で、無数の細い茎《くき》を蜘蛛《くも》の糸のように伸ばし、樹木に寄生するように生長する。また、被害者の着衣はくすんだグリーンのTシャツに迷彩柄のズボンで、だからエリックが車をぶつけるまでは、誰にも気づかれずに木の上に存在していた。するとと、死体を隠すことが目的だったのではないかと解釈したくなるのだが、今日まで誰の目にもとまらなかったのは、あくまで「結果的に」にすぎない。

現場はポート・ピーターース市街地のはずれのオーク・アレイ・ドライブである。左右の歩道にはスパニッシュモスに覆われた樫が立ち並び、枝を車道まで張り出し、一マイルほど緑のトンネルを形作っている。歩道に面しては、うらぶれた建物がぽつぽつ続いている。モーテル、ガソリンスタンド、食堂《ダイナー》、自動車整備工場――どれも、看板が曲がっていたり、窓をベニヤ板で塞《ふさ》いであったりと、ゴーストタウンを思わせないでもない。けれど、どの建物からも明かりが漏れている。エリックがぶつけた樫の木の前に建つ倉庫は、屋根が傾き、壁がめくれかかっている。けれど駐車スペースにはトラックやフォークリフトが置かれていて、今も使われていることを物語っている。つまり、ここは人の目がある場所なのだ。

普通、そういう区画に死体を隠そうと考えるだろうか。しかも、隠すといっても木の上にであり、いくら葉っぱが茂っていても、着衣が保護色であっても、スパニッシュモスのベールがあっても、通りすがりに発見される可能性はかなりありそうだ。仮に人の目は完全に騙《だま》せても、強風で落下するかもしれない。木の上が隠し場所にふさわしいとは、とても思えない。

どうして犯人は死体を埋めようとしなかったのだろう。この国には、ちょっと車で走れば、それにふさわしい森林荒野がいくらでもある。同じ市街地でも、地中に埋めれば発見される率がぐんと下がる。水中投棄でもいい。倉庫の裏は川になっている。深夜に堤防から投棄すれば、夜が明けるころにはメキシコ湾まで流れ着き、サメの餌《えさ》になっていることだろう。

納得のいかない点がもう一つある。

木の上に引きあげる手間はさほどではない。遺棄地点は地上十フィートなので、家庭用の梯子も届く。けれど現場は通りに面している。深夜でもそれなりに車の往来がある。目撃される危険を冒してまで、木の上に持っていく利点があるのだろうか。

ない、とナオミは思う。先に考えたように、木の上は死体の隠し場所としてふさわしくないのだ。

無理に答を作るとしたら——問題の樫の木の下で殺害し、死体を隠したいと思ったが、車がないので遠くに運べず、倉庫の脇に放ってあった梯子を利用して——となるが、しかしここはアメリカだ。車を運転できないと生きていけない。車は一人に一台である。車を運転できないのは子どもだけだ。

ナオミの兄はミステリー小説が好きで、それも、一見実行不可能に思える犯罪現象を探偵の明晰《めいせき》な推理によって合理的解決に導く類いの話を偏愛しており、ナオミも彼の影響を少なからず受けている。一夜にして消滅した屋敷とか、足跡のない雪原上の死体とか、東京で死んだはずの人間が大阪に出現したとか、そういった不思議な現象に現実的な解釈を与えてくれる小説を読むと、脳のある部分がびりびり痺《しび》れる。

しかし今回の樹上の死体に関しては、理智的な解答は望めそうになかった。犯人の目的はおそらく、死体の隠蔽《いんぺい》ではないのだ。木の上に放置することそれ自体が目的だったのだ。

発見された時の世間の反応を楽しみたかったのかもしれないし、得体の知れない宗教儀式なのかもしれないし、近くの窓から双眼鏡で眺めてはマスターベーションしているのかもしれない。異常心理による樹上遺棄だ。

現実とは結局そういうものだろうと、ナオミはがっかりしながらもそう結論づけ、木の上の死体の謎《なぞ》を追うことは早々に放棄した。

それが金曜日のベッドの中でのことで、土曜日、遅く目覚めた時には被害者の身元が判明していた。

ジョセフィン・テイラー、十八歳。ポート・ピータース市内のマデリン地区に住み、アーレイ高校の生徒でもあった。彼女は夏期休暇中の八月十五日に家を出たきり行方がわからなくなっており、警察に捜索願いが出されていた。

ジョセフィン・テイラーの干からびた首には手で絞められた跡が残っていた。死の直接の原因はこれだった。

しかし戦慄《せんりつ》すべきは着衣の下に隠されていた。死体の胸は原形をとどめていなかった。腐敗だけが原因ではない。乳房が二つともずたずたに切り裂かれていたのである。

6

「信じられないわ。あの、ジョーが……。元気で帰ってくると思ってたのに。信じられない……」

ヘインズ夫人は涙ながらに繰り返した。

「いい子だった。日曜の礼拝で顔を合わせると、決まって、『おじさん、きのうのアストロズ観た?』ってね」

ヘインズ氏も溜め息を繰り返した。

「そうよ。礼拝は欠かしたことないし、聖歌隊にもずっと参加していた。ああ、神様、あなたはなぜそのような試練を……」

むせび泣く妻の肩を夫が引き寄せ、二人はいつまでも悲しみを分かち合っていた。

ヘインズ夫妻はジョセフィン・テイラーを幼いころから知っていたという。同じマデリン地区に住み、教会も一緒だった。

二人はそれから、ジョセフィン・テイラーの思い出を切れ切れに交換し合った。愛くるしい笑顔、すらりと伸びた肢体、透き通るような歌声、利発そうな言い回し、ガールスカウトでのリーダーぶり、死刑囚支援集会での涙――ジョーという娘はまるで天使のような子だった。

ナオミにはヘインズ夫妻の一言一句が、結婚披露宴での仲人《なこうど》の挨拶に聞こえてならなかった。ジョセフィン・テイラーという人間が実感として伝わってこない。それは仲人の挨拶がそうであるように、人間のもう一面を語ることをヘインズ夫妻が意識的に避けているからではないのか。

ナオミは二人のためにコーヒー・メイカーをセットしたのち、思いきって尋ねてみた。

「ジョセフィンはどういういきさつで行方がわからなくなったのですか?」

「夜、家を出ていって、それっきり」

ヘインズ夫人が緩慢に首を振った。

「身代金を要求する電話がかかってきたということは?」

「ないわ」

「ジョセフィンはどこに出かけたのですか?」

「それがわかれば、こんなことには……」

「夜、家の人に黙って出かける。ジョセフィンはそういう子だったのですね？」

「それは、あの年ごろの子は、ジョーにかぎらず、いろいろ難しいから……」

「今回の件はジョーの側に問題がある、と言いたいのかね？」

ヘインズ氏が眉を寄せた。

「いえ、そう言ってるのではなくて、行き先のメモとか残っていなかったのかなと……」

ナオミはしどろもどろでごまかした。

「メモがあれば、それを頼りに捜しているさ」

「特別なことは何もなかったのよ。出かける前に誰かから電話があったとか、電話をかけていたとか、母親と喧嘩《けんか》したとか、外出とつながることは何もなかった。ベッドルームの机には読みかけの本が伏せてあって、ちょっとそこまでといった様子だったの」

ヘインズ夫人は目頭にハンカチをあてる。

「ジョセフィンは歩いて出ていったのですか？」

「いいえ。母親の車を借りて」

「その車は見つかっていないのですか？」

「見つかったわ。市警の保管所で」

「市警？」

「パーキングメーターが時間切れで、レッカー移動されてたの」

「移動される前はどこに？　オーク・アレイ・ドライブに停めてあったのですか？」

エリックが事故を起こした通り、つまり彼女の死体があった場所がオーク・アレイ・ドライブである。

「違うわ。ダウンタウンの方」

「駐車していた近辺にジョセフィンの友だちが住んでいたということは？」

「あるもんですか。セイント・パトリック・ロードよ」

「どういう場所なのです？」

「どういうって、ダウンタウンの――」

「ドロシー、その話が今日の日にふさわしいとは、私には思えんがね」

ヘインズ氏が怒ったようにさえぎって、

「ナオミもだ。さっきから変な質問ばかりして、君はいったい何を考えているのだね。ゆうべの飲酒といい、私は君を見損なったぞ」

「あ。コーヒーが」

ナオミはそうはぐらかしてソファーを離れた。犯罪事件に興味があるのですとは、まさか言うわけにいかない。昨晩のベッドでは、現実の事件の真相なんてつまらないものと切り捨てたというのに、猟奇殺人で、しかも被害者が同じ高校の生徒だとわかると、俄然《がぜん》、事件の背景を知らずにおれなくなったのだ。

ナオミはコーヒーをつぎ分けながら言い訳を考え、リビングルームに戻ってそれを口にした。

「わたし、怖いんです」

ナオミは自分の肩を抱いた。

「ジョセフィンはごく普通の、どこにでもいるような女の子だったのですよね?」

「ああ。いい子だった」

ヘインズ氏がコーヒーをすすった。

「誰かに怨《うら》まれていたり、トラブルを抱えている様子はなかった」

「そうだとも」

「ということは、ジョセフィンは、見ず知らずの人間により、いわれなく殺されてしまったわけですよね?」

「まったく、ひどい話だ」

「すると、犯人にしてみれば、誰が標的でもよかった。このわたしでも」

「それは……」

ヘインズ氏がとまどった。

「わたしもジョセフィン・テイラーのような目に遭うかもしれない」

ナオミがそういう恐怖を感じていたのは事実である。

「ああ、この子ったら」

ヘインズ夫人がナオミの肩を引き寄せた。

「この町では、この種の通り魔的、猟奇的な犯罪が、日常的に発生しているのでしょうか？」

ナオミはヘインズ夫人の胸の中でつぶやいた。

「心配しないの。ＬＡやマイアミと較《くら》べれば、ポート・ピータースはずっとずっと平和な町よ」

「けれど、実際に、ジョセフィンがあんな目に」

「どんな町にも危険な場所はある。わけのわからん人間は存在する。だが、この町で、うちと学校を往復しているかぎり、犯罪に巻き込まれることはない。絶対だ」

ヘインズ氏が言い切った。

「学校がお休みの時も、決してあなたを一人で放っておくようなことはしないから、だからナオミ、安心なさい」

ヘインズ夫人はそう言って、いつまでもナオミの髪をなで続けた。

ジョセフィン・テイラーの話はそこまでとなった。その場の話題として打ち切りになっただけでなく、その時を境にヘインズ家の中に報道管制が敷かれてしまったのだ。毎朝ナオミが起きた時にはもう新聞は片づけられており、テレビのローカルニュースがはじまるとチャンネルを変えられる。いたずらに恐怖をあおらないための配慮ではあったが、ナオミは事件の続報を知る手だてを失った。

7

月曜日、学校の授業は午前中で打ち切りとなり、午後からは校庭で追悼集会が行なわれた。

校長先生や前年度の担任や生徒の代表が、それぞれの立場からジョセフィン・テイラーの思い出を語り、嘆き、われわれ一人一人の力を結集させて犯罪のない社会を築こうと強くアピールした。しかしジョセフィン・テイラーの失踪《しっそう》と結びつけられそうなエピソードは何一つ語られなかった。

集会のフィナーレはキャロル・キングの「君の友だち」の大合唱だった。青空の下で生バンドがエイトビートのリズムを刻み、全員が声を揃えて「あなたがわたしの名前を呼ぶだけで、わたしはどこにいても、あなたに会いに飛んでゆく」と歌う。芝生の上には色とりどりの花が並べられ、花束の間には写真やメッセージ・カードや風船やぬいぐるみも供えられていた。

ナオミが抱く追悼のイメージとはほど遠い、テキサスの空気のような、からっとした集会だった。けれどフットボールの試合の時のようなお祭り騒ぎでは決してなく、生徒はみな肩を落とし、目を赤くしていた。

そんな中、あの晩ジョセフィン・テイラーは誰に会いにいったのだろうとつい考えてしまう自分に、ナオミはあきれかえり、恥ずかしさを覚えるのだった。

しかしうずく心はどうしても抑えきれない。火曜日にはもう、ナオミは探偵活動をはじめていた。

昼休みのカフェテリアで耳をそばだて、事件の噂話が出てくるのを待った。クラスメイトの何人かに、ジョセフィン・テイラーの素行や交友関係についてそれとなく尋ねてみた。

結果はかんばしくなかった。故人を思って意識的にそうしているのか、カフェテリアではジョセフィン・テイラーの名前すらささやかれなかった。クラスメイトは、ジョセフィンとは学年が二つ違うこともあり、彼女の日常をほとんど知らなかった。ただ、授業を抜け出したり、喫煙で処分されたりと、ヘインズ夫妻がいうほどよい子ではなかったことだけはわかった。

ナオミには一つあてがあった。ウィリアム・ハミルトンである。彼はジョセフィンと学年が一緒だったので、確実にもっと多くの情報を持っているはずだった。ナオミが昼休みいっぱいいっぱいカフェテリアで過ごしたのは、彼に声をかけられないかとの期待もあってのことだった。ところがそういう時にかぎって彼は姿を現わさない。ならばナオミが彼のクラスを訪ねればよいのだが、それはしなかった。自分からアクションを起こしたのでは、今後付け入る隙を与えるようで嫌だったのだ。

水曜日の学校帰り、ナオミはスクールバスの中で運転手に声をかけた。

「ジョセフィン・テイラーはこのバスで通っていたのですか？」

アーレイ校生徒の通学方法は三通りである。スクールバスを利用する、親に送迎してもらう、自分で車を運転してくる。公共の交通機関による通学はない。ポート・ピータースには市バスが何ルートか走っているが、いずれも市の中心部しかカバーしていない。

行方不明となったあの晩、ジョセフィン・テイラーは母親の車で家を出ている。それは自分の車を持っていなかったことを意味する。また、黙って出かけていることから、親との関係がよくないのではないかと察せられ、そうであるなら親に送迎されたくないと考えるのではないだろうか。

「終業式の日にね、『夏休みが明けても、アストロズはまだ中地区の首位を走っていると思う？　わたしは最下位に落ちてるに十ドル』ってね。やっぱり子どもは読みが甘いな。ワールドシリーズにも出られそうだというのにな。十ドルもらいそこねたよ」

ヘンリー・ハワードはそう答えて洟《はな》をすすった。

「ハワードさんは彼女と親しかったのですね?」

「アストロズの話はよくしたよ。そこがジョーの指定席でね」

ナオミは運転席の真後ろに座っている。さっき十一年生《ジュニア》の男子が降りていってからは、車内は二人きりとなっている。

「彼女があんな目に遭ったのは、ただの不運だと思われます?」

「不運としか言いようがないが、不運の一言で片づけるには、あまりに酷だ」

「あの晩、ジョセフィンはどこに出かけたのだと思われます?」

「どこなんだろうね。出かけなければあんなことにならずにすんだのに」

「彼女が夜訪ねそうな先に心あたりは?」

「私に訊《き》かれても……」

「彼女の友だちや趣味もご存じなのでしょう?」

「親しかったといっても、私は運転手で、ジョーはお客さん。アストロズの話しかしとらんよ。ほかには何も——、いや、もう一つだけ知ってるな。そこがジョーの家」

ヘンリーは左手を窓の外に出し、日干しレンガの古い家を指さした。あてがはずれたナオミに次の言葉はもうなかった。

しばらくしてヘンリーが言った。

「ところでナオミ、君はほうぼうでさっきのような質問をしているのかね?」

「いえ、そういうわけでは……」

ナオミは居住まいを正した。

「はっきり言って、さっきの質問は感心できんな。タブロイド紙の記者のようで。今は祈りを捧げる時期なのではないかな?」

「はい」

「故人についてあれこれ嗅《か》ぎ回るのが日本の流儀なのかい?」

「いえ、そんなことは決して」

「だったら、なおのこと行動には気をつけなさい。この町の人間は、ナオミ・フセ、イコール、日本人のスタンダードだと見ている。今この町に住む日本人はおそらく君だけで、平均の取りようがないからね。君の軽率なふるまいによって、日本人はすべてそうなのだと思われたら困るだろう?」

ヘンリーは淡々とした調子で、しかし厳しいことを言う。

「ご忠告、ありがとうございます。以後、言動をつつしみます」

ナオミは中腰になって頭を下げた。

「良い行ないをして日本人の株を上げていくのも忘れるんじゃないぞ。それで、どうしてジョーが出かけた先が気になるのかね? ゴシップが好きなのかい?」

実はそれに近いのだが、ナオミは、

「わたし、怖いんです」

と自分の肩を抱き、ヘインズ夫妻を相手にした時と同じ言い訳を試みた。

「心配なのはわかるが、君が事件をあれこれ詮索したところで犯人は捕まらんだろう。今は時が来るのを待つしかない。家と学校を往復しているぶんには安全なのだから。あと、一人歩きは避けることだ。それが、君が今すべきすべてではないかね?」

ヘンリーもヘインズ夫妻と同じ意見だった。

「はい、それはわかっています。けれど、捜査がどう進んでいるのかもわからず、不安がつのるいっぽうなのです。ヘインズさんがわたしの前から新聞やTVをシャットアウトしてしまって」

「それは親として賢明な判断だと私は思うがね。はい、終点だよ」

バスが停まり、ドアが開いた。

ナオミは席を立ち、ありがとうとステップを降りかけたが、ふと思い出して、

「セイント・パトリック・ロードとは、どういうところなのですか?」

「おやおや、今まで何を聞いていたのかね。それとも聞き取れなかったのかね」

ヘンリーが露骨に顔をしかめた。

「ハワードさん、誤解しないで。事件を詮索しているのではありません。車がセイント・パトリック・ロードに放置されていたということは、そこでジョセフィンの身に何かが起

きたのではないかと考えられます。何かが起きるほど、そして何かが起きても助けが得られないほど、セイント・パトリック・ロードは危ない場所なのでしょうか？　もしそうであるのなら、わたしも近づかないようにしなければと思って」

「ああ、危険だ。決して近づいてはならない」

「いったい何がある場所なのですか？」

「そろそろ解放してくれないかな。私はもう二往復せにゃならんのだ」

ヘンリーは狼狽《ろうばい》した様子で腕時計に目を落とした。ナオミは彼の表情からなんとなく察しがついたので、それ以上の追及はやめた。

「どうもありがとう。決して近づかないよう、心にとめておきます」

ナオミはヘンリーに笑顔を送り、バスを降りた。

何があるにせよ、セイント・パトリック・ロードが一般人と無縁の場所であることは間違いなかった。そんな怪しげな街区を、ジョセフィン・テイラーは何のために訪ねたのだろうか。その目的が殺人と直接結びついていないとしても、ナオミはそれを知りたくてたまらなくなった。

8

木曜日の数学の授業中、ナオミは閃《ひらめ》いた。あまりに単純な見落としに、思わずぷっと吹き出し、ウェルチ先生に怪訝な顔をされた。

ナオミが閃いたのは方程式の答ではなく、探偵の方法である。家では新聞とＴＶを制限され、学校関係者には訊きづらく、ウィリアム・ハミルトンはカフェテリアに現われず、足がないのでセイント・パトリック・ロードの探索もできず、探偵活動は暗礁に乗りあげてしまった感があったが、実は打つ手はまだ残されていたのだ。それも基本中の基本ともいうべき方法が。

家で新聞を読めないのなら、外で読めばいい。図書館で。

その放課後、ナオミは早速《さっそく》校内の図書館を訪ね、まずは先週末からのポート・ピーターズ・トリビューンを閲覧した。

ジョセフィン・テイラーの死体発見を最初に報じていたのは月曜日の紙面だった。死体の発見が金曜の夜遅くだったため、土曜日の紙面に間に合わなかったらしい。日曜日の紙面にも載っていなかった。ポート・ピーターズ・トリビューンは日曜版でニュース報道をいっさい行なわないのだ。旅行やガーデニングや映画や株式投資といった企画記事で埋めつくされている。

月曜日の紙面では、ジョセフィンの事件は一面トップで報じられていた。火曜日にも、葬儀と追悼集会の写真をからめて社会面のトップで扱われていた。それが水曜日には写真なしの二段扱いとなり、木曜日にはベタ記事へと降格していた。捜査の経過が思わしくないことは一目瞭然で、解剖の結果薬物反応が出たことを除けば、有力と思われる目撃談も載っていなかった。

といって、ナオミが落胆したのかといえばそうではない。落胆どころか、興奮と恐怖が入り乱れ、心が激しくふるえた。

月曜日の一番大きな見出しがそうなっていたのだ。

――よみがえった切り裂き魔！

「よみがえった」と表現してあるからには、過去にも同様の事件があったと判断できる。そう思って記事を追っていくと、はたして次のような記述にぶつかった。

――ポート・ピータース市内においては、一昨年と昨年にも、女性が首を絞められたあと乳房を切り刻まれるという事件が発生しており、ジョセフィン・テイラーの悲劇も同一犯によってもたらされたのではないかとの見方が有力である。

連続猟奇殺人だったのである。その恐怖、その忌まわしさを現実として認識したくないという気持ちから、ヘインズ夫妻をはじめとして、みな口が重かったのか。

では過去二度の切り裂き魔事件とは、いったいどのようなものだったのだろうか。手元の新聞の中では具体的にはふれられていない。事件が発生した日付も記されていないので、古い新聞を探すのも骨が折れそうだ。

ナオミはそこで、はやる気持ちを抑えつけて、先にジョセフィン・テイラーの事件を片づけることにした。カウンターに行き、八月後半の新聞を出してもらう。

ジョセフィン・テイラーの失踪についてはベタ記事で一度載っただけだった。失踪の事実が伝えられているだけで、目撃者証言も、彼女とセイント・パトリック・ロードのつながりも記されていない。

ナオミはそれから一昨年の新聞を借り出したが、まだ成果が出ないうちに最終バスの時間となってしまい、続きは翌日回しとなった。

金曜日の六時限目が終了してナオミが図書館に飛んでいくと、司書のエミリー・ルイスがにこやかに語りかけてきた。

「きのうからいやに熱心だけど、何を調べているの？」

「レポートを書かなければならなくて」

ナオミは適当に答え、一昨年下半期の新聞を出してもらえるよう頼んだ。

「ラモーン先生？　それともエイクマン先生？」

「いえ、そのう、日本から持ってきた課題です。ポート・ピータースがどういう町なのか、帰国後みんなの前で発表しなければならなくて」

「あらあら、来年のレポートを、もう？　ずいぶん用意がいいのね。それともホームシック？」

エミリーはからかうようなウインクをナオミによこすと、でっぷりした体を揺すって書庫の奥に消えた。

ほんの出まかせに口にしたことがナオミに憂鬱を連れてきた。

そう、留学には期限があるのだ。来年の五月末には日本に帰らなければならない。あの高校に。完全なドロップアウトをしきれず、窮余《きゅうよ》の策として交換留学を選んだため、籍はまだ向こうに残っているのだ。あの高校に戻り、また死んだような毎日を送ることになるのか。それとも、父親とあらためて対決するのか。ナオミには、ポート・ピータースの切り裂き魔よりも、帰国後待ちかまえている事態のほうが恐ろしく思われてならなかった。

「手伝う？　どういうジャンルの記事を探してるの？」

エミリーの申し出を曖昧な笑顔でやりすごし、ナオミは一人で新聞の束を抱えて隅の席に移動した。

求めていた記事は九月の紙面にあった。

被害者は通称パンドラという街娼だった。自称二十五で通していたが、実際は四十前後に見えたという。死体は娼婦宿のベッドの上で発見された。ジョセフィン・テイラー同様、首を手で絞められ、乳房を切り裂かれていた。

有力な目撃証言はなかった。娼婦宿といっても、誰が管理しているわけでもなく、見た目はただのアパートで、街娼たちがそこの部屋を自分で借り、自分がつかまえた男を引っ張り込んでいるだけなのだ。店の形態をとっていないので、パンドラがとった客のことはパンドラ本人にしかわからない。アパートの建物への出入りも、あたりに街灯がないことから、信頼するにたる証言は得られていない。この時点では行きずりの犯行との見方をされている。

ナオミは次に昨年の新聞を借り出し、八月の紙面に第二の事件を発見した。

被害者は通称ベビーB、パンドラ同様、セイント・パトリック・ロードのアパートを根《ね》城《じろ》にする街娼である。年齢は三十前後。ベビーBも首を手で絞められ、乳房を切り裂かれていた。ただし死体が発見されたのは娼婦宿ではなく、セイント・パトリック・ロードから一マイル離れたメイフェア公園の雑木林の中だった。

ベビーBの事件についても有力な証言は得られていない。街娼が続けて被害に遭ったことで、市警の広報担当官が非公式ながら、クリーン・スターによる犯行の線をほのめかしたが、逆にクリーン・スターの猛烈な反論に遭い、彼は閑職に追いやられている。クリーン・スターというのは、テキサス州全域で街の浄化運動を推進している過激派組織である。

過去二回の事件と照らし合わせると、ジョセフィン・テイラーも同じ犯人にやられたと考えて間違いなさそうだった。いずれもセイント・パトリック・ロードが拠点となっていて、扼殺《やくさつ》という殺害方法も、死後乳房を切り裂かれたことも共通している。事件がほぼ一年間隔で発生していることにも意味があるのかもしれない。

しかし同一犯とするには腑《ふ》に落ちない点が認められるのも事実だった。ジョセフィン・テイラーの死体は木の上に引き上げられていたが、前二回においてはそのような手間はかけられていない。前二回の被害者は娼婦だが、ジョセフィン・テイラーは高校生である。

ジョセフィンは高校生でありながら、夜は立ちんぼをしていたのだろうか。高校生の女の子が路地の暗がりから「おにいさん、遊んでいかない?」とは、ちょっとピンとこない。しかし日本の高校生も形こそ違え売春している例があるのだから、あながち突飛な想像とはいいきれない。なにより、事実として、ジョセフィン・テイラーはセイント・パトリック・ロードを訪ねている。街娼うろつく夜の同所を社会見学したとは考えにくい。

ナオミがそうやって想像をたくましくしていると、背後から声がかかった。

「もうそろそろ終バスだから、このくらいでいいかしら?」

司書のエミリー・ルイスだった。気を利かせて続きの新聞を持ってきてくれたのだ。

「ありがとう」

ナオミが新聞を受け取ろうとすると、エミリーがすっとんきょうな声をあげた。

「まああなたったら！　そんな記事を探してたの！」

「あ、いえ、これは、たまたま……」

ナオミはあわててベビーB事件を報じた新聞を折り畳んだ。

「でもあなた、メモしてるじゃない」

「日本ではあり得ない種類の犯罪なので、つい興味を惹《ひ》かれて……」

もはや手遅れだが、記事を写したノートも閉じる。

「ポート・ピータースは、ううん、アメリカはそんなひどい国だと報告するつもりなのね」

エミリーが悲しげに首を振る。

「レポートに書くかどうかはわかりません。いえ、書きません」

「いいのよ、気をつかわなくて」

エミリーは椅子に腰かけ、ベビーB事件の新聞を開いた。

「本当に報告しません。聞かされるほうもいい気分しないだろうし」

ナオミはもじもじ繰り返した。するとエミリーはキッと顔を引き締め、ナオミの手を取って、

「いいえ。報告してちょうだい。まぎれもない事実なんですもの。きれいなところばかり

報告するのはフェアじゃないわ。ただ、一つだけ聞いてもらえるかしら」

「はい」

「ポート・ピータースはアーミッシュの村じゃない。銃が売られ、盗みが起き、売春婦がいる。殺人も、今にはじまったことじゃない。わたしが知っているかぎり、ほかにも十件は発生している。物盗りが目的であったり、ドラッグが原因だったり、人種差別問題がからんでいたり。でも聞いてちょうだい、こんな気味の悪い殺人事件ははじめてなの。きわめて特殊な事件であり、市民はどう受けとめてよいかわからず、とまどっているの」

「はい」

「生まれて四十年ずっと住んでいるおばさんがそう証言していたと、かならずつけ加えるのよ」

「わかりました」

「オーケイ。じゃあ、もうお帰りなさい。そろそろバスの時間よ。新聞はわたしが片づけるから、そのままでいいわ」

言葉に甘えて、ナオミはノートを持って席を立った。

「ありがとう。さようなら」

「ああ、ちょっと待って。事件について、ほかの人にあれこれ訊かないほうがいいわよ。これは忠告」

エミリーが小声で言った。

「はい、つつしみます。故人に失礼ですものね」

「それとは別に、あなたのためを思ってね」

「あなたを敵視している人がいることを憶えておいてほしいの」

ナオミは首をかしげた。

ナオミは驚き、ノートを取り落とした。

「あなた一人というわけではなくて、外国からの留学生はみな、ある種の人たちから快く思われていない。この学校の中にもいる。誰とは言えないけれど」

「どうして……」

「あなたたちの学費がこの町の税金でまかなわれているからよ。ところがあなたたちはこの町に税金を納めていない」

「そんなこと言われても……」

「ええ、それは仕方のないことよ。ご両親がこの町に住んでいないのだから。でも、それに納得できない人が一部に存在するの。住民でもない人間のために税金を使うのはけしからんってね。ことに今はピリピリしている。八月のハリケーンの被害が大きかったものだから、留学生に使う予算があるのなら復興支援に回せと思っている。市議会の議題にものぼっていたわ。だからあなたたちも言動には充分注意してほしいの。どんな発言が彼らの神経を逆なでするかわからないから」

エミリーは溜め息をつき、くれぐれも気をつけるのよと繰り返した。

9

日曜日の午後、ヘインズ夫妻のお供でショッピングモールに出かけたナオミは、靴屋の前で声をかけられた。

「学校、何か変わったことある?」

死体発見の功労者、エリック・ロバートソンだった。ナオミはヘインズ夫妻にエリックを紹介した。

「私の時代は、謹慎中は家を一歩たりとも出たらいけなかったものだが」

ヘインズ氏が教師のような顔つきで言った。

「イエス、サー。きのうまでは庭にも出ませんでした。ずっと部屋にいて反省文を書いていました。でも、息が詰まって死にそうで」

エリックは栗色の長い髪をもじゃもじゃ掻《か》いた。

「そうだわよね。謹慎も日曜くらいは休みにしてほしいわよね」

ヘインズ夫人が屈託《くったく》なく笑った。

「酸素補給もできたことだし、また牢獄に戻ります。おじゃましました。よい日曜日を」

エリックは溜め息をつき、とぼとぼ立ち去っていく。ナオミは彼の背中に、もう少しの辛抱よと声をかけたが、ふと閃いて、

「彼と少し話していってもいいですか？　かわいそうだし、授業の進み具合も教えてあげたいし」

とヘインズ夫妻にうかがいをたてた。

「悪くない考えだわ。学校に戻った時、授業についていけなかったら困るものね。ねえ？」

夫人にうながされ、ヘインズ氏も、

「まあ短い時間ならな。ただし、モールから出ちゃいかんぞ」

「もちろんこの中で話します。地下のフードコートで」

「わかっていると思うが、アルコールは厳禁だぞ」

「はい、もう、酒はこりごりです。アイスクリームをなめてます、はい」

エリックがぺこぺこ頭を下げた。

「ラムレーズンはいかんぞ」

「イエス、サー」

「じゃあ、一時間ね。ナオミは三時にこの店の前に戻ってくること」

ヘインズ夫人はそう言って夫の腕を取った。

「学校にチクったりしない？」

ヘインズ夫妻の背中を目で追い、エリックがつぶやいた。

「だいじょうぶよ」

「それならいいけど。ま、今日はおごるよ。ずっと家の中で、ホント、気が狂いそうだったんだ」

エリックはエスカレーターに向かう。

「ねえ、ここまで何で来た？　自転車？」

ナオミは本題を切り出した。

「車」

「そんな気がした」

「あ、これ、内緒ね。親父とお袋、ゆうべからエルパソでさ、これさいわいと親父の車を持ち出したわけ。今日、兄貴のデビュー戦なんだよ。ＵＴＥＰでフットボールやってるんだ。四年になってやっとデビューだから、ＮＦＬは夢のまた夢だけどね」

ホールズの効果かどうかはさだかではないが、エリックのアルコール検査の結果は酒気帯びにとどまり、彼はかろうじて免許停止をまぬがれていた。

「車のこと、誰にも言うなよ」

エリックはエスカレーターの前で立ち止まり、そう念押しした。

「絶対に言わない。その代わり、一つ頼みを聞いてちょうだい」

「何？」

「時間がないわ。歩きながら話す」

ナオミはヘインズ夫妻が家庭雑貨の店にいることを確認し、エリックの腕を引いた。

「おい、フードコートは下だぞ」

エリックがエスカレーターを振り返るが、ナオミはかまわず出口に急ぐ。

「セイント・パトリック・ロードって、ここから近い？」

「そう遠くはないけど」

「一時間で往復できる？」

「まさか、連れていけって？」

エリックが足を止めた。

「ドライブよ」

「でも、モールは出ないって約束しただろ」

「バレて怒られるのはわたしだけよ」

ナオミは今一度エリックの腕を引いた。

「でも、あそこは……」

「危険?」

「危ないってゆーかー」

「子どもが行く場所じゃない」

「うん。とくに女の子はね」

「車からは降りない。車で一周してくれればそれでいい。だからお願い。連れてってくれたら車の件は黙っておくから」

ナオミはなかば脅すようにエリックを説き伏せた。

ナオミはエミリー・ルイスの忠告を忘れたわけではない。驚いたし恐怖も感じた。だがその驚きも恐怖も、どこか現実的な肌ざわりに乏《とぼ》しかった。スクリーンの中から、「言動に注意しなさい」と忠告されたような感じなのだ。

似たような感覚がもう一つある。一連の切り裂き魔事件に恐怖を感じながらも、ゲーム感覚であれこれ嗅ぎ回っていることだ。

ナオミにはその理由がわかりかけていた。ポート・ピータースが自分の町でなく、アメリカが自分の国ではないからだ。もしこの事件が日本で発生していたなら、被害者が誰であれ、その秘密を探ろうとは思わなかっただろう。そして自分が住む町で発生していたなら、布団をかぶってふるえていたことだろう。

日本の中の他人は自分と同格の人間として見ることができる。けれどこの国にいては、自分以外のすべての事柄、人も建物も言葉も空気も、何もかもが自分と遊離した存在として感じられてしまう。自分だけが物語の世界に迷い込んでしまったかのような感覚なのだ。

この国に来て日が浅いからそう思うのかもしれないし、あるいは来年の帰国の日にもまだそう感じているかもしれない。そうするとこの留学は、経験でも思い出でもなく、夢としてしか自分の中に残らないのか。

「なんでまたセイント・パトリック・ロードなんかに行きたいの？」

走り出してしばらくしてエリックが言った。

「社会見学」

「だったら今度、陸軍墓地や製油所に連れてってやるよ。だから今日はやめとかない？」

「製油所ならヘインズさんに連れてってもらえるわ」

「見せたくないなあ。日本に帰って悪口言うんだろう」

「言わないよ。わたし個人が興味あるだけだから」

「将来のための下見？」

「今の発言、セクシャルハラスメントだと思う」

「ごめん。撤回します」

エリックは頭を掻いて、あとは黙ってハンドルを握った。

車はやがてダウンタウン・エリアに入った。戦争記念館の脇を過ぎ、グレイハウンドの発着所を越え、ベビーBの死体が発見されたメイフェア公園の間を抜ける。

「犯人、早く捕まらないかなあ」

ナオミはサイドウインドウを指でなぞりながらつぶやいた。

「捕まりそうじゃん」

エリックがごくあっさりと言った。ナオミは驚いて訊き返す。

「容疑者が浮かびあがったの？」

「そこまでいってないみたいだけど、有力な手がかりが見つかったらしくて、間もなく参考人の聴取をはじめるとか。今朝の『ウィークリー・ローン・スター』見なかった？」

「うち、TV禁止だもの」

「ひょー、あのオヤジさん、そんなに厳しいんだ」

「それで、有力な手がかりって？」

「具体的には言ってなかった。はい、そろそろだよ。写真は撮るなよ。見つかったら何されるかわかんない」

エリックはスピードを緩めて右折した。銀行やオフィスが建ち並んだ通りから一歩裏に入ると、雰囲気ががらりと変わった。

セイント・パトリック・ロードはナオミが想像していたとおりの場所だった。覗き部屋、ビデオショップ、トップレスバー——日本ふうにいえば風俗街である。日曜日の昼間だからなのか、ぽつぽつ人が歩いているだけで、街娼らしき女性も立っていない。

「日本にはこういう場所がないの？」

顔を隠したいのか、エリックがサングラスをかけた。

「ないわよ」

「ふーん、クリーンな国なんだな」

日本の風俗街はどこも、セイント・パトリック・ロードの十倍は看板がどぎつく、呼び込みも派手で、昼間から欲望丸出しである。もしエリックが日本に遊びにきて、新宿の歌舞伎町《かぶきちょう》を見学したいと願い出たら、断固として拒否するだろうとナオミは思う。

「女の子が遊ぶようなお店は一つもないの？　小さなギフトショップとか」

ナオミは通りの左右を注意深く窺う。

「あるもんか。この一角は女の子で遊ぶとこ」

「そういえばエリック、たしかジョセフィン・テイラーの車はここに放置されていたのよね？」

「ああ」

ナオミはしらじらしく尋ねた。

「このあたりにお友だちが住んでいたのかしら」

「そんな場所かよ。見りゃわかるだろう」

「彼女の死体から薬物反応が出たそうだけど、それって、彼女がドラッグをやってたということ？」

「うーん。そうとは言えないだろう。犯人に無理やりのまされたのかもしれないし。あ、日本に帰って適当なこと言うなよ。アメリカの高校生はみんなドラッグやってるなんて。僕はマリファナもコカインも見たことがない。はい、次の角でおしまいね」

あっという間に一周が終わった。店舗の数も日本とは較べものにならないほど少なかった。

「ちょっと待って」

ナオミはハッとして振り返った。いま通り過ぎた右手に、記憶を刺激する何かが見えたのだ。茶色地の看板だ。黄色い立体的な書体で「D-DINER」とある。

「ごめん。もう一周してくれる？」

「えー」

「もう一周だけ」

車がゆっくり角を曲がる。すでに見たトップレスバーが現われる。ナオミは通りから目を離し、こめかみに指をあてて記憶を探った。D-DINER、D-DINER、D-DINER——。マッチブックだ。ウィリアム・ハミルトンがスタジアムの地下通路で取り出したマッチブック。その表にD-DINERのロゴがあった。

ジョセフィン・テイラーがセイント・パトリック・ロードで姿を消した。ウィリアム・ハミルトンがセイント・パトリック・ロードにあるダイナーのマッチブックを持っていた。二人は同じハイスクールの生徒である。セイント・パトリック・ロードは一般的な高校生が出向く場所ではない。

偶然の一致にすぎないのか？

車はやがてD-DINERにさしかかった。ドアにはオープンの札が下がっていたが、窓の奥は暗く、店内の様子は判然としない。

「そこのダイナーで休憩していかない？」

ナオミは窓の外を指さした。

「降りないって約束だっただろう」

エリックはアクセルを緩めない。

「喉《のど》が渇いたの」

「一時間以内に帰るという約束だろう」

「レモネードを飲むだけだから、五分とかからないわ」

「だーめ。こんな場所でめんどうに巻き込まれたら、ことだ。僕は謹慎中なんだぜ。それとも僕を退学させたいの？」

そう言われてはナオミも返す言葉がなく、車はそのままセイント・パトリック・ロードをあとにした。

10

新しい週がはじまったとたん、ウィリアム・ハミルトンが警察に捕まったという噂が校内を駆け抜けた。火曜日になって、実は事情聴取を受けただけらしいとトーンダウンしたが、しかし生徒たちのざわめきはおさまらず、軽はずみな発言はつつしむようにと、校長先生が一クラス一クラス回って注意するほどだった。

校長先生は、軽はずみな発言はつつしむようにとは言ったけれど、噂の内容を真っ向から否定することはなかった。したがって、ウィリアム・ハミルトンが、エリック・ロバートソンが言っていた「有力な手がかり」による「参考人」として聴取されたことは間違いなさそうだった。

当人がナオミの前に姿を現わしたのは水曜日の昼休みである。校庭の芝生に寝転がり、「有力な手がかり」とは何だろうと想像をめぐらせていると、視界いっぱいに広がっていた青空が突然切り取られた。

「暑いな」

ウィリアム・ハミルトンはナオミを見おろし、ダイエットコークのカップを差し出してきた。今日もスーツにサングラスだ。

「ありがとう」

ナオミは上半身を起こし、十オンスのカップを受け取った。

「決まった？」

ビルがナオミの横に腰を降ろす。

「何が？」

「うちに来る日」

「そうね……」

ナオミは中途半端に口を閉ざした。ビルもそれ以上突っ込んでこない。コークを一口すすっては、氷の音を確かめるようにカップを振る。

ビルの頬はこけ、唇の端と鼻の頭にニキビが吹き出ている。髭もいつもより濃い。

二十ヤード向こうのカフェテリアのテラスには人がたかっていて、こちらの様子を興味深そうに眺めている。パトリシア・ジョーンズがいる。その横で背伸びしているのはメアリー・エルナンデスか。ダグ・コールマンは手摺りから身を乗り出している。

「何だったんですか？」

沈黙に耐えきれず、ナオミは切り出した。

「何って？」

「警察に話を聞かれたのでしょう？」

「あんたもほかの連中と同類か」

ビルは溜め息をついた。意外にも穏やかだった。

「事情聴取を受けたというのは本当の話なのですか？」

「悪夢であってほしいよ」

「警察は有力な証拠を見つけたと聞いていますが、それがあなたと関係しているのですか？」

「有力な証拠って何だよ？」

「何なのかはわからないけど」

「じゃあ俺もわからない」

ビルはふんと鼻を鳴らした。

「先週、ずっと学校を休んでいましたよね？」

「へー、あんた、俺にそんなに関心があったのか。嬉しいねえ」

「からかわないでください。わたしはただ、あなたに訊きたいことがあったから捜していただけです」

「フットボールのことか。だからさっき訊いただろ。いつ来る？」

「違います」

「恋人がいるかいないか？　今はいないよ。なんなら立候補する？」

サングラスを取って見つめられ、ナオミはかあっと熱くなった。動揺を隠すように、尖った声で切り返す。

「ジョセフィン・テイラーのことを聞きたいのです」

ビルは小刻みにうなずき、サングラスをかけ直した。

「要するに、あんたも俺を疑っている」

「そういうわけじゃなくて……」

「じゃあどういうわけなんだ」

ビルの声が険を帯びた。ナオミはひるんだが、ここまで来たらもう引きさがれない。

「彼女はどういう人だったのです？」

「なかなかキュートだったよ」

ビルはまた元の調子に戻った。

「ドラッグをやっていたのですか？」

「タイラノールはやってたな。生理痛の時」

「あなたはあの晩、彼女と会っていたのでしょう？」

「ダンスパーティーの晩？　それともキャンプの晩？」

「八月十五日の晩、セイント・パトリック・ロードで何があったのです?」

「八月十五日といえば、ああ、ジョセフィン・テイラーが失踪した日か。かわいそうなことだ」

「警察でも、そうやってのらりくらりかわしていたの?」

ナオミはカップを芝生に叩きつけた。

「言いたいことはそれだけ?」

ビルがニヤニヤしたまま首をかしげた。

「ええ。次はあなたが話す番よ」

するとビルは笑いをおさめ、カップを握り潰し、

「さよならだ」

と腰をあげ、そのまま立ち去っていった。

教室に戻ったナオミを待っていたのはダグ・コールマンのインタビューだった。アメリカ史の時間が終わったあとも、モップの柄を突きつけられた。何を話し込んでいたのか、彼が事情聴取を受けたのは事実なのか、君と彼の関係は——ナオミはただ「フットボールのレクチャー」を繰り返した。

11

木曜日の昼休み、ナオミはなにがしかの期待を抱いて校庭に出た。そして前日と同じポイントに同じ格好で寝転がった。ビルは現われず、息苦しいような胸の痛みがナオミの中に残った。

午後の休み時間、ナオミは思いきって十二年生の教室を覗いてみたが、ビルは登校していなかった。

その放課後、ナオミはスクールバスには向かわず、生徒用の駐車場でエリック・ロバートソンを待った。彼は折よく一人で現われ、ナオミはハーイと声をかけた。

「送ってくれる?」

「バスじゃないの?」

「乗りそこねたの。次を待ってもいいんだけど」

とナオミは空を見上げた。鉛色《なまり》の雲が何層にも重なっていて、異常な速さで南から北に流れている。ハリケーンがメキシコ湾に入ってきたと天気予報で言っていた。

「オーケイ。足回りが堅くて乗り心地悪いけど、がまんね」

自慢のコンバーチブルは修理中で、代車はピックアップトラックだった。

車が通りの前で一時停止し、ウインカーが左に出されたところでナオミは言った。

「右よ」

「え？　マデリン地区だろ」

「セイント・パトリック・ロード」

エリックはぎょっと目を剝《む》いた。

「せっかくだからドライブしようよ」

「なんなんだよー」

「だからドライブだって」

「日曜日に連れてってやっただろ」

「もう一度行きたくなったの」

「おかしいぞ、おまえ」

後ろでクラクションが鳴った。車の列ができていた。エリックはウインカーを右に出し、アクセルを踏み込んだ。

「ありがとう」

ナオミは親指を立てた。

「まだ、行くとは決めてないぞ」

エリックはホールズをガリガリかじった。

「めんどうはかけないわ」

「あんなとこに行ったと学校にわかっただけでまずいんだよ、僕の場合」

エリックは昨日学校に復帰したばかりである。

「わかってる。だから入口まででいい。たしか銀行のところを右に曲がったわよね。あそこで降ろしてちょうだい」

「でもって、歩いて一周するのか？」

「それと食事。だから待ってろとは言わないわ。わたしを降ろしたら、帰宅するなり、モールに行くなりして。ね、これだったら迷惑かからないでしょう？」

「帰りはどうするのさ」

「ヒッチハイク」

「州法で禁止されてる」

「じゃあ、これ」

ナオミは両腕を前後に振った。

「バカか。一時間じゃきかないぞ」

「ダイエットにいいじゃない」

「雨が降りそうなんだぞ」

「今晩シャワーを浴びる手間が省けていいわ」

「バカか」

「バカよ」

「いったい日本人の頭の中はどうなってんだ」

エリックはその後も、クレイジーだのカミカゼだの繰り返したが、車は着実にセイント・パトリック・ロードに向かっていた。

戦争記念館の脇を過ぎ、グレイハウンドの発着所を越え、メイフェア公園の間を抜け、記憶にある銀行の建物が見えてきた。その姿が迫ってくるにつれ、ナオミの脈拍も高まった。

「ありがとう。このあたりでいいわ」

ナオミはふるえる指でシートベルトをはずした。しかし車は銀行の角を右に折れた。

「ほっとけるかよ。ナオミに何かあったら、日本人全員を敵に回すことになる」

エリックは舌打ちをくれた。

「ごめんね、わがまま言って」

ナオミはふうと息をついた。エリックの一言で鼓動が少しおさまった。

「謝るくらいなら最初から頼むな」

「ありがとう」

「退学せずにすんだらノートを貸してくれよ」

「洗車も手伝ってあげる」

「まったくよー、どう考えてもナオミのほうが謹慎ものじゃん」

エリックはD-DINERの前に車を停めると、通りの前後左右を注意深く窺ってから、サングラスをはめて外に出た。ナオミもあとに続いた。空模様のせいで薄暗いが、まだ夕方と呼ぶには早い時刻で、人通りはあまりない。

D-DINERの中もがらんとしていた。ダンガリーのシャツを着た髭もじゃの中年男が隅のテーブルで新聞を読んでいるきりである。従業員の姿も見あたらない。と思ったら、髭の男がくわえタバコで立ちあがり、カウンターの中に入っていった。

「コーヒー二つ——、でいいよね?」

エリックが注文しながらナオミに問いかけていると、オヤジはエリックの手から一ドル札二枚をひったくり、カウンターの上に二十五セント《クオーター》玉を二枚投げ、壁際のコーヒーマシーンを顎《あご》で指し示し、タバコをぺっと吐き捨ててブーツの踵《かかと》で踏みつけ、そうしてカウンターを出て席に戻り、足を組んで新聞を広げた。ここまですべて無言である。ナオミはセルフでコーヒーを注ぎ、オヤジから一番遠いテーブルに運んだ。

「しけた店だな」

エリックがささやくまでもなく、場末《ばすえ》という言葉がこれほど似合う店はそうないだろう。カーテンはヤニで茶色く、テーブルには油の染みが浮かびあがり、椅子のクッションがはみ出し、壁のポスターは破れてだらんと垂れさがり、床ではゴキブリが這いまわっている。

チューニングがずれたラジオから流れてくるのもしなびたカントリー・ミュージックで、演者がドリー・パートンからウィリー・ネルソン、ハンク・ウィリアムズからケニー・ロジャースと変わっても、新しい客は入ってこない。

オヤジは飽きもせず新聞を眺め続けている。彼にビルのことをあれこれ尋ねてみようかとナオミは腰をあげかけるのだが、小説の探偵のようには気安く声をかけられない。

お次はアニー・フランクリンからのリクエストで一九七二年の年間ナンバーワンに輝いたあの曲だよとＤＪが紹介し、ギターのストロークによるイントロがはじまった時、スピーカーの外でカラカラとカウベルが鳴った。ナオミはハッとしてドアの方に目をやったが、入ってきたのは小太りの女だった。薄くて開放的な服を着た彼女は、場違いなカップルを一瞥《いちべつ》すると、カウンターに数枚のコインを叩きつけ、コーヒーをカップの縁《ふち》まで注ぎ、大儀《たいぎ》そうに席に着いた。髭のオヤジは新聞から目を離さず、いらっしゃいとも言わず、支払金額をあらためようともしない。

「そろそろ退散しようぜ」

エリックが空《から》になったカップの口に顎を載せた。女はくわえタバコで化粧を整えている。これから街角に立つのだろう。

「そうね」

ナオミは気のない返事をして通りに目をやった。メキシコ系の男が覗き部屋の前を行きつ戻りつしている。

「看板になるまでいるつもり?」

「もうちょっとだけ」

「十二年生のあいつを待ってるんだ」

ナオミは一瞬とまどったが、うなずいた。

「あいつとの間に何があったんだよ」

ナオミはかぶりを振った。

「あいつは例の事件と関係しているのか?」

ナオミは首をかしげた。

「事件うんぬんは別にして、あいつとはかかわらないほうがいいぜ。いい噂を聞かない」

「噂って? パティたちも言ってたけど」

「怪しげな大人たちと関係しているらしい」

「どういうふうに怪しいの?」

「どうって、それは、まあ、ね」

エリックは口を閉ざし、カップの底を覗き込んだ。ナオミは首を突き出してささやく。

「ドラッグ?」

「知らないよ、僕は」

「心配しないで。日本で言いふらさないから」

「別にそういう心配はしてないけど……」

とエリックは右の方にちらと目をやる。女は手鏡に向かって睫《まつげ》を巻いている。髭のオヤジは相変わらず新聞にしか関心がない様子だ。ナオミはさらに身を乗り出し、声をひそめて、

「ドラッグの売人なのね?」

「もあるし、盗品の横流しとか私設のカジノとか借金の取り立てとか、いろいろやってる連中さ」

「マフィアね」

「そうカッコいいもんじゃないよ。ここはニューヨークじゃない。どこの町にでもいる小悪党さ。なあそれより、君と十二年生のあいつとはどういう関係なの?」

ナオミは肯定とも否定ともつかぬ首の振り方をした。実際、自分でもよくわからなかった。ウィリアム・ハミルトンとの関係も、自分が何のためにこんないかがわしい場所にいるのかも。

もしも今、あのひびが入ったドアが開いてビルが入ってきたら、何と声をかけるつもり

なのだろう。あらためて事件との事実関係を糺《ただ》そうというのか。

「学年が違う、同じ部でもない、家も離れている。君とあいつに何の接点があるんだよ」

エリックが話を蒸《む》し返した。

「別に、何も……。ただ、ちょっとしたことがあって、目をつけられてるだけ」

「ちょっとしたこと?」

「そう、ちょっとしたこと。たいしたことじゃない」

「脅されているのか?」

「まさか」

「脅されているのなら先生に言うべきだ」

エリックが真顔で言ったその時、ドアのカウベルが鳴った。入ってきたのは、角刈りに迷彩柄のTシャツという下級兵士のような男だ。

「やあ、アンガス、今日も大繁盛《だいはんじょう》だね。サンダース軍曹からお届けもの」

男は髭のオヤジのもとまで段ボール箱を運ぶと、壁にもたれかかってマールボロの封を切った。

「おい、あれ」

とエリックにつつかれるまでもなく、ナオミもその男がアーレイ校の生徒であると気づいた。ビルとつるんでいるエディだ。

ナオミはドアに注目した。ビルが入ってくる様子はない。窓から通りを窺った。足下のおぼつかない老人が歩いているだけだ。

「週末、フェイが来るかもしれないって？　まいったよな。おっかないったらありゃしない」

くわえタバコのエディが窓の方に顔を向け、彼はそしてギョッと目を見開いた。

「ビルは？」

目が合った瞬間、ナオミは反射的に尋ねていた。

「な、なんだよー、おまえら」

エディはうろたえ、タバコを背中に隠した。段ボール箱の中身を確認していたオヤジがちらと顔をあげた。

「ビルはどこ？」

ナオミはがたりと椅子を引いた。

「知らねーよ」

「一緒に来たのではないの？」

「一緒じゃねーよ」

「そうなの……」

ナオミは溜め息をついた。エディはタバコを足下に落とし、靴の裏で踏みつける。

「ビルが警察に連れていかれたって、本当のこと?」

ナオミはなおも尋ねた。

「ノー・コメント。アンガス、中身はちゃんとあったよね? ね? じゃ、受け取りのサインをして」

エディはくしゃくしゃの伝票をオヤジに差し出す。

「ビルは警察に何を訊かれたの?」

「ノー・コメント」

「うるさいわねー。失敗したじゃないのさ」

娼婦が顔をしかめ、はみ出した口紅を指でこすった。しかしナオミは尋ねる。

「知らなくても心あたりはあるでしょう?」

「ないない。アンガス、サイン、サイン」

「ビルとジョセフィン・テイラーはどういう関係なの?」

「ノー・コメント」

「騒ぐなら外に出ろ」

オヤジが圧《お》し殺した声で言い、エディに伝票を突き返した。エディは足早に出口に向かう。ナオミも走り、彼の前に回り込んだ。

「一つだけ聞かせて。あなたとビルは何をやってるの?」

「何って……、何も」

エディは顔をそむけ、ナオミの横をすり抜ける。

「お願い、正直に答えて。あなたたちがやってることとジョセフィン・テイラーの事件は何の関係もないのね？」

ナオミは再度彼の前に回り込む。

「だからぁ、俺たちが何してんだよ。言いがかりをつけるなってんだ」

「わからないから尋ねてるの。でも、何かやってるのでしょう？　スタジアムの地下にいたのもそうなのでしょう？　あのアタッシェケースいっぱいのお札は何？」

するとエディは一瞬動きを止めたが、

「何でもねーよ！」

とわめいてナオミを押しのけ、外に飛び出していった。

ナオミがドアの前で立ちつくしていると、エリックに肩を叩かれた。

「出ようか」

とバッグを差し出してくる。

「もうちょっとだけ。あと三十分だけ」

ナオミは未練がましく席に戻ろうとした。それを低い声がとどめた。

「探偵ごっこはおしまいだ」

髭のオヤジが新聞を見たまま吐き捨てた。

12

金曜日の昼休み、ナオミはクラスメイトと一緒にカフェテリアにいた。

外はざんざん降りだ。ミシシッピに上陸すると予想されていたハリケーンが、メキシコ湾を迷走しながら、進路を徐々に西へ移している。

ナオミはランチボックスには手をつけずに、誰も来るはずのない校庭の芝生をぼんやり眺めていた。そして突然、耳元でささやかれた。

「駐車場の黒いベンツ」

びっくりして振り向いた時には、背後には誰もいなかった。

「何よ、今の。ナオミ、何かされた?」

アレクサンドラ・パトリックが首をかしげた。ナオミも首をかしげた。

「うすのろエディじゃなかった?」

メアリー・エルナンデスが指さした方に目をやると、見憶えのある男が販売機前の列を横切ろうとしていた。

「そうそう、十一年生のエドワード・モーラン。ビルの腰巾着《こしぎんちゃく》」

パトリシア・ジョーンズが顔をしかめた。エドワード・モーラン——今日も飽きずに迷彩柄のTシャツである。

「わたし、先に帰る」

ナオミはランチボックスに蓋《ふた》をした。

「まだ食べてないじゃない」

パティが言ったが、ナオミは、

「ちょっと熱っぽくて。薬をもらって休んでる」

と席を立ち、カフェテリアを出た。

ナオミは傘もささずに駐車場に走った。車はすぐにわかった。アメリカ車に囲まれ、その車だけが妙に浮いていた。黒いベンツに近づいていくと、助手席のドアが開いた。運転席にはウィリアム・ハミルトンが座っていた。それを確認して車内に体を入れたナオミは、懐かしいような嬉しいような、なんとも不思議な感覚にとらわれた。

しかしビルは前方を向いたまま、ドスのきいた声で言った。

「D-DINERで何をしていた？　あそこはおまえが行くような店じゃないぞ」

エディが密告したのだろう。

「あなただってまだ子どもでしょう」

ナオミは、気持ちとは裏腹に、きつい口調で言い返した。

「俺のことをこそこそ聞き回って、いったいどういうつもりだ」

「ノー・コメント」

「そんなに知りたいか。あの晩、俺が何をしたか。ジョーに何をしたか」

「ウソ……」

ナオミは息を呑んだ。

「知りたいのか?」

ビルの首が機械仕掛けのように回転し、サングラスの奥の目がナオミをとらえた。ナオミが黙ってうなずくと、ビルはまた機械仕掛けのように首を戻した。

「今晩あけとけ」

「今晩?」

ビルがポケットからD-DINERのマッチブックを取り出した。表紙をちぎり、その裏に左手で何ごとか書きつけ、ナオミの方に差し出してくる。「11PM 一分でも遅れたら殺す!」とあった。

「今晩十一時にD-DINERに来いということですか?」

「あの晩の行動を完全に再現してやる」

「そんな、急に言われても……」

「怖いか? 俺に殺されると思ってるのか? ジョーのように」

ビルがちらっと顔を横に向けた。

「そうじゃないけど……」

ヘインズ夫妻が家を出してくれない。

「怖けりゃ来るな。ただし、今晩来なかったら、二度と俺に質問するな。金輪際《こんりんざい》、俺のことを嗅ぎ回るな」

「行きたいけど、足がないんです。車で迎えにきてもらえますか？　うちまで来られるとまずいから、少し離れたところで待っていてもらえれば」

しかしビルは言下《げんか》に切り捨てた。

「自力で来い。ジョーも自力で来た。俺がかかわったのはそのあとだ」

「でも……」

「来るのか？　来ないのか？」

「行くわ。行くわよ」

ナオミは怒ったように言った。

「かならず一人で来いよ」

ビルはそして前を向いたまま右に腕を伸ばし、助手席のドアを開けた。

雨の中を校舎に駆け戻ると、エリック・ロバートソンが心配そうに寄ってきた。

「ビルに何された？」

「ううん、何も」

ナオミは廊下の個人ロッカーを開け、タオルとヘアブラシを取り出した。

「顔色が悪いぞ」

「何でもない」

ロッカーの前を離れてもエリックがついてくる。

「ラモーン先生に相談しようよ」

「ホントに何でもないの、何でも」

「ついてってやるから」

「ねえ、今晩、予定ある？」

ナオミはつと足を止め、エリックを振り返った。

「今晩？ 別にないけど。こんな天気だし」

「車で――」

送ってくれと言いかけて、ナオミは首を左右に振った。

「ごめん、何でもなかった」

「今晩、何だよ？」

「ううん、何でもない」

ナオミは逃げるように女子トイレに駆け込んだ。

午後の授業中、ナオミはループに陥《おちい》っていた。ヘインズ夫妻は家を出してくれない。こっそり抜け出すことは可能だが、D-DINERまでどうやって行くのだ。この風雨の中、ジョギングしようというのか。しかしヘインズ夫妻には送迎を頼めない。今度ばかりはエリックもあてにできない。昼間ならまだしも夜中なのだ。もめごとに巻き込んで彼を退学させるわけにはいかない。自分は退学処分になっても、帰る国も学校もある。そう、自力で行かなければならない。しかし足がない。

ループを抜けられないまま終業のチャイムが鳴り、エリックにもついに声をかけられず、ナオミはスクールバスに乗り込んだ。

行くのはやめようと思った。あの晩の行動を再現されるということは、ジョセフィン・テイラーと同じ目に遭うかもしれないのだ。生命の危険はないとしても、あえて行く必要はない。ウィリアム・ハミルトンが何らかの形で事件とかかわっているのなら、それはいずれ警察の手によって明らかにされるだろう。時が来るのをおとなしく待っていればよいのだ。逆に、ビルが事件と無関係であるのなら、あの晩の行動は彼の私生活の延長にすぎず、たとえジョセフィンとの間に何があったとしても、そこに第三者が首を突っ込む筋合いはない。

だがナオミは気持ちを抑えきれない。ジョセフィン・テイラーのことは、正直、どうでもよかった。ウィリアム・ハミルトンという人間を知りたいのだ。彼と時間を共有したいと強く思っている。D-DINERに行ったら話をはぐらかされ、フットボールのレクチャーを受けるはめになったとしても、たぶん心は満たされるとナオミは思った。

「終点だよ。足下に気をつけてね」

ヘンリー・ハワードの声でナオミはわれに返った。席を立ち、

「よい週末を」

とステップに足をかける。

「ナオミもね。しかしまあこの天気では家の中にカンヅメだな。私はワールドシリーズをTV観戦するとするよ。ヤンキースが勝とうがパドレスが勝とうが、どうでもいいんだけどね」

それはとっさの閃きだった。ナオミは運転席の方に体を曲げ、言った。

「ハワードさん、お願いがあるんですけど。今晩、わたしとつきあってもらえますか?」

「おいおい、年寄りをからかうもんじゃないぞ」

ヘンリーは顔いっぱいに皺《しわ》を作った。

「車に乗せていただきたいのです」

「車?」

「友だちと会う約束をしたはいいけれど、そこまで行く方法がなくって」

「ヘインズさんの車が故障しているのかね?」

「ヘインズさんご夫妻、今晩から親戚のところにお出かけで」

「ナオミ」

ヘンリーが低くつぶやき、ナオミは背筋を伸ばした。

「嘘をついているね？」

「嘘をつきました」

「ヘインズさんに黙って出かけるつもりなのだね？」

「だって、頼んでも許可してくれないから……」

「ナオミ」

「はい」

「それはこの間も言ったように、親として君のことを心配しているからだろう」

「わかっています。でも、今晩だけはどうしても……」

「どうしても行かなければならないのなら、その理由をヘインズさんにきちんと説明してごらん。納得いく理由であれば、ヘインズさんはきっと許可してくれることだろう。しかし君が説明しようとしないのは、許可されないと思っているからだ。つまり、親から見ると好ましくない場所で、悪い友だちとはめをはずそうとしている」

「好ましくない場所ですが、遊びにいくのではありません。ジョセフィン・テイラー事件についての重要な話があるのです」

ヘンリーが目を剝いた。

「相手は誰なんだ？」

「十二年生のウィリアム・ハミルトンです」

「やつが何か知っているのか？」

「という噂が生徒の間に流れています。ご存じありませんでした？　今晩、それを確かめにいくのです」

ナオミは、ビルから受け取ったマッチブックの表紙をポケットから取り出した。ヘンリーはうなり声をあげて、

「危険だ。ナオミ、それは危険だ」

「だからヘインズさんに話しても止められるだろうと、こうしてハワードさんにお願いしているのです」

「私も止めるぞ」

ナオミはふうと息をついた。ヘンリーの顔つきは厳しい。ナオミは穏やかに言う。

「スタジアムの地下でハワードさんは、ビルのことを『口先だけの男』とおっしゃいましたよね？」

「ああ」

「わたしも同感です。彼には人を殺せないと思います」

「ビルの周りにはがらの悪い大人が大勢いるんだぞ。ビルは口先だけでも、そいつらには殺せる」

「でも、ビルと二人で会って話しているぶんには危険がないと思うし、それに、ビルはわたしを通じて外部にメッセージを送ろうとしているような気がして」

「メッセージ？」

「彼は犯人ではないけれど、事件の核心に迫る何かを知っている。たとえば、あの晩セイント・パトリック・ロードで、ジョセフィンと一緒にいた人物を目撃した。でも、それを直接警察に話すと自分にとってもマイナスになるので――殺人事件とは別の小悪事が発覚するとか、有力者である父親の立場がまずくなるとか、仲間による報復が予想されるとか――メッセンジャーをたてることにした」

ほんの思いつきにすぎなかったが、言葉を重ねるうちにナオミは、ありうる話だと感じるようになった。ただし、自分自身にメッセンジャーの役をになわせたのは、ただのうぬぼれである。

ヘンリーは顔つきいっそう厳しく唇を結んでいる。ナオミは、床が濡れているのもかまわず、日本流に土下座した。

「今晩連れていっていただけたら、その後はどんなとがめも受けるつもりです。帰ったその足でヘインズさんに突き出されても文句は言いません。退学も覚悟しています」

言ってしまってから、自分はなんて嫌なやつなのだろうとナオミは思った。帰る場所があるから、こんな台詞を軽く言えてしまうのだ。

ヘンリーは堅く目を閉じたままだ。

「お願いします」

一分待ったが、ヘンリーはイエスともノーとも答えない。

ナオミは立ちあがり、ステップを降りた。振り返り、まだ目を閉じているヘンリーに向かって声をかける。

「十時半からここで待っています」

返事はもらわずに、ナオミは雨の中に駆け出していった。

ヘンリーが来てくれなかったら、そういう運命なのだとあきらめるしかない。このあとすぐヘインズ夫妻に密告されるかもしれないが、それもまた運命だ。

午後十時半、はたして古ぼけたセダンがスクールバスのピックアップポイントにやってきた。

「やはりヘインズさんには相談しなかったのか。困った子だ」

ヘンリーはやるせない表情で車をUターンさせた。

「ごめんなさい。わたしを叱るよう、あとでヘインズさんに言ってください」

ナオミは濡れた前髪をタオルでぬぐった。

「言わないよ。迎えにきてしまったからには私にも責任がある」

「ごめんなさい」

「それよりナオミ、抜け出したと気づかれたら、大変な騒ぎになるぞ」

「だいじょうぶです。うまくやってきました」

「だったらいいが」

ヘンリーは不安そうにつぶやいた。

たしかに、ジョセフィン・テイラーの一件があったばかりなので、即刻警察沙汰になるのは必至だ。だからナオミは細心の注意をはらって演技してきた。夕飯の時からあくびをし、食後はソファーでうつらうつらしてみせ、もう寝なさいとヘインズ夫人のほうから言わせた。おやすみのキスもした。ベッドルームを覗かれることはたぶんないだろう。

その後は無言の時が過ぎ、車はダウンタウンに入り、メイフェア公園を抜けた。ナオミは銀行の少し手前で車を停めてもらった。

「一人で来いと言われました」

シートベルトをはずそうとするヘンリーをナオミは押しとどめた。

「女の子一人でセイント・パトリック・ロードを歩かせられない。今は私が親代わりだ」

「約束を守らないと、かえって危険かと思います。ビルとその仲間の目がどこにあるかわかりません」

ヘンリーは考え込むように額に手を置いて、

「くれぐれも無茶はするんじゃないよ」

「はい。充分気をつけます」

ナオミはシートベルトをはずした。

十時五十五分までは車内に待機した。ナオミがレインパーカのフードをかぶると、ヘンリーが言った。

「いつでも逃げられるように、ドアのそばに座るんだよ」

「はい」

「まず外から覗いて、ビルが仲間と一緒にいるようだったら、そのまま引き返してくるんだよ」

ナオミはうなずき、歩道に出た。そしてドアを閉める前に言った。

「一時間、いえ、三十分経っても戻ってこなかったら警察に連絡してください」

13

ナオミにとって、夜のセイント・パトリック・ロードははじめてだった。

予想に反し、通りは死に絶えていた。街灯がない。ネオンが暗い。呼び込みの声が聞こえない。人通りがないのは天気のせいかもしれないが、それを差し引いても、ここに較《くら》べると日本の風俗街はカーニバル会場だ。セイント・パトリック・ロードは決して歓楽街ではない。息をひそめ、姿を隠し、望む者だけに扉を開いている。

D-DINERの前には黒いベンツが停まっていた。

ヘンリー・ハワードとの約束どおり、ナオミはまず外から店内を窺った。昨日と同じ席に髭の店主がいた。相変わらず新聞を広げている。

ビルは入口に近い席でサングラスを磨《みが》いていた。同じテーブルに人はいない。ほかのテーブルにも人はいない。店内は二人きりのように見えた。

ナオミはそろそろとドアを開けた。カラカラとカウベルが鳴った。ビルは顔をあげたが、店主は新聞から目を離さなかった。

「一分遅れたが、まあいいだろう」

ビルはサングラスをかけながら腕時計に目を落とした。この雨だというのに、スーツと革靴できめている。

照明は、薄暗いを通り越して、暗い。映画館の休憩時間の客席のようだ。客はいないのに、タバコの臭いだけは満ちている。

「まあ座れよ」

ナオミはレインパーカを脱ぎ、ドアを背に腰を降ろした。

「とりあえずコーヒーでも飲む? お子さまはデカフェがいいか」

「時間がありません。話をしましょう」

ナオミの制止を無視して、ビルはコーヒーマシーンに歩んだ。店主は一瞥しただけで金の催促はしなかった。

「昼間渡したメモは?」

ビルはカップをテーブルに置き、さっきとは違う椅子、ナオミの横に腰を降ろした。ナオミはマッチブックの表紙をテーブルに置き、椅子を一つずれた。ビルは苦笑し、小声で言った。

「俺が事情聴取を受けたのは、このメモのせいだ。ズボンのポケットにこれが残っていたんだ」

それだけではナオミには理解できなかった。

「ジョーのズボンだよ。死体のズボン。そのポケットから、これと同じものが見つかったんだ。この店のマッチブックで、裏に『11PM 一分でも遅れたら殺す!』の文字。書いたのも俺。まったく一緒さ。だから警察は、俺に話があると言ってきた。まず、この店に出入りしている人間を洗ったんだな。すると被害者と同じ学校の生徒が浮かびあがってきたもので、そいつの筆跡と照合したんだな。俺が提出したレポートを学校から借り出したそうな。まいったよ。ジョーのやつ、そんなメモなんてさっさと捨てりゃいいのに。おまけに、これは俺の遊びが過ぎたんだが、『一分でも遅れたら殺す！』なんて書いちまったもんだから、疑われること疑われること」

「つまり、あなたはあの晩、ジョセフィン・テイラーをこの店に呼び出したのですね？」

「そう、あんたにしてやったように、うすのろエディに連れてこさせ、車の中でメモを渡した。もっともあの日は夏休みだったから、学校でではなく、ショッピングモールの駐車場でのことだがな。ジョーが黙って家を出てきたのは、まさにこの俺が原因さ。だがそのあと行方をくらましたのは俺のあずかり知らぬところだ」

「何のために彼女を呼び出したのですか？」

「ジョーの望みを叶《かな》えてやるためさ」

「望み？」

「その目で確かめることだ。コーヒーはもういいのか？」

ナオミがうなずくと、ビルは先に立って店を出た。どこに連れていかれるのだろうかとナオミは不安になったが、ここで退散してしまっては生殺しである。レインパーカに腕を通しながらあとに続く。

「あの晩もこんな天気でね、いや、もっとひどかったかな」

紗幕《しゃまく》のような雨の向こう側に、ピンクやグリーンのネオン管が深海魚のようににじんでいる。

「あの晩も人通りがなかったのですか？」

ナオミは少し距離を置いて彼を追った。

「ああ。だからジョーと俺が一緒にいたという目撃談が出てこなかった。もしあれが天気の良い晩だったら、例のメモが発見されるまでもなく、俺は警察に呼び出されただろうね」

「D-DINERにもお客さんがいなかったのですか？」

「ああ。こんな天気でなければ、この時間だとまだそこそこ繁盛してるんだけどね」

「店の人は？」

「あのオヤジはいたよ。ジョーを見ている。けど、オヤジには大きな貸しがあるから、俺を売るようなまねはしない。そんなわけで、メモさえ出てこなけりゃ、俺はトラブルに巻き込まれることはなかったんだよ」

ビルはいまいましそうに吐き捨て、明かりの消えたポルノショップの脇にすっと入り込んだ。人一人通るのがやっとの狭い通路だ。

「どこに行くのです？」

ナオミは躊躇《ちゆうちよ》して立ち止まった。

「ジョーの訪問先さ」

ビルは傘を半分閉じた状態で奥へ歩いていく。

「どういう場所なのです？　そこにはどういう人がいるのです？」

「行けばわかる」

「ここで説明できないのですか？」

するとビルは足を止め、振り返り、

「話しただけで納得するのか？」

そしてまた足を前に向ける。ナオミは心を決めて彼のあとを追った。

通路の行き止まりにはレンガ造りの建物があり、ビルはそこのブザーを鳴らした。

「ボブのオヤジがルート17に乗ってニューリバーからやってきた」

インターホンに向かって符丁《ふちょう》めいたことをつぶやくと、カチリと音がしてドアのロックがはずれた。建物の中はアパートのような感じで、階段がまっすぐ続いている。

ビルは三階まで昇り、左手のドアに向かってまた符丁を口にした。

「トニー・ラマの店からブーツが届きました。オーストリッチが三足とクロコダイルが二足。象は品切れです」

覗き窓の蓋が開き、ぎょろりとした目が現われた。覗き窓の蓋が閉じると、ドアのロックがはずれた。ビルがドアを開け、室内に入り、おまえもだとナオミを手招く。

室内は雑然としていた。机の上は書類の山で、壁際には段ボール箱が積まれていて、床にはビデオテープが何本も転がっていて、ソファーにはでっぷりとした男が――。

ナオミがそう観察していると、ビルがニヤリと笑った。

「ニール、この子だ。あとはよろしく」

ビルはそう言ったかと思うと、さっと部屋を出ていき、ドアを閉めた。

ナオミは何が起きたのかわからなかった。

ソファーにはでっぷりとした男が座っている。机に脚を投げ出し、ふんぞり返っている。ぎょろりとした目をナオミに向けている。ビールの瓶《びん》を口に運んでも、舐《な》めるような視線はナオミから離さない。

「希望はスチール？　それともムービー？　ソフト？　ハードコア？」

男が無機質な声で問いかけてきた。

ナオミはやっと驚き、男に背を向け、ドア・ノブに手をかけた。ドアは開かなかった。

ナオミはノブをガチャガチャ回し、空いた手でドア板を叩いた。

「やめさせろ」

男が言うと、ドアがすっと開いた。

「バーカ。あの晩を再現しただけだよ」

ニヤニヤしながらビルが入ってくる。ナオミは怒りと恥ずかしさと安堵《あんど》で涙が出そうになった。

「中国人か？」

ニールが言った。

「日本人だ。たまにはオリエンタルもいいだろう?」

ビルが答える。

「悪かないが、ビルよ、今はうまくない」

「そうだな。死体が出たばかりで警察の目が厳しいか」

「ビル!」

ニールが顔をしかめた。ビルは笑いながらナオミの肩に手を置いて、

「こいつは気にするな。英語が理解できない。ま、ほとぼりが冷めたらまた連れてくるとするよ。ところでニール、この間のはもう出回ってるのか?」

「いや、行方不明だとTVでやってるのを見て、あわてて止めた。とばっちりを受けたくないからな。サンプルとして十本ばかり流してしまったのが心配といえば心配なんだが、LAだから、まあ気づかれんだろう」

「出来映えを見せてもらえないか?」

「そのへんに転がってる。勝手に見てくれ。ただし、持ち帰ろうなんて思うなよ」

ニールはレモンをかじり、ビールをラッパ飲みした。ビルは足下から一本のビデオテープを拾いあげ、デッキにセットした。

ざらざらした画面に続いて、「Chop-Chop, Kinky Kid」というタイトルがピンクの文

字で映し出され、それがワイプすると、下着だけをつけた女の子が現われた。ベッドに斜めに腰かけ、カメラに向かってぎこちなく笑っている。化粧のせいか新聞の写真とは印象が異なったが、ナオミはそれがジョセフィン・テイラーだと察した。

ジョセフィンがスリップの肩紐をはずしたところでビデオが止められた。

「よくできてるのに、宝の持ち腐れだな」

ビルはニールに声をかけ、ドアに向かった。ナオミも彼に続いて部屋を出た。

階段を降り、建物を出てからビルがつぶやいた。

「驚いただろう?」

ナオミはうなずいたが、実はそれほどでもなかった。日本にも「ブルセラ」はある。

「ジョーはあばずれじゃない。けれどどうしても金が欲しかったんだ」

ビルは傘を半分開いてゆっくり歩きはじめた。

「ドラッグを買うために?」

ナオミはピンときた。

「たぶんそうだと思うが、彼女の口からは聞いていない。彼女はただ、まとまった金を稼《かせ》ぎたいとだけ言ってきた。だからニールを紹介してやった」

「あなたはそうやって何人もの生徒を売ってきたのね?」

「人聞きの悪いことを言うな。合意のうえだ。金が欲しいというから、仕事を紹介してやった。仕事の内容も事前に説明ずみ」

「人として正しい行ないじゃない」

「安っぽい説教をしてくれるじゃないか。まあともかく、あの晩俺は、ジョーをニールのとこに連れてってただけなのさ。さっきあんたにしてやっただろう。ああいう感じでバイバイして、それっきり。信じようが信じまいが、それが真実だ」

ビルは傘を畳み、通路脇の非常階段の下に待避した。

「その後の彼女についてはニールから聞いていないのですか？　撮影が終わって出ていった時刻とか」

「それぞれの持ち分には立ち入らないのがルールってもんだ」

「じゃあ、ニールが彼女を殺したかもしれない」

「それはないね。商品を殺してどうする。現に撮影は行なわれている。テープがあったじゃないか」

「不可抗力で死なせてしまったとも考えられます」

「不可抗力で？」

「だって、あのタイトル……」

ナオミは言いよどんだ。

「『イケイケＳＭっ子』？」

「そういうので、首を絞めるとかあるんでしょう？」

「で、絞めすぎて死んでしまったと」

「ええ」

「ジョーはハードなプレイは希望していなかった。それはニールに伝えたし、ニールも約束は守る男だ。タイトルはあおりさ。ＳＭシーンがあったとしても、ほんの見せかけだろうよ」

「でも、撮影現場で、ハードなプレイをしてくれたらボーナスを出すとささやかれたら、考えを変えるかもしれません。ドラッグには際限なくお金がかかります」

「は！　とんだ女探偵様だ」

ビルは鼻を鳴らして、

「お言葉を返すようですがね、キンジー・ミルホーン殿、ニールが犯人ならジョーの車を別の場所に移しますぜ。セイント・パトリック・ロードに置いたままだと、警察は真っ先にこの界隈《かいわい》の人間を怪しむ」

「処分しようとしたけれど、すでにレッカー移動されてしまっていたのです」

「そうきたか。じゃあこれはどう説明する。切り裂かれた乳房だ。不可抗力で死なせてしまったのに、どうして死体にいたずらする。これもまたプレイだというのか？　乳房をナイフで刻みつつ、首を絞める。スーパーハードコアだ！」

「偽装です。過去二件の娼婦殺しと同じ犯人によるものだと思わせるための」

14

ビルは口をぽかんと開け、そして手を叩いた。

「まいったぜ。本物の女探偵様だ」

「ちゃかさないでください」

「いやいや、本気さ。ニールが犯人かもしれない。いや、ニールが犯人だ。確信したね」

ビルはまだ手を叩いている。その手をひっぱたくのをナオミはぐっとこらえて、

「本気でそう思っているのなら教えてください。ニールはなぜ死体をオーク・アレイ・ドライブまで運んだのです。ニールとつきあいのあるあなたなら心あたりがあるでしょう」

「オーク・アレイ・ドライブ？」

「死体が棄てられていた場所ですよ。彼はなぜ死体を樫の木の上に引きあげたと思われます？」

「ニールがやったぁ？　こいつは傑作だ」

ビルは声をたてて笑った。

「なんです、ニールが犯人だと確信したと言って、舌の根も乾かないうちに撤回して。や

っぱりわたしをバカにしてる」

ナオミは泣きたくなった。

「いや、これは別の笑いだ。ありゃ、エドワードがやりやがったに決まってる」

「エドワード・モーラン？　ニールに命令されて？」

「エドワード・モーラン、ときた！　うすのろエディか！」

ビルがひいひい悶《もだ》えた。ナオミはもう我慢ならず、一気にまくしたてた。

「あなたという人は、いつも、何ごとに対しても、ふまじめです。不愉快です。一番許せないのがジョセフィン・テイラーのことです。あなたは連れてきただけだと言うけれど、あなたがここに連れてこなければ、彼女は殺されずにすんだのですよ。あなたは間接的に彼女の死に関与している。責任を感じないのですか？　ええ、これっぽっちも感じていないのでしょうね」

するとビルは笑いをおさめ、機関銃のように反撃してきた。

「何度言わせる。俺はカードを提示しただけで、それを引いたのはジョー本人なんだ。俺が彼女に押しつけたわけじゃない。彼女は自分の意志で『一枚ちょうだい《ヒット》』と宣言したんだ。途中で降りることもできた。そもそもドラッグに手をつけなければよかった。いい仕事はないかと俺に持ちかけなければよかった。ビデオの仕事を提示されても拒否することはできた。ビデオをやるにしても、夜の撮影は嫌だと言えばよかった。なのにジョーはノーを言わなかった。俺が言わせなかったのではなく、彼女が言わなかったんだ。夜のセイント・パトリック・ロードがどんな場所であるのかを、過去の殺人事件を、彼女が知らなかったとは言わせないぞ。ジョーはすべてをわかったうえで、それでもやってきたんだ。これが自己責任による行動でなくてどうする」

聞かされるうちにナオミは、むなしく、寂しく、胸が締めつけられるような思いにとらわれた。

こんなひどい天気の、こんな遅い時間に、こんないかがわしい場所で、こんな不愉快な人間と、なんだって二人きりでいなければならないのだ。そう思うとナオミは泣きたくなり、本当に涙が出てきた。

「さようなら……」

ナオミは顔をぬぐい、通りに向かって歩き出す。

「話はまだ終わってないぞ」

ビルがナオミの横をすり抜け、狭い通路を塞《ふさ》いだ。

「もう充分です。通してください」

ナオミはビルの体を脇に押しやろうとした。壁のように動かなかった。

「一番大切な話が残っている」

「時間の無駄です。通してください。通して！」

ナオミはビルの体を突いた。びくともせず、逆に、ビルは一歩前に出た。

「別れの挨拶くらいさせてくれ」

「だから、さようならと言ったでしょう」

「聞け！」

ビルは一喝し、その場にしゃがみ込んだ。怒っているようでもふざけているようでもなかった。

「何？　手短かにね。ほら、早く」

ナオミは邪険にうながしたが、心の中ではとまどっていた。

「先週末、警察の事情聴取を受けた——」

ビルは雨に打たれながら、足下に向かってしゃべりはじめた。

「——適当にごまかしといた。『11ＰＭ　一分でも遅れたら殺す！』は待ち合わせのメモではなく、手なぐさみにいたずら書きしただけだと言った。ビデオの件はもちろん、ジョーが金に困っていたことも話していない。あの晩はずっと家にいたと言った。自分の部屋でニンテンドウをしていたと言った。それで解放された。親父が裏から手を回してくれたのかもしれない。

けれど解放されてから考えた。嘘はいつまで通用するかわからない。俺が完璧に嘘をつきとおせても、ジョー殺しの犯人が捕まれば、俺の嘘はバレる。俺は、あんたがいくら言おうと、ジョーの死に対する責任はないと思っているし、そのことで法的に罰せられることもないと確信している。だが俺のやったことそれ自体は犯罪だ。違法なビデオ制作にかかわっていたわけだからな。ニールに紹介したのは一人や二人じゃない。それが発覚してしまったら、あとは芋蔓《いもづる》式だ。コンピュータ・ソフトのコピーを売りさばいていることも、自動車ディーラーからタイヤをかっぱらったことも、フットボール賭博も、全部明るみに出てしまう。

フットボール賭博は、あんたもうすうす気づいてるんだろう？　スタジアムの地下で見られちまったからな。この町にもアル・カポネみたいなやつがいてね、そいつが胴元で、俺とエディはアーレイ校の集金係。俺のあこがれはビル・ゲイツじゃなくて、そのおっさんさ。ニールにもそいつの息がかかっている」

「アーレイ校の生徒が……、あの試合にお金を賭けていたのですか？」

ナオミはあぜんとした。

「一学年に数人ね。口が堅いやつにしか声をかけていない。ガキ相手じゃあんまり金が集まらないってことで、この間の試合では大人も引きずり込んだ」

「大人って……」

「おっと、話がだいぶんずれちまったな。ま、何先生でもいいじゃないか。ともかく事情聴取のあと冷静に考えた結果、ジョーの事件をきっかけに、俺の高校生らしからぬ行ないがすべて明るみに出ると判断できた。

そうなったら俺は、学校にいられなくなるどころか刑務所行きだ。親父が有り金はたいて陪審員を買収し、奇跡的に無罪となったとしても、親父は自分の傷を最小限にとどめようと、不肖《ふしょう》の息子をアイオワの農場にでも飛ばすだろう。

カッコ悪いよな。いや、農場で働くのはいいさ。乗馬をおぼえるいい機会だ。カッコ悪いのは、他人の手で服をむしり取られること。どのみち裸にならなければならないのなら、胸を張って、『レディース・アンド・ジェントルメン』と見えを切りながら、自分から素っ裸になってやりたいじゃない。そのほうがカッコいいし、胸もすっとする」

ぐっしょり濡れた髪を掻きあげ、ビルは自嘲気味に笑った。

「自分から警察に？」

ナオミは少し驚いた。

「まず、あの晩の出来事を打ち明け、ついでにほかのこともね。洗いざらいぶちまけようと覚悟を決めた。明日にでもね。要するに、あんたとはこれきり会えないわけだ。別れの挨拶とは、つまりそういうこと」

ビルはもう一度かすかに笑い、足下の水たまりを指でかきまぜた。ナオミは言葉を失い、雨の音だけが狭い通路に鳴り響いた。

「それを言うために、わざわざ呼びつけたのですか？」

長い沈黙のあと、ナオミは怒った調子で言った。

「あんたの頭の中にいるウイリアム・ハミルトンは、あんたの勝手な想像でこしらえたものだ。誤解されたまま日本に帰られちゃあ、俺としてもプライドが傷つくわけよ」

ビルがゆっくりと腰をあげた。

「だからって、今日この場で話す必要がどこにあります。明日あなたが警察に行けば、来週の学校はあなたの話題で持ちきりです。わたしは自然とウイリアム・ハミルトンの真実を知ることになる」

「それで納得する?」

「します」

「そんな形で納得されちゃあ、俺としては不本意だ」

「どうしてです」

「そういうことは訊くものじゃない。感じるものだ」

ナオミは肩を引き寄せられ、唇を奪われた。抵抗はしなかった。不意打ちではあったが、予感もあった。

「ジョーのことは俺にも責任があると、あんたは言った」

ビルの声が聞こえる。彼の体からナオミの体に伝わってくる。

「その意見を撤回する気はないんだな?」

「ええ」

ビルの胸の中でナオミはうなずいた。

「するとあんたがこうなったのも俺の責任というわけだ」

ビルはナオミの顔をあげさせ、唇に軽くキスをした。ナオミは答える代わりに彼の背中をまさぐった。

長い指がナオミの髪をなで、熱い頬をゆっくりと降りてくる。人さし指と中指が首筋を往復し、親指は顎の先をタップする。

ビルがサングラスをはずし、ナオミは目を閉じた。

その時、男の声が轟《とどろ》いた。

「騙されるな！」

ナオミは体の平衡を失い、その場に崩れ落ちた。反射的に頭を抱えた。

近くの闇で鈍い音が鳴っては消える。罵声《ばせい》と叫び声が交錯する。ビルと誰かが格闘している。ナオミは恐怖で顔をあげられない。

やがて戦いの音がやみ、一人のあえぎ声だけが残った。

「もうだいじょうぶだ」

ナオミは背中を叩かれ、おそるおそる顔をあげた。

「危なかった。ジョーと同じ目に遭うところだった。やつはああやってジョーの首を絞めたんだ。この男、ビルがすべての張本人だ」

ヘンリー・ハワードが肩で息をして立っていた。

安達《あだち》ヶ原《はら》の鬼密室

黒塚七人殺し

1

僕がいる。ここにいる。そう考えているのが僕。
ああ、僕がいる。僕だ。ここにいるのが僕だ。そう、僕は今ここに存在している。
でも、ここはどこ？
今とはいつ？
ネムイ、ネムイ、トッテモ、ネムイ。
風景がぼんやりとにじんでいる。
暗いような、明るいような。
目が開いているような、夢の中にいるような。
（かあさん）

呼びかけても返事はない。

(とうさん)

その声は僕にも聞こえない。

トッテモ、アツイ。カラダガ、アツイ。

僕はいる。ここにいる。体もある。

ほら、だらんと下がっているこれが僕の手。ぶらぶらしているこれが僕の足。

そう、足がぶらぶらしている。宙に浮いている。

なのに体がふわふわ動いている。前に進んでいる。

ああ、そうか。おんぶしてもらっているんだ。広い背中がある。僕はそこに乗っている。

でも誰の背中?

(かあさん?)

返事はない。

(とうさん?)

僕の声はどこにいってしまったの?

ミズガ、ノミタイ。ツメタイ、ミズヲ、ゴクゴクト。

鼻面を何かがくすぐる。

柔らかいような、硬いような。くすぐったいような、痛いような。

ああ、髪の毛だ。もじゃもじゃしている髪の毛だ。

かあさんの髪はこんなに硬くない。とうさんの髪はこんなに縮れていない。

誰だろう？ 誰ですか？

がんばって顔をあげたら、筍《たけのこ》のようなものが見えた。渦《うず》を巻いた髪の毛の間から、右と左に一本ずつ、にょっきり突き出している。

なあんだ、角《つの》か。絵本で見たことがあるよ。鬼の角。

そう、角が生えている。

角が生えて。

角が。

角!?

（かあさん！）

声が出ない。

（とうさん！）

体も動かない。

僕は鬼の背中で揺られている。

2

なんとなく意識を取り戻した梶原兵吾《かじわらへいご》は、しばし天井を見つめていた。

ずいぶん高い天井だ。色は白く、ところどころに凹凸《おうとつ》がある。これは花、それは草、あっちは鳥と、様々な図柄が浮き彫りにされている。天井の真ん中には電灯が下がっている。しだれ柳を思わせる西洋風の電灯だ。

ふと気配を感じて横を向くと、椅子の上に老婆《ろうば》が正座していた。

黒い矢絣《やがすり》の着物を着た老婆である。肌は黒く、頬《ほお》はそげ、目は落ち窪《くぼ》み、蓬《よもぎ》のように乱れた銀髪が、皺《しわ》のまさった額《ひたい》に、頬に、首筋に、弱々しく張りついている。

「お目覚めかな。具合はどうかいの?」

老婆は緩慢に団扇《うちわ》を振っていた。生ぬるい風が兵吾の頬を往復する。

「僕……」

兵吾が身を起こすと、その額から手ぬぐいが落ちた。老婆は膝《ひざ》を崩し、よっこらしょと口にして、窓辺の水差しに手を伸ばした。

「ほれ、飲みなさい」

琺瑯引《ほうろうび》きのコップを、老婆は差し出してくる。水はぬるく、喉《のど》にねばりつくようだった。しかし兵吾は一気に飲み干し、二杯、三杯と胃の中におさめた。

「ここはどこですか?」

水差しが空になり、兵吾はぼんやりと尋ねた。

まるで見憶えのない部屋だった。天井と壁は漆喰《しっくい》で白く、床《ゆか》には臙脂《えんじ》色の絨毯《じゅうたん》が敷かれている。壁際には西洋簞笥《だんす》と小さな机があり、そしてもう一方の壁際のベッドの上に自分がいる。

「東京の加藤《かとう》様の別荘じゃ」

東京の加藤様にも、そう答える老婆にも、兵吾には心憶えがない。

「押尾《おしお》村じゃ。すうぐ向こうは伊渡多《いとだ》水道よ」

そう言われてみると、どこか潮《しお》の香がする。

「僕は……」

兵吾はまた中途半端に口を閉ざした。

「玄関先に倒れとった。まあだ休んどったほうがいい」

老婆は手ぬぐいを拾いあげ、洗面器の水に浸《ひた》してゆるゆると絞る。兵吾の体は、腕といい、脚といい、すり傷だらけだった。

「しかしまあ、ずいぶん遠くから来たようじゃの、梶原兵吾君」

老婆がそう知っているのは兵吾の認識票を見たからだろう。左の胸に縫いつけられた布に、名前と住所、学校名と学年、血液型が記されている。

新しい濡《ぬ》れ手ぬぐいを額にあてられ、兵吾は少しずつ思い出してきた。

木炭バスに乗り、山道を歩き、木のうろで休み、藪《やぶ》をこぎ、沢を渡り、そうして松林の中に人工物らしき四角い影を発見したのだ。星明かりを頼りに近づいていくと、そこは石造りの屋敷であった。豪壮な門を勝手に押し開け、玉砂利《たまじゃり》を敷き詰めた庭を横切り、玄関らしきドアの横の呼び鈴を押したような記憶も、かすかにある。

「何用があって、水口《みなくち》村から？」

梶原兵吾は国民学校の四年生で、昨秋より学童疎開《そかい》でH県水口村にやってきていた。東京の同じ学校の生徒十数名と引率の先生が光明寺《こうみょうじ》という真宗の寺で起居している。父親と二番目の兄は東京に残り、母親は就学前の妹二人を抱えて栃木《とちぎ》の実家に身を寄せていた。

兵吾がひとり光明寺を抜け出したのは、昭和二十年七月三十日の払暁《ふつぎょう》である。

前日より、隣家で婚礼の宴《うたげ》が催されていた。そこの三男が九州は鹿屋《かのや》の飛行隊に配属されることになり、急遽《きゅうきょ》近在の農家の娘と契《ちぎ》りを結ぶことになったのだ。鹿屋といえば、言わずと知れた特攻隊の前線基地である。今生《こんじょう》の別れとばかりに、縁者一同、狂ったような宴を夜《よ》っぴて続けていた。

我が大君《おおきみ》に召されたる
生命《いのち》光栄《はえ》ある朝ぼらけ
讃《たた》えて送る一億の
歓呼は高く天を衝《つ》く
いざ征《ゆ》けつわもの日本男児

その騒《さわ》ぎを床《とこ》の中で聞くうちに、兵吾の脳裏にさまざまな人の顔が浮かんでは消えた。
従兄《いとこ》の昭一《しよういち》にいさん――中等学校では野球でならし、戦争が終わったら職業野球に行くのだと言っていたのに、四国沖航空戦で十九の命を散らした。彼も鹿屋基地の航空兵で、三月の神雷攻撃に参加したのだった。特攻ロケット桜花で米艦艇に向かう途中、母機一式陸攻ともども敵機グラマンに撃ち落とされた。
長兄の奉文《ともゆき》にいさん――絵が上手な人で、戦地からの手紙にはいつも椰子《やし》の木や一式陸攻のスケッチが同封されていた。彼の手紙が途絶えて半年以上になる。敵の手に落ちたレイテ島を脱出し、隠密作戦に参加しているのだろうか。
次兄の貞治《さだはる》にいさん――年初の海兵予科生徒試験には身長が足らず不合格だったが、それから毎日高鉄棒にぶら下がっているというから、今度の試験はうまくゆくかもしれない。すると彼もいずれ大海原《おおうなばら》に散ってゆくのか。

疎開先でカリエスを患《わずら》った幼なじみの光一《こういち》君、東京大空襲で焼け死んだ高田のおじさんとおばさん、ニューギニアで片足を失った竜介《りゅうすけ》おじさん、本土決戦に備えて咳《せき》をこらえこらえ迫撃砲弾の旋盤《せんばん》がけを続けている父さん、それから、それから——懐かしいあの人たちの姿が卍巴《まんじともえ》となって頭の中を駆けめぐり、もうどうにも涙が止まらなくなった。

兵吾に反戦の思想はなかった。日本国が驕敵《きょうてき》アメリカを打ち倒してくれんことを日々願い、その勝利を固く信じてもいた。けれど、自分の周りの人間が際限なく滅びていくのは、自分自身の身体の一部がぽろぽろもがれていくようで、なんとも悲しく、やりきれなかった。

だから兵吾はその明け方、そっと蚊帳《かや》を抜け出し、あてなく旅立った。少年雑誌の読み物に、幼い兄弟が荒れはてた世界をあとに楽園を目指すというのがあったが、兵吾の心境はちょうどそんな感じだった。

兵吾は歩きに歩き、そして力つきた。水口村から押尾村というと、実に百キロの行軍である。

けれど百キロ旅したところで楽園には達していなかった。

いま兵吾がいる部屋は異国の風情《ふぜい》を漂《ただよ》わせているけれど、頭上のしゃれた電灯は黒い布ですっぽり覆われている。ここはまぎれもなく日本、灯火管制が敷かれた戦時下の日本国であった。

「話したくないことは話さなくてもよいが、おうちの人に心配をかけてはならんよのう」

その言葉に兵吾は母を思い出し、わずかに涙ぐんだ。別れて十月《とつき》になる。

「とはいえ、いま電話は使えんし、一人で帰してまた倒れられても困る。明日おじいさんが戻ってくるから、そしたら村の中心まで自転車で送っていってあげよう。そこからバスを乗り継いで帰りなさい。なあに、バス賃ぐらいおごってやるわい。そうと決まったら、どれ、食べるものでも持ってこようかの」

兵吾の腹が正直に鳴った。老婆は皺じみた顔をなお皺だらけにして立ちあがった。

「あのう、今日は幾日ですか？」

恥ずかしさを隠すように兵吾は尋ねた。

「八月二日よ」

「今は朝ですか？」

「朝といっても――、もう十時に近いな」

老婆は振り返って答えた。机の上に金色の置き時計があった。

「僕はいつからここにいるのですか？」

「ゆうべよ。かれこれ半日は眠っておったことになる」

「僕、どこに倒れていたのですか？」

「さっき言わんかったか？　玄関先よ。叩いても返事せんし、体は熱いし、どうなることかと思ったぞ。じいさんがおらんで、医者も呼びにいけん。しかしまあ、そのぶんだともうだいじょうぶじゃろう」

老婆は兵吾の頭を軽く叩いた。

「じゃあ、おばあさんがここまで運んでくださったのですね。大変お世話に――」

体を起こし、頭を下げようとして、兵吾はハッとした。

人に背負われた記憶がある。いや、人ではない。もじゃもじゃの髪をした、二本の角を持つ鬼に。

「なんの。こう見えても存外力はあるんじゃ。畑には出とるし、薪《まき》も割るし、あんたくらいの子をおぶって歩くのはわけないて。もっとも水口村まではよう行かんがの。さ、飯じゃ、飯じゃ。たんと作ってあげるから、遠慮なくお食べ。とれたての魚をさばいてやろうかの」

老婆はにっこり笑い、脚をひょこひょこ引きずりながら部屋を出ていった。彼女の頭に角はなかった。

あれは悪い夢だったのだと兵吾は納得した。気絶するほど疲れていたのだ。体はもちろん、頭もおかしくなっていたのだろう。なにしろ三日間何も食べていない。沢の清水で喉を潤《うるお》しただけなのだ。

そう考えると、ますます腹が鳴って仕方ない。気をほかに持っていこうと、兵吾はベッドを降りて窓辺に歩んだ。両開きのガラス窓は外側に開け放たれている。

正面に石壁が見える。壁の上には青空が広がっている。見えるのはそれだけだ。兵吾は四年生にしては成長不良で、爪先立《つまさきだ》ちになっても窓枠の下端にやっと目が届くかどうかなのだ。そこで兵吾は、先ほど老婆が座っていた椅子を窓際まで引っ張ってきて、その上に立ち、あらためて外を覗《のぞ》いた。

正面の石壁もこの屋敷のものだった。外塀ではない。別棟でもない。屋敷は枡形《ますがた》に建てられていたのだ。石造りの二階建てで、中庭を望む二階の一室に兵吾はいた。

中庭は全面石畳で、椅子の上に立って眺めていると、少々おっかない。下まで五メートルはあるだろうか。足を滑《すべ》らしたらただではすまない。

中庭の中央には大きな石像が立っている。馬にまたがった武将の石像だ。馬は両前脚を雄々しくあげ、武将は左手で手綱《たづな》を握り、右手には長い槍を持っている。槍は逆手で頭の横に構えられ、今まさに眼前の敵にとどめの一撃を加えんとしているといった様子だ。

上に目を転じると、石壁の中に龍が見えた。正面の窓の右斜め下、矩形《くけい》の建物の角《かど》あたりに、石でできた龍の顔がぴょこんと出っ張っている。大きく口を開け、牙《きば》を剝《む》き、兵吾の頭ならがぶりとひと飲みされてしまいそうだった。壁には虎の顔もあった。兵吾が覗いている窓の右斜め下、やはり建物の角あたりで、つまり龍虎の彫刻が狛犬《こまいぬ》のように向かい合わせになっていた。

ずいぶん不思議な印象を抱かせる屋敷である。龍虎の彫刻や武者像のことではない。二階の窓は大人でも楽々通れるほど大きいのに、一階の窓はどれも人の頭ほどしかない。そんな小さな窓が全部で八つしかなく、一階の部屋はずいぶん暗いのではと心配になる。

二階右手の部屋には中庭に面してドアがしつらえられていて、そこから石の階段が地上まで延びている。一方、一階部分のどこに目をやっても中庭に面したドアが見あたらない。

まるで二階が中心で、一階がおまけのような構造なのだ。

「こりゃ、危ないぞ」

突然声をかけられ、兵吾はつんのめりそうになった。

「早《はよ》う降りなさい。落ちたらえらいことになるが」

老婆はそう言いながら、ベッドの横の小卓に皿を並べる。兵吾は椅子を降りた。老婆に素直にしたがったというより、お膳に引き寄せられた。

ほとほと食べ飽きた南瓜《かぼちゃ》の煮付けの横に刺身の皿があった。生《なま》の魚を食べるのは何ヵ月ぶりだろう。ぶつ切りの魚と貝が山と入った潮汁《うしおじる》もある。ご飯は丼《どんぶり》に山盛りで、麦より白米のほうが多かった。

腹が満ちた兵吾はベッドに大の字となり、いつしか眠りに落ちた。

3

梶原兵吾が次に目覚めたのは、バリバリと激しい音が鳴り渡ったからだ。耳元でブリキ板を叩かれたような騒々しさだった。

一瞬にして音の正体を察知した兵吾は、転げ落ちるようにベッドを離れると、めいっぱい腕を伸ばして窓を閉めた。上空に銀色の機影がちらと見えた。機銃掃射に効果があるとはとても思えないのだが、反射的に窓の鍵をかけ、黒いカーテンも引いた。そしてベッドの下に身を隠した。

ブーンとプロペラがうなり、バリバリと音が鳴る。続いて別の種類のエンジン音が轟《とどろ》き、機銃が発射される。敵機と友軍機が交戦している。

決着はすぐについた。ビーッと凧《たこ》のうなりのような音が長々と尾を曳《ひ》いて、それが消えてしばらくのち、どこか遠くでドーンと爆発音がした。空はそれで静けさを取り戻した。何ごともなかったかのように、わしゃわしゃ蟬《せみ》の声が届いてくる。

半年ほど前から、こののどかな地方でもグラマンの編隊を見かけるようになった。おおむね威嚇《いかく》が目的らしく、さっとやってきてさっと飛び去る。戦闘機の機銃掃射なので、窓ガラスが割れたり、トタン屋根に穴が開いたり、あるいは驚いて自転車ごと水路に落ちたりと、被害はその程度ですんでいる。けれどB29が飛んできたらそれではすまないし、その日が近いような予感が兵吾にはする。

「だいじょうぶかいの」

老婆がやってきて、兵吾はベッドの下から這《は》い出した。机の上の時計は三時半を指していた。

「平気です。おばあさんは？」

「たまげて庖丁《ほうちょう》で切っちまったよ」

老婆は人さし指を舐《な》めながら、ベッドの枕元にあった救急箱を開け、傷口にメンソレータムを塗った。

「あのう、そのう……」

兵吾は下っ腹を押さえて足踏みした。

「おしっこかい？」

顔を赤くしてうなずく。

「ついておいで。おっと、靴を履きなさい。ここは西洋式じゃ」

老婆は絆創膏《ばんそうこう》を貼ってから救急箱を閉じ、先に立って部屋を出た。

ドアの外は廊下だった。ここにも臙脂色の絨毯が敷いてある。老婆は右手に進んでいく。部屋は廊下の片側、中庭に面した方にだけあり、もう一方の壁には等間隔で窓が開いている。

外は松林だ。その向こうがおそらく伊渡多水道なのだろうが、林は上り斜面になっているので海面を窺《うかが》うことはできない。

窓と窓の間には小さな油絵が飾られている。籠《かご》に入った蜜柑《みかん》、濃緑の松林、水中を泳ぐ小魚、青い空と白い入道雲――正直、あまりぱっとしない絵だ。

ドアを一つ越したところで廊下は右に折れていた。そのドアには鳥の絵が描かれたタイルがはめ込まれていた。兵吾の部屋のドアにもタイルがはめ込まれていて、そこには渦巻きが描かれていた。

廊下の角を曲がると中庭の側はやはり部屋になっていたが、先の並びと違ってドアは一つきりしかなかった。花の絵のタイルがはめ込まれている。そして廊下の片側は吹き抜けになっていた。花のドアの前には下に続く階段がある。老婆は手摺《てす》りにつかまりながらそこを降りていく。

折れ曲がった階段を降りきったところは玄関ホールだった。蔓草《つるくさ》模様の化粧ガラスがはめ込まれた玄関ドアは、兵吾の記憶にわずかに残っていた。

「加藤の旦那様じゃ」

老婆が指さした方には油彩の肖像画がかけられていた。髪を後ろになでつけ、カイゼル髭《ひげ》をぴんと伸ばし、目をカッと開いて正面を見据えている。二階の廊下にかかっていた絵に較《くら》べると数段立派である。

「おばあさんが旦那様のおかあさんなのですか?」

兵吾は肖像画と老婆を見較べた。

「これこれ。おそれ多いことを言うでない。わしゃただの使用人よ。じいさんと二人で留守をおあずかりしとるだけじゃ」

老婆は左手に進んでいく。

「僕、こんなすごい家を見たの、はじめてです」

玄関ホールも総絨毯敷きで、大小の壺や石像が並んでいる。飾られている絵も、例の肖像画だけではない。畳よりも大きな雪山の絵もある。

「先年まではもっと華やかだったんじゃが、ブロンズの置物は軍に供出しちまったからのう。そうそう、大事な品々じゃから、さわっちゃならんぞ」

「はい」

「お屋敷の中を勝手に歩き回ってもならんぞ。部屋の中にも大事な品々が置いてあるからの。壊したら、あんたの小遣いではとても償《つぐな》いきれんぞ」

「はい」

廊下の角を曲がり、しばらく行った右手が便所だった。中庭に面していない側だ。便所の窓は横に引く形式で、いっぱいに開けると大人が出入りできそうだった。先ほど二階から見えた一階の窓よりずっと大きい気がする。

兵吾が用を足し終えて廊下に出ると、老婆が向かいの壁に片手を突いて待っていた。

「こっちの部屋は何ですか?」

兵吾は彼女の横のドアを指さした。その部屋は中庭に面しているはずだった。

「大広間じゃ」

「大広間の窓はどうして便所の窓より小さいのですか?」

他意のない、素朴な疑問だった。

「なんじゃ、庭じゃのうて、そんなとこを見とったのかい」

老婆はふんふんとうなずいて、

「ここはからくり屋敷なんじゃよ」

と兵吾の耳元で囁《ささや》いた。

「からくり屋敷?」

「ほうよ。窓が小さいのはからくりのためよ」

兵吾は目をぱちくりさせた。

「この屋敷には恐ろしい仕掛けがいっぱいあるで。大事な品々を盗まれんようにな。うろうろしとったら、いつ、何の拍子《ひょうし》に、恐ろしい目に遭《あ》うかわからんで。二度と水口村に戻れんことになっても知らんぞ、わしゃ」

老婆は身をふるわせながら廊下を戻っていく。

「どういうからくりがあるのです?」

兵吾の心中には興味と恐怖が相半ばしていた。

「よい子にしとったら帰りしなに教えてやらんでもないの。よい子には、なあんの危険もない、楽しいからくりじゃ。博覧会の鏡の間より、ずっとずっときれいで楽しいぞ。世にも不思議なからくりじゃ」

「いい子にしています」

「おうし。じゃあ、さっきの部屋でおとなしく休んどきなさい。階段を昇って右に行くのじゃぞ」

「はい。右に行って、角を曲がって、二つ目のドアですね。渦巻きの絵があるドア」

「そうじゃ。よく憶えとるの。だがあれは渦巻きじゃのうて颪の絵じゃ。それから、暑いから窓は開けといてもええが、さっきみたいに下を覗き込むようなまねはしなさんなよ。わしゃ耳が少し遠い。あんたが落ちても聞こえん」

「はい。寝台の上でおとなしく休んでいます」

「よい返事じゃ。よい子にはおいしい夕飯を作ってやらにゃな」

老婆にてんてんと頭を叩かれ、兵吾の腹はまた鳴りはじめた。

4

怪物が現われた。

老婆の言いつけどおり部屋でおとなしくしていたのに、兵吾は怪物に襲《おそ》われた。

便所から〈風の間〉に戻って間もないころだった。ベッドの上でごろんとしているとガチャガチャと窓が鳴り、兵吾がそちらに顔を向けると、カーテンの隙間から二つの目が覗いていた。

ぎょろりとした目だ。ギラギラ輝く目だ。人のものとは思えぬ青い目だ。

次に頬が見えた。赤く、テラテラ光っていた。

頭が見えた。金色の毛がモジャモジャと渦を巻いていた。

あまりの恐ろしさに兵吾は、声も出ず、逃げ出すこともかなわなかった。ベッドの上で金縛りにかかってしまった。

窓がガタガタ音をたてる。部屋に入ってこようと、怪物が揺すりたてるのだ。

手が見えた。最初は野球のグローブかと思った。それほど巨大な手だった。しかも熊のように毛むくじゃらだった。

窓には鍵がかかっている。けれどあの巨大な拳でひと打ちすれば、ガラスなど木《こ》っ端《ぱ》みじんに砕《くだ》け散るだろう。

（今にも、今にも……）

兵吾は胸が潰《つぶ》れる思いでベッドの上で身を固くしていた。

青い目、赤い顔、ちりちりの髪、剛毛に覆われた手——鬼だと兵吾は思った。目を閉じると、記憶の中に漂っている鬼の姿が二重写しとなった。

——渦を巻いた髪の毛の間から、右と左に一本ずつ、筍のようなものが、にょっきりと
——

やがて音がやんだ。一、二、三——兵吾はゆっくり五十まで数え、目を開けた。赤鬼の顔は消えていた。

夢だったのだろうか。わしゃわしゃという蟬の声だけが、ただ聞こえる。兵吾は硬直の解けた体をベッドから降ろすと、そろそろと窓辺に歩み、顔をあげた。

夢ではないようだった。窓ガラスの向こう側がまだらに濡れ、幾筋もの流れを曳《ひ》いている。雨が降ったのではない。空はどこまでも青い。鬼が体液を残していったのだ。

兵吾は窓枠の下端に両手をかけ、爪先立ちになった。鼓動は早鐘のようだったが、なぜだか体がそう動いてしまうのだ。カーテンの隙間に顔を近づけ、やっと届いた目を右に左に動かした。正面の石壁と窓しか見えなかった。

兵吾は椅子の上に右足を置き、背もたれを両手でしっかりと摑《つか》んだ。左足を床から離

し、少しずつ、少しずつ、右脚を伸ばしていく。

絶対に夢ではなかった。金色の後ろ頭とグローブのような手が右斜め前方に見えた。その先には窓があった。鬼はその窓に手をかけていた。窓はじわじわと外側に開いていく。室内の黒いカーテンがふわりと揺れる。

兵吾が見たのはそこまでだった。右脚が椅子の上でくの字、左脚が空中、という中途半端な姿勢で推移を見守っていたので、椅子から転げ落ちてしまったのだ。しかし痛みを感じている間はなかった。

ギャッと声がした。兵吾が漏らしたのではなく、どこかからそう聞こえてきた。鬼が手をかけていた窓の方から。

刹那《せつな》、兵吾の脳裏に老婆の顔が浮かんだ。

兵吾はさっと立ちあがり、部屋を出た。ほとんど反射的な行動だった。恐怖心はもちろんあった。けれどそれにまさって、彼女に助けてもらったからには彼女を助けなければならないという思いがあった。

廊下を左に進むとすぐに角がある。それを左に折れたところに鬼が侵入した部屋があるはずだった。吹き抜けとは逆の方だ。

吹き抜けの廊下には〈花の間〉一つしかなかったように、この廊下にもドアは一つしか見あたらなかった。ドアにタイルははめこまれていない。

兵吾はドアの前まで達すると——、そこで体が固まってしまった。勢いで飛んできたものの、徒手空拳《としゅくうけん》で何ができるというのだろう。相手は人でない。二階の窓に楽々手をかけていたのだから、身の丈《たけ》は五メートルもある。熊のような手で首根っこを摑まれたら、それで一巻の終わりである。

立ちつくしていると、ドアの向こうから獣《けもの》のうなり声のようなものが漏れ聞こえてきた。兵吾はじりじり後退し、廊下の角に身を隠した。首を出したり引っ込めたりしながらドアの様子を窺う。

うなり声が鳴っては消える。

それとは別に、ゴブゴブ、ゴブゴブ、という奇妙に低い音もどこからか響いてくる。怪物が何かを飲み込んでいるような感じだ。

兵吾は耳に蓋《ふた》をして、ただドアの様子にだけ神経を集中させた。

と、何の前ぶれもなく、ドアが廊下の側に開いた。

兵吾は思わず、あっと声をあげた。

相手もあっという形に口を開け、音をたててドアが閉じた。

しかし兵吾はその一瞬の間に見た。まぎれもなく鬼だった。頭ににょっきり二本の角が生えていた。顔は卸《おろ》し金《がね》のようにごつごつしていた。絵本で見た鬼そのままだった。

叫びたいという思いも、駆け出したいという思いも、いま一度確かめたいという思いも、すべて叶わなかった。何かしなければと思ううちに、全身の血という血がすうっとどこかに消えていき、兵吾はへなへなとその場に崩《くず》れてしまった。意識こそかろうじて保っていたが、腰が抜けて立てなかった。鬼の襲撃に備えて頭を抱えることすらできなかった。

どれほどへたばっていただろうか。兵吾のすぐ横で声がした。

「何しとる?」

兵吾はうわっと叫んで横ざまに倒れた。

「部屋におれと言うただろう」

老婆だった。脚は二本とも生えている。腕ももげていない。

「だいじょうぶだったのですね」

そう口にしたとたん、兵吾の目から涙がぽろぽろこぼれ落ちた。

「何を泣いとる」

「鬼に食べられずにすんだのですね」

「鬼じゃと?」

老婆がきょとんとした。兵吾もきょとんとして、

「そこの部屋に鬼が。おばあさんの悲鳴が」

廊下の角から手先だけを向こうに突き出した。

「わけわからん。はははあん、わかったぞ。話をでっちあげて、約束を破ったことをごまかそうとしとるな、この子は。ほれ、部屋に戻らんかい」

老婆が目を釣り上げた。

「違います。僕はおばあさんを助けようと思ってやってきたのです」

兵吾はしどろもどろ、しかし心を込めて、最前からの出来事を説明した。

「わしゃ、ずっと台所におったぞ」

老婆は言う。

「でも、僕、たしかに悲鳴を聞いたのです」

「そりゃ、夢じゃろ。だいいち、鬼なんぞ、この世におるもんかい。ありゃ、おとぎ話の生き物じゃ」

「夢ではありません。この目で見たのです。この耳で聞いたのです」

「困った子じゃのう。わしゃ、台所におったと言っとるだろう」

老婆は泣きそうな顔になった。

「おばあさんでない別の人が……?」

兵吾はふと思いついてつぶやいた。

「またわけのわからんことを。ここにはわしとあんたしかおらんと言うとるだろう。じいさんはまだ帰ってきとらん」

ではあの悲鳴は何だったのだろう。鬼があげた奇声だったのか。

「約束を破っただけならまだしも、しゃあしゃあと嘘をつきおって。素直に謝るならよし。さもなくば夕食は抜きじゃ」

老婆は憤然と兵吾の腕を取り、無理やり立ちあがらせた。

「嘘ではありません」

兵吾は涙ながらに訴え、あらためて一から説明をはじめた。すると老婆は話の途中で兵吾の手を放し、廊下の角を曲がっていった。

「いけません。鬼が籠城《ろうじよう》しています。それは間違いありません。いけません」

兵吾は小声で呼びかけた。

「何がおろうか。鬼も人もおりゃせん。おるわけがない」

老婆は大声で繰り返しながら問題の部屋〈鬼の間〉まで歩んでいき、躊躇《ちゆうちよ》なくドアを開けた。兵吾は廊下の角から首を引っ込め、目をぎゅっとつむり、頭を抱えた。

「ほうら、何もおりゃせん」

老婆の声がした。

「来てみい。その目で確かめてみい」

兵吾は這いつくばって廊下を進み、おそるおそる〈鬼の間〉の室内を覗き込んだ。

〈凪の間〉と似たような造りの部屋だった。机、本棚、西洋戸棚、長椅子、小卓、窓、ドア、黒い布で覆われた電灯、そして老婆——見えるのはそれだけだった。鬼も人もいない。
「そこです。その窓から入るところを見たのです」

兵吾は立ちあがりながら正面を指さした。黒いカーテンが、まるで呼吸をするように、ふわと膨《ふく》らみ、すぐにしぼんだ。

「なに言うとる。ここは二階ぞ。窓から入ってこられるもんか」

「ですから、背が五メートルあるのです」

「ここは巨人国かい」

老婆はからから笑った。

「あっちは？」

兵吾は右手のドアを指さした。そのドアというのは、いま入ってきた廊下に面したドアではない。部屋の中にもう一つドアがあったのだ。

「巨人が居着いとったらおおごとじゃ。旦那様に叱られてしまう」

老婆はのんきそうに言ってそのドアを開けた。向こうも部屋だった。一つの部屋が中で二つに分かれていたのだ。こちらの部屋には廊下に出るドアはない。ベッド、小卓、西洋箪笥、窓、ドア、黒い布で覆われた電灯——見えるのはそれだけだ。

「これで納得したろう。夢じゃ、夢じゃ」

老婆が笑い、兵吾の尻を叩く。兵吾はそれでも納得がいかず、奥の部屋をもう一度見渡した。ベッド、小卓、西洋箪笥――ここでいったん目が止まった。引き出しの一つが数センチ開いていて、その隙間から白い布がべろんとはみ出している。

鬼が開けたのだろうか。そう思いながら窓に目を移し、その隣のドアを見た兵吾は、あっと声をあげた。

そのドアというのは、部屋を分けているドアではない。中庭に面した窓に隣接したドアだ。

「ここから中庭に降りられるのですよね？　石段で」

兵吾は興奮してドアを指さした。

「そうじゃよ」

「じゃあ、鬼は中庭に逃げたのです。そうです、きっとそうです」

「まあだ、鬼、鬼、言うかい」

老婆は顔をしかめてドアの方に寄っていき、その隣の窓を開けると、首を突き出し、すぐに引っ込め、バタンと窓を閉めた。

「何もおらん」

老婆はぶっきらぼうに言って兵吾の手を握り、手前の部屋にずるずる引っ張っていく。手前の部屋に入ってしまうと、彼女はそのまま廊下に出ていこうとする。兵吾はうんと足

を踏ん張って、

「もっときちんと調べてください」

と半泣きの声で訴えた。

「つきあいきれんわい」

そう言いながらも老婆は兵吾の手を放し、カーテンの下りた窓に歩んでいくと、カーテンをさっと開け、窓の外に首を突き出した。今度は入念に、円を描くように顔を動かす。

兵吾は彼女の背後でぴょんぴょん飛び跳ねる。

「夢じゃ、夢じゃ。ほうら、中庭にも鬼などおらん。人もおらん。猫も鼠《ねずみ》もおらん。お、雀《すずめ》が一羽おったわい」

老婆は首を引っ込め、皺だらけの笑顔をこちらに向けた。

「ほかの部屋に移ったのではないでしょうか」

兵吾はなお食いさがる。

「いつまで寝ぼけとるか」

老婆はふたたび顔を険《けわ》しくした。

「寝ぼけていません。この部屋に鬼がいたのは間違いありません。この窓から入るところを見ましたし、廊下に顔を覗かせもしました。なのに今いないということは、僕の姿に驚き、あわてて中庭に逃げたのです。そしていま中庭に見あたらないということは、どこかほかの部屋に窓から入っていったのです」

子どもに驚いて逃げ出す臆病な鬼がいるとは思えないが、しかし消えてしまった事実を説明するにはそう考えるしかない。

「それが寝ぼけとるちゅうんじゃ。さっきから、窓、窓、と繰り返しとるが、ここは二階ぞ。窓から入ってこられるもんか。出ていけもせん」

「ですから、背が五メートルあるのです」

「そんな巨人はこの世におらんと言うとろうが。それによう考えてみい。身の丈が五メートルもあったら、この部屋の天井に頭がつっかえてしまうわい。今も身動きがとれずにもがいておるわい」

「それは……」

兵吾は天井を見上げ、口ごもった。

「夢じゃ、夢。これにて一件落着」

老婆は兵吾に背を向け、窓を閉める。兵吾はそれでも未練がましく視線をあちこちに移し、そして気づいた。

「鬼がさわった跡だ」

いま老婆が閉めた窓のガラスが、〈風の間〉同様、まだらに濡れていたのだ。それだけではない。目を凝らすと、窓の下の壁や近くの絨毯に、気持ちの悪い染みのようなものが見える。

しかし老婆は窓ガラスをあらためようとせず、声を張りあげた。

「いいかげんにせいよ、この法螺《ほら》吹き坊主が。それ以上言うと、本当に夕食を抜きにするぞ。今すぐここからほっぽり出すぞ」

とうとう堪忍袋《かんにんぶくろ》の緒《お》が切れた。彼女の怒りが天まで届いたのか、遠く、雷鳴が聞こえる。

兵吾がうなだれていると、老婆に手を取られ、穏やかに声をかけられた。

「のう、よう考えてみい。あんたは水口村からここまで歩いてきたんじゃ」

バスにも乗ったが、半分以上は歩いている。

「何日歩いたのかの?」

「二日半です」

「その間、ろくに休みもしなかったのだろう?」

「はい」

「飯も食わんかった」

「はい」

「そしてとうとう倒れちまった。それがゆうべのことじゃ」

「はい」

「それから半日眠って、飯のあともしばらく眠ったが、それだけじゃ疲れはよう取れんぞ。なにしろ二日二晩歩き続けたのじゃからな。便所から戻ったあとも、気づかぬうちに眠ってしまったんじゃ。そして、恐ろしい夢を見た」

「…………」

「疲れている時には夢とうつつの境目がようわからんもんじゃ。そして疲れている時ほど恐ろしい夢を見る。そうよ、夢の中で鬼を見たのよ」

老婆はそう決めつけ、兵吾の頭をやさしくなでた。

あれが白昼夢であろうはずがなかった。現に痕跡が残っている。けれど兵吾は老婆の言葉を信じる努力をしようと思った。そう信じないことには夜も眠れないし便所にも行けない。

5

兵吾は、一階の使用人部屋で老婆と一緒に夕飯を食べ、そのまま並んで寝ることになった。

彼女はおそらく兵吾のことを疑っていて、またうろつかれたらかなわないと、そばに置いて監視することにしたのだろう。

兵吾にしてみれば、理由はどうあれ、歓迎すべきことだった。忘れようと努力したところで鬼の存在を消し去ることはできないのだ。たとえそれが夢だとしても、見てしまったことには変わりない。

にょっきりと生えた二本の角。

卸し金のような肌。

ぎょろりとした青い目。

無数に渦を巻いた金色の頭髪。

毛むくじゃらで巨大な手。

夜の闇の中で、独《ひと》りその幻影と闘うことなど、兵吾にはとてもできそうになかった。おまけに、遠くで鳴りはじめた雷は、鳴るたびに近づいてきて、激しい雨も連れてきた。

使用人部屋は、玄関ホールを便所とは反対方向に進み、突き当たりの台所を抜けたところにある。中庭には面しておらず、枡形の建物の外側に瘤《こぶ》のように突き出ていた。

夕食のお膳が片づけられ、畳敷きの部屋に床《とこ》が延べられたころには、雨足も弱まり、まだ鳴き足らぬとみえる蟬の声が聞こえはじめた。

兵吾は寝つけなかった。瞼《まぶた》を閉じれば、あの恐ろしい形相がよみがえる。老婆が寝物語を語ってくれれば気がまぎれたのかもしれないが、彼女にはまだ仕事があるようで、なかなか横の布団にやってきてくれない。部屋を出たり入ったり、忙しく立ち働いている。

彼女が出ていく気配を感じると、途中で鬼に遭遇し、もう帰ってこないのではという心配にさいなまれる。

兵吾が布団の中でもぞもぞしていると、その様子に気づいた老婆が声をかけてきた。

「おしっこかい？」

尿意はなかったが、夜中にもよおしたらことだと思い、兵吾はうなずいた。

「どれ、連れてってやろう」

便所の場所は憶えていたが、一人で行くのはぞっとしなかったので、兵吾は彼女の言葉に素直にしたがった。

廊下の明かりはすべて消えていて、老婆は懐中電灯を頼りに進んでいく。丸い光の輪が揺れ動き、絨毯が現われ、漆喰の壁が消える。昼間は臙脂に見えた絨毯が、今は血の色に見える。光が窓ガラスに反射して、亡霊のような二人連れが浮かびあがる。石像や壺の影が、生命を宿しているかのように伸びては縮む。真っ暗闇も恐ろしいが、弱々しい光が作り出すいたずらも、また恐怖であった。兵吾は途中から目を閉じ、老婆に手を引かれるまま歩いた。

そうして用を足し終え、玄関ホールまで戻ってきた時である。

暗闇の中にびりびりと甲高い音が鳴り渡った。

老婆も驚いたらしく、ひっと息を呑んで身をすくめた。

「もしもし！　もしもし！　誰かおりませんか!?」

そう男の声がして、続けざまに呼び鈴が鳴る。

「ど、どなたです？」

老婆がこわごわ問いかける。

「陸軍第五＊＊連隊、松永貞利《まつながさだとし》伍長以下四名です。一夜の宿を借りたく、まいりました」

老婆はホールの電灯をつけ、玄関のドアを開けた。

歩兵銃を提《さ》げた若者が立っていた。軍服も顔も泥まみれだ。眼鏡《めがね》のレンズは、片方がはずれ、もう片方にはひびが入っている。

「一晩、泊めていただけませんでしょうか。近くで立ち往生してしまいました」

青年兵士は丁寧な言葉遣いで、あらためてそう願い出た。

「はあ、それは、まあ、大変なことで……」

老婆がおどおどしていると、青年兵士の背後から野太い声がした。

「山之辺《やまのべ》、さっさとせい。わしゃもう歩けんぞ」

蟹《かに》のような顔をした男が年若い兵士に両脇を支えられている。三人とも泥だらけである。

「先の夕立《ゆうだち》の折、崖崩《がけくず》れに巻き込まれ、車両が大破、隊に戻れなくなってしまいました。伍長殿は足首を痛めて、あのとおり歩けません。今から電話をすれば明朝には迎えが来るでしょうから、それまで休ませてください」

山之辺が説明する。

「電話は使えませんぞ」

老婆が口をへの字に曲げた。

「え？　ずいぶん立派なお屋敷ですが、電話がないのですか？」

「電話線が切れております。もう半月になりますかいのう。辺鄙《へんぴ》な場所じゃから、ちいとも直しにきてくれません。うちのじいさんが買い出しがてら修理の催促をしとるはずじゃが、しかし崖崩れしたとなると……、崩れたのはどのあたりですか？」

山之辺はその場所を説明した。すると老婆は顔をゆがめて、

「あすこが塞《ふさ》がれたら、ここは陸の孤島じゃ。じいさんも戻ってこれん……」

「どういたします？」

山之辺が蟹顔の松永伍長を振り返った。

「道は貴様らが作れ。とにかく休憩じゃ。ばあさん、じゃまするぞ」

「はあ、それでは、馬小屋にご案内しましょう」

「馬小屋ぁ!?」

松永伍長が目をひん剝いた。

「わしゃ、留守をあずかっとるだけでして、わしの一存でお屋敷の中におあげするわけに

はまいりません」

「誰にものを言うとる！　わしらは皇国のために働いておるのだぞ。主《あるじ》がくだくだぬかしたら、これは陛下のご命令だと言うておけ。貴様は陛下がいらしても馬小屋にお泊めするのか⁉」

松永伍長が尊大な調子で言うと、老婆はしぶしぶ四人の兵士をホールに招き入れた。

「休ませていただければそれで結構ですから」

山之辺が申し訳なさそうに頭を下げたが、松永は、

「わしゃ、腹ぺこじゃ」

「粗末なものでよろしければご用意しましょう。どうぞこちらへ。靴のままで結構です」

老婆は機械的に答え、台所の方に進んでいく。

「メシの前に風呂じゃ。湯は沸かさんでええから、この汚れた体を洗わせろ」

松永が注文をつけると、老婆はムッとして足の向きを変えた。

「食事も風呂も伍長殿だけで結構ですので」

山之辺が老婆に耳打ちした。

「贅沢なものがぎょうさんあるが、何様の御殿じゃ」

石像や壺に目をやり、松永が不快そうに言った。

「東京の加藤様です」

「ふん。別荘かい。この時局に、まあだそんなものを持っとる輩《やから》がおったか」

「かの加藤清正《きよまさ》公とゆかりのある家だとのことであります」

松永に肩を貸していた一人、最も年少に見える兵士が言った。

「中島《なかじま》、どうして貴様が知っとる」

「は。親戚がこの村に住んでおりまして、以前聞かされたのであります。たしか、加藤織物の社長の別荘だということであります」

「虎印のゲートルを作っとる加藤織物かい」

老婆はそれを肯定も否定もせず、便所の手前にあるドアを開け、電灯をつけた。洗い場も浴槽も灰みがかった石でできていた。二人の部下に連れられ、松永が入っていく。

「手ぬぐいを幾枚か貸していただけますか」

山之辺が言った。

「はいはい。タオルならそこにあります。ご自由にどうぞ」

老婆は棚を指さした。若い彼には老婆も素直だった。

「傷薬も貸していただけますか。車に積んであった救急箱が土砂に埋まってしまって」

「はいはい。持ってまいりましょう」

老婆は廊下を先に進んでいく。兵吾もあとについていこうとしたが、

「あんたは待っときなさい。ご命令があったらわしの代わりに聞いといてもらわんと」

とささやかれ、所在なげに浴室の前を行ったり来たりした。

「いたたた。中島ぁ、もっとやさしく脱がさんか！　この馬鹿者が！」

松永の声は廊下にまで轟き、部下を殴《なぐ》っているのではないかと思われる音も漏れてくる。そのたびに兵吾はびくりと足を止め、しまいには浴室のドアに向かって直立不動の姿勢をとった。

「たまらんのう。えらい日になってしもうた」

救急箱を提げて戻ってきた老婆が露骨《ろこつ》に嫌な顔をした。

じきにドアが開き、山之辺が姿を現わした。

「風呂場にあったバケツを借りてよろしいでしょうか？　伍長殿の足を冷やしたいのです」

「どうぞお使いください」

「ばあさんよ、氷はないのか？」

部下に肩を借りて松永も出てきた。褌《ふんどし》一丁である。中島という若い兵士の右の瞼が青く腫《は》れあがっていた。

「氷はございませんが、わたくしには崎村《さきむら》カツという名前がございます」

老婆はぷいと顔をそむけて玄関ホールの方へ歩き出す。

「坊主、ぼさっとしとらんで、わしの服を持ってこい」

松永にあたられ兵吾は、泥水を吸って重くなった軍服と軍靴《ぐんか》を抱えて行列の最後尾についた。老婆は玄関ホールを過ぎ、廊下の角を曲がったところにあるドアを開けた。

そこは食堂だった。部屋の中央に大きなテーブルがあり、十脚もの椅子がぐるりと取り囲んでいる。壁の一角に西洋戸棚があり、それと向かい合わせに長椅子が置かれている。

「蒸し暑いのう」

入るなり、松永が顔をしかめた。

「風を通しましょう」

山之辺が黒いカーテンに走り寄る。

「開きませんぞ」

老婆が言ったが、山之辺はカーテンを開けた。ちょうど彼の顔の高さに、彼の頭ほどの大きさの窓があった。

「なんじゃい、そのちんけな窓は」

松永があきれた。

「本当だ、開かない」

窓ガラスから手を離し、山之辺はもう一つのカーテンまで走った。カーテンを開けると、こちらの窓も小さく、はめ殺しとなっていた。〈風の間〉より広い部屋なのに、窓はその二つしかない。

「見てくればかりで使えん家じゃ」

松永が吐き捨てた。

「ええんです。ここは避寒のための別荘ですから、そうしておいたほうが隙間風が入らんでええのです」

老婆が仏頂面《ぶっちょうづら》で応《こた》えた。松永はふんと鼻を鳴らして、

「じゃあ氷柱を持ってまいれ」

「氷は切らしとります。先ほど申しませんでしたか」

「なら、扇風機をよこせ」

「先年、お国に供出してしまいました」

と老婆は天井を指さす。そこに大きな羽根が取りつけられ、ゆっくりと風を送っていたのだろう。南方の植民地でよく見かける、飛行機のプロペラのような扇風機だ。

「嫌みを言うとるのか」

松永がいきりたったが、老婆は聞こえぬふりをして、

「団扇を持ってまいります」

と救急箱を置いて食堂を出ていった。

「ほら、長椅子まで連れていかんか！」

松永は中島の肩に回した手で彼のこめかみをポカリとやった。長椅子まで達すると松永

は、そこにふんぞり返り、右足をバケツの中に突っ込んだ。

「肩の筋がおかしい」

そう睨《にら》みつけられ、中島が松永の肩をもむ。山之辺ともう一人の兵士が傷の手当てを行なう。

やがて老婆が団扇を持って戻ってきた。

「食い物は芋《いも》しかございませんぞ」

「おう、ふかし芋でよい。ときにばあさんよ、夕刻の敵機撃墜は知っておろうな？　おい、河瀬《かわせ》、もっとやさしく塗らんか」

と松永はまた部下に拳骨《げんこつ》をくれる。

「はあ、なにやら撃ちおうておったのは知っておりますが」

老婆は兵吾をちらと見た。

「長谷川一三《はせがわかずみ》少尉殿が殊勲をあげなさった。飛燕《ひえん》の二十ミリ機関砲にかかって、にっくき
グラマンは木っ端みじんよ」

「グラマンではなく、ノースアメリカンです。新鋭のP51ムスタング戦闘機」

河瀬という兵士が言い直した。松永は眉《まゆ》を寄せて、

「貴様は黙っとれ。中島、肩はもうええ。団扇であおがんか。とにかくだ、敵機は火を噴いて伊渡多水道に落ちた。ところがそれを目撃しておった者によると、墜落前に落下傘が

開いたというんじゃ」

「我々は落下傘降下した米国兵士を捜しているのです。その最中に崖崩れに巻き込まれたのです」

山之辺の説明に、兵吾の脳の片隅がむずむずした。

「ばあさんよ、怪しい男を見かけなかったか?」

「さあ、わしはずっと家の中におりましたし」

「坊主は?」

松永に問われ、兵吾はしゃきんと背筋を伸ばした。獰猛《どうもう》な目つきに恐れをなしたのではない。夕方の怪異の謎《なぞ》が解けた気がしたのだ。

「ここの屋敷にいました。中庭です。そこから二階の部屋に侵入して、また出ていきました」

米国人はみな怪物のようにでかいと聞く。髪が金色だと、目が青いと、全身毛むくじゃらだと聞く。逃亡の途中だったので、自分のような子どもにも驚き、身を隠したのではないか。

「あんた、馬鹿なことを言うでないよ。兵隊さんにご迷惑がかかろうが」

老婆が血相を変えて兵吾の手を摑み、上下に振りたてた。しかし詳しく話せと松永に命じられ、兵吾は軍人のほうにしたがった。

「いかな鬼畜といえども、五メートルはないじゃろう。戦闘機の座席におさまらんぞ。おまけに角じゃと？」

聞き終え、松永があきれた。

「この子、疲れとって、少しおかしいのです」

老婆がぺこぺこ頭を下げた。

「どんな角だったのかい？」

山之辺が腰をかがめて尋ねてきた。

「どんなって、先がとんがっていて、長さはこのくらい。それが二本ありました」

兵吾は自分の頭上二十センチほどの高さに手を置いた。

「そんなに長いとなると、頭に引っかけた風防眼鏡を見間違えたということではないか……」

「お疲れのところ、とんだ与太話《よたばなし》を聞かせてしもうて……」

老婆は頭を下げ、おまえも謝れとばかりに兵吾の後頭部を小突く。

「伍長殿、自分が話してもよいでしょうか」

中島が団扇をあおぐ手を止めた。

「なんじゃい？」

「この押尾村に自分の親戚がおるのですが」

「おお、さっき言うておったな」

「最後に訪ねたのは昨秋であります。出征を前に本家に挨拶にいき、先祖の墓を参ったのであります」

「貴様、何が言いたいんじゃ」

松永が拳骨を作った。

「その時、鬼の話を小耳に挟んだのであります」

「はあ?」

「子どもたちがこんな歌を口ずさんでおりました」

お山のあちらにゃ　鬼が出る　鬼が出る
逢魔《おうま》が時《とき》の鬼ヶ島　角も凜々《りり》しい　鮫肌《さめはだ》の
安達《あだち》ヶ原《はら》の鬼婆か　大江の山の鬼童子
もしも鬼に逢《お》うたなら　唱えなされよ
南無《なむ》　南無　南無　南無　南無阿弥陀仏《あみだぶつ》

6

中島は節《ふし》をつけて歌いあげると、

「昔からの手鞠歌《てまりうた》かと思って尋ねたところ、そうではなく、ここ何年かのうちに子どもの間ではやりはじめたとのことでありました。なんでも、その目で鬼を見た少年がおるそうで、その噂話《うわさばなし》が歌に変わったとか」

と声をひそめて言った。

「なんじゃ、そりゃ」

松永があきれた。

「その少年は先年大陸の方に出征していっており、真偽のほどは確かめられませんでしたが、歌の中に出てくる鬼ヶ島とは、まさにここのことです」

「はあ?」

「地元の人間はみな、例の崖崩れした場所よりこっちを鬼ヶ島と呼んでおります。それは自分も小さいころから知っておりました」

「それはほら、この土地が半島で、しかも海岸線が恐ろしいほどの岩場なので、そんな渾《あだ》名《な》がついたのでしょう」

老婆が困ったように首を振った。

「すると何かい、このばあさんが安達ヶ原の鬼婆か。そりゃ大変じゃ。今宵《こよい》はわしらが食われちまう」

松永ははんと笑い、老婆も引きつったような笑いを返した。

安達ヶ原の鬼婆の話は兵吾も絵本で読んで知っていた。野中のあばら屋に住む老婆が、道に迷って一夜の宿を求めてきた旅人を、庖丁で殺して食らうのだ。一人二人なんてものではない。旅の僧侶が開かずの間を覗いたところ、何ともいえぬ生臭さがむっと漂い出てきて、床は血だらけで、あっちに頭、こっちに足、向こうの隅には骸骨《がいこつ》が山と重なっていたのだ。鬼婆は最後に、その僧侶の念仏によって退治される。

「こちらのおばあさんが鬼婆だとは申しておりませんが、ただ、過去にも目撃談があることですし、この少年の話もあながち——」

「中島ぁ！」

恫喝《どうかつ》され、中島は直立不動になった。

「何が鬼じゃ。貴様はそれでも帝国軍人か。そんな阿呆なことを信じとるようでは、来たるべき本土決戦で何のお役にもたてんぞ。わしらにとっての鬼は米国人じゃろうが。あの鬼畜どもが沖縄《おきなわ》でどれだけの虐殺をしてくれたことか。よおし、精神を注入してやる。前に出てこい！　四つん這いになれ！　尻を高くあげい！」

中島がそれに黙ってしたがうと、松永は椅子に座ったまま小銃を取りあげ、台座の部分を目の前の臀部《でんぶ》に打ちおろした。

「中島の話はともかく、この少年の話は確かめるに値するのではないでしょうか。身長五メートルとはとても信じられませんが、目や髪の色が米国人を思い起こさせるのはたしかです」

上官をとりなすように山之辺が進言した。松永は腕の動きを止め、

「うむ。では調べてこい。いや、貴様はわしの手当てじゃ。河瀬、貴様が行ってこい。薬もよう塗れんやつに手当てはまかせられん。中島！　いつまで這いつくばっとる。団扇であおがんか、この愚図《ぐず》が」

最後にもう一撃加えて椅子にふんぞり返った。

そして現場検証が行なわれることになり、老婆を先頭に、河瀬、兵吾の順で階段を昇った。河瀬は小銃を携えている。

老婆の歩みの遅さにたまりかねたのか、河瀬がくだけた調子で質問をはじめた。

「この子はばあちゃんの孫かい？」

「その子は、まあ、知り合いの子ですわ。水口村から遊びに来とるんです」

「じゃあ、出かけているというおじいさんと二人暮らし？」

「そうですわい。あのう、崖崩れの様子はどんなもんでした？　すぐに通れるようになり

そうでしたか？」

　老婆が心配そうに尋ねた。

「うーん、道いっぱいに崩れてたからなあ。電話で助けを呼べるのならまだしも、自分らだけで作業するとなると、一日二日では手に負えんだろうなあ」

　むうと老婆がうめく。

「ばあちゃんはこの屋敷の番をはじめて長いの？」

　河瀬には何の心配もないらしい。

「先代の時から奉公しとります」

「ふーん、ずいぶん古いお屋敷なんだね」

「最初に建ったのは大正の中ごろでしたかの」

「これまでに鬼が出たことある？」

「何をおっしゃいます。そんなもの、この世におるわきゃないでしょう」

「そうかなあ。俺、幽霊を見たことあるよ」

「は？」

「ここだけの話、俺、実はこういうの苦手なんだよ。幽霊とか妖怪とか。だからね、こうしてしゃべっていないと、足が前に進まない。伍長殿には内緒だよ」

　河瀬はハハッと坊主頭を掻《か》いた。からかっているのかと思いきやさにあらず、銃にかかった彼の指はわずかにふるえていた。

「さ、着きました。けれど鬼も幽霊もおりゃしませんぞ。わしゃ、絶対に信じませんぞ」

老婆は怒ったように言って〈鬼の間〉のドアの前で立ち止まった。

「米国兵もかんべん願いたいよ。きゃつらは手段を選ばないからね。沖縄や硫黄島《いおうとう》を見るがいい。自動小銃や火炎放射器を持ち出された日には、この三八式歩兵銃ではとても太刀《たち》打《う》ちできないよ。嫌だなあ」

河瀬はなお剽軽《ひょうきん》にふるまいながら、小銃の先端に短剣を取りつけた。

河瀬が銃を腰に構えるのを待ち、老婆がドアを開けた。明かりを灯《とも》すが、鬼の姿は見あたらない。

「その窓です。鬼はそこから入ったのです」

兵吾は正面の窓を指さして訴えた。河瀬は銃を降ろし、つかつかと窓辺に寄っていく。

「こりゃあ、わからないなあ」

夕立のせいで、どのガラスも同じように濡れてしまっている。窓の下の壁や近くの絨毯にあったはずの染みも、時間が経ってしまったからなのか、今は見あたらない。

河瀬は窓を開け放ち、懐中電灯の光を下に向けた。

「ふーん、たしかにこの高さを入ってきたとは、にわかには信じられん」

「本当なのです」

兵吾は心を込めて訴えた。

「わかったわかった」

河瀬は兵吾の頭を叩き、窓辺にしゃがみ込んだ。

「ふーん、湿っぽい感じはするね」

しばらくは気のなさそうな様子で絨毯の表面をなでていたが、彼は突然その場に這いつくばり、そして声の調子を変えた。

「血だぞ、血」

そう言って絨毯のあちこちを指さす。絨毯が臙脂色なので、遠くからではそういう染みがあるとはわからない。

「ばあちゃん、今この部屋に滞在している人は？」

河瀬がさっと身を起こした。目の色が今までとはまるで違う。老婆は恐れるように首を振った。

「昨日まで、あるいは一昨日まで滞在していたということは？」

老婆はこれにもかぶりを振った。すると河瀬は鼾《いびき》のようななり声をあげて、

「ばあちゃん、大変だ。この子の言ったことは正しかった」

と兵吾の頭をなでる。

「じゃが……」

「鬼でなくても、何かが侵入したことは疑いようがないよ。大変だ」

河瀬は強張《こわば》った表情で室内をあらためはじめた。戸棚の扉を開け、長椅子の下に銃の先を差し入れる。

「あのう、あまりいじらんといてください。旦那様に何と申せばよいか……」

老婆がおろおろ訴えかけた。

「こっちも部屋？」

ひととおり調べ終えた河瀬は、隣室との間のドアに銃を向けた。老婆がドアを開け、壁を探って電灯のスイッチを入れる。人も鬼も見あたらない。河瀬は銃を構えたまつかつかと入っていき、卓の下を覗き、ベッドをあらため、そして簞笥の前で振り返った。

「これは前々から？」

と、引き出しからべろんとはみ出した布を銃の先でつっつく。老婆は首をかしげた。

「中を見せて。俺は手が汚れているから」

そうながされ、老婆は簞笥の引き出しを開けた。はみ出ていたのは敷布だった。その引き出しにはほかに枕カバーやタオルが入っていたが、引っかき回されたように乱れていた。いっぽう残りの引き出しを開けてみると、シャツやズボンが整然と収まっていた。

「旦那様の衣装かい？」

河瀬が尋ねた。

「先代様のです。時局が悪うなるまでは、よう長逗留《ながとうりゅう》なさってたから、衣装を置いておられるのです」

「ということは、最近は手をつけられていないはず。いったい、いつ、誰が引っかき回したのだろう」

老婆はぶるぶる首を振った。

「やっぱり何かが侵入している。間違いない」

河瀬もぶるっと身震いして顔を左右に動かした。天井と床にも舐めるような視線を送った。彼はそしてゆっくりと窓の方へ寄っていき、

「ここから中庭に出られるのだね?」

と隣のドアを顎《あご》で示した。老婆がうなずくと、彼は兵吾に懐中電灯を手渡し、自分は銃を構えて、

「ばあちゃん、開けてくれ。ばあちゃんがドアを開けたら、君は外を照らして」

兵吾が懐中電灯のスイッチを入れて準備を整えると、老婆が真鍮《しんちゅう》のノブを回し、向こう側に押した。

とりあえず何も起きなかった。河瀬は銃を構えたまま敷居をまたぎ越し、片足を一段下に持っていったが、すぐに、

「危ないな」

と足を引っ込めた。階段が狭く急なのだ。おまけに先ほどの雨で濡れている。

「下から出よう。案内してちょうだい」

河瀬は室内に戻り、老婆をうながした。

「中庭にはそっからしか出られません」

老婆は首を振った。河瀬はきょとんとした。

「一階から出られないの?」

「はい」

「そんな家があるもんかい」

河瀬は怒ったように言う。

「そう言われても、そういう造りになっとるわけで……」

「なんでまた、そんな妙な造りにしたの」

「旦那様に訊いてくだされ」

老婆が疲れきった様子で答えると、河瀬は回れ右をし、あらためてドアの外に足を踏み出した。そして兵吾に懐中電灯の光を動かすように命じた。

左、右、もっと右、下——指示に従って兵吾が懐中電灯を操作するたびに、外の闇に光の帯が流れる。

「あ」

突然、河瀬が短く叫び、兵吾の手から懐中電灯を奪い取った。河瀬が光を向けた先には何やら白いものが見える。白くて巨大な、クラゲのお化けのようなものが、空中にぼうと浮いている。

河瀬は一人で石段を降りていく。懐中電灯は自分の足下に向けるので、空中の白いものが闇の中に埋没した。何が見えましたかと尋ねるように兵吾が老婆の顔を覗くと、彼女はさあと首をかしげた。

兵吾が固唾《かたず》を呑んで推移を見守っていると、遠くから河瀬の声がした。

「梶原兵吾君、ちょっと手を貸してくれたまえ」

老婆に目をやると、彼女はまた首をかしげた。兵吾は敷居をまたぎ、石段を踏んだ。狭く、急で、段差もかなりあり、濡れていて、手摺りはなく、足下を照らす懐中電灯も兵吾にはない。空に月も見あたらず、闇はどこまでも深い。地獄の底に降りていくような恐ろしさだ。

階段をしばらく降りると、右の方に橙《だいだい》色の弱い光が見えた。二つ、はなればなれに輝いている。食堂の小窓から明かりが漏れているのだ。

「おーい、こっち、こっち」

やっと階段を降りきると、河瀬の声がして、光の輪が大きく振られた。といってこちらの足下まで照らされるわけではない。食堂から漏れてくる明かりもほとんど頼りにならない。一歩踏み出しては止まり、一歩踏み出してはまた止まりと、兵吾は濡れた石畳の上を注意深く進んでいった。

河瀬は武将像のすぐ近くに立っていた。武者は顔を〈花の間〉に、尻を〈鬼の間〉に向けているのだが、河瀬が立っていたのは顔の方である。

「肩車するから、これを取ってちょうだい。俺一人では届かなくて」

河瀬は石像に懐中電灯の光をあてていた。石像に見とれているのではなく、武将の頭部からべろんと垂れ下がっている白いものに注目しているのだと、兵吾にはわかった。その一部が先ほど〈鬼の間〉から見えたのだ。高いところに引っかかっているので、宙に浮いているように見えた。

「何だかわかるかい?」

河瀬は白いものの一部を摑み、強く引っ張った。下の方は敷布のように広く、その縁《ふち》からたくさんの紐が伸び出ていて、その何本かが兜《かぶと》の鍬形《くわがた》にからまっている。

「落下傘」

兵吾は迷わず答えた。

7

河瀬が食堂で報告を行なうと、松永伍長が落下傘を踏みつけた。彼はまだ褌一丁だった。

「家捜しじゃ！」

「お言葉ですが――」

山之辺がおずおず切り出した。

「落下傘が残されていたことから、米兵が屋敷の中庭に降下したことに疑問を差し挟む余地はありません。しかしながら現在の時刻は午後十時を回っており、この少年が米兵を目撃してからすでに六時間が経過しております。米兵が今なお屋敷の中にひそんでいるとは自分には思えません。自分が米兵の立場にありましたら、少年に目撃されたこともありますし、すみやかにここを出て、ほかの場所に身を隠します」

整然と言葉を並べられたからなのか、松永は山之辺の反抗的な態度を叱責《しっせき》しなかった。その代わり、むうとうなったのち、老婆を理不尽《りふじん》に責め立てた。

「どうして坊主の言うことを信じてやらんかった」

「はあ、しかし、突然鬼だと言われても……」

「ばあさんが坊主を信じておれば、今ごろ米兵をひっとらえられとる」

「しかし、この子とわしの二人で何ができましょう。相手は紅毛人《こうもう》ですぞ。まとめて投げ捨てられるのは目に見えております」

「阿呆。誰が戦えと言うた。頭を使え、頭を。屋敷に閉じこめることは可能じゃろうが」

松永は死んだ子の歳を数えるようなことを言う。

「芋をふかしてまいります」

老婆は逃げるように台所に消えた。

「米兵が存在していたのは確かだとしても、どうにも説明がつかないことがあります。一つは角であり、もう一つは五メートルの身の丈。いずれも人間離れしております」

そう言ったのは河瀬である。先ほどまでのくだけた調子とは違う。

「角はさておいて、身長には説明がつくではないか」

山之辺がすかさず応じた。

「二階の部屋と中庭は階段でつながっていたのだろう？　米兵はそれを昇って二階の部屋に侵入した。ただそれだけだ。一階の部屋には出入りできないのだから、中庭から脱出したければ二階に侵入するしかないわけだ」

「鬼はドアから入ったのではありません。窓から入ったのです」

兵吾は小声で反論した。すると山之辺は兵吾の肩に手を置き、にっこり笑って、

「それはね、錯覚なのだよ。錯覚ってわかる？　見間違い。君がいた部屋からだと、窓が手前でドアが向こうに見える。それでね、窓は実は最初から開け放たれていたの。米兵はその向こう側でドアを開けたの。すると、開いた窓と米兵の姿が重なって、さも窓から侵入したように見えるんだ」

それは違うと兵吾は思った。鬼の間には窓が二つある。手前の部屋と奥の部屋に一つずつだ。奥の部屋の窓はドアと隣り合わせなので、山之辺が言うような錯覚が起きるかもしれない。けれど自分が侵入を目撃した窓は、手前の部屋のものなのだ。ドアとの間には距離がありすぎて、そういう錯覚が起きるとは思えない。それに、手前の部屋の窓の近くに血がこぼれていたのだ。それは、その窓から侵入した何よりの証拠ではないのか。

ということを兵吾は言おうとしたのだが、口をもごもごさせているうちに山之辺が河瀬に向き直ってしまった。

「その後部屋から消えたのも説明できるぞ。この子と出くわしてうろたえ、いったん撤退したのだ。階段で中庭に降り、階段の陰に身を隠し、しばらく様子を窺うことにした。そして時間をたっぷり置いてからあらためて二階に侵入し、建物の中を忍び歩いて屋敷の外に出ていった。わかってみれば何の不思議もない」

この意見には、なるほどと兵吾は感心した。中庭に降り、石段の右側に隠れていれば、〈鬼の間〉のどちらの窓から覗かれても、石段本体が目隠しとなって見つかることはない。

「二間続きになっている部屋への侵入に関してはその説明でもいい。だが、この子の部屋を覗いたことをどう説明する」

河瀬は食いさがる。そうだそうだと兵吾も思う。

「窓の真下の壁をよじ登ったのだろう」

「それはないね。この子の部屋の外の壁はつるんつるんだった。石組みは実に精巧、石と石の間には毛先ほどの隙もなく、指や爪先をひっかけることもできない」

「すると……、こうは考えられないだろうか。米兵は、実はこの子の部屋を覗いていなかった。最初から二間続きになっている部屋の様子を窺っていた。ところが光線のかげんで、その顔がこの子の部屋の窓ガラスに映りこんだ」

口には出さなかったが、兵吾は大いに不満だった。あれは断じて光のいたずらではない。〈風の間〉の窓ガラスに手でさわった跡が残っていた。

「米兵と鬼を一緒くたにするからいけないのかもしれない」

河瀬がつぶやいた。

「一緒くた？」

山之辺が首をかしげた。

「米兵は米兵、鬼は鬼、別物として存在しているのだ。米兵はこの中庭に落下傘降下し、誰にも見られず外に出ていった。それと入れ替わるように鬼がやってきて、この子を脅《おど》かしたり部屋に侵入したりした」

「馬鹿者！」

松永の声が轟いた。

「貴様も寝とぼけとるのか。何が鬼じゃ。おうし、目を覚まさせてやる。そこに正座せい。歯を食いしばれ」

河瀬の頬に平手打ちが飛ぶ。

「どいつもこいつも何をうろたえとるんじゃ。相手は鼠一匹ぞ。大鼠であろうが、たかが鼠ぞ。それを怪物のごとく恐れおののいて、連隊のいい笑いものじゃ。おうし、こうなったら大捜索じゃ。今夜中に米兵をひっとらえてやる」

「しかし先ほど申しましたように、米兵がこの屋敷を離れているのは確実です」

山之辺が言った。

「ならば外を捜索じゃ」

「六時間あれば相当遠くまで逃げられるかと――」

「くだくだぬかすな！」

松永は今度は聞く耳を持たず、威嚇するように手を振り上げた。そして河瀬に尋ねる。

「絨毯に血がこぼれておったのだな？」

「は。まだ生乾きでした」

河瀬は頰を押さえて答えた。

「相手は手負いの鼠じゃ。そう遠くへは行っとらん。だいいち地理にも不案内なのだし、おおそうじゃ、この先は崖崩れで行き止まりになっとるのだぞ。ばあさんによれば、ほかに道はない。まさに袋の鼠よ」

松永は珍しく筋の通ったことを言った。

「おっしゃるとおりですが、袋の鼠であるのなら、夜明けを待って捜索を開始してはいかがでしょう。今宵は新月ゆえ、夜間の活動は困難をきわめると予測されます」

山之辺も珍しく反抗的で、ついに松永の鉄拳を受けた。

「陛下のお言葉、聞けんのか！　米兵をひっとらえるまで帰ってくるな！」

山之辺はあたふた眼鏡を拾いあげ、松永に最敬礼すると、背嚢《はいのう》と小銃をひっつかんで食堂を出ていった。河瀬と中島も泡を食ってそれに続こうとしたが、松永に止められた。

「中島はわしの世話じゃ。水を換えてこい」

とバケツから足を抜く。

「河瀬、貴様は家捜しじゃ」

「はっ」

「傷の程度によっては、まだこん中におるかもしれん。広い屋敷じゃ、ばあさんの目が届かんところはいくらでもあるだろう。部屋だけでなく、天井裏も、庭の植え込みも、徹底的に調べろ。ばあさん！　ばあさん！」

松永が大声で呼ぶと、老婆が台所から出てきた。

「芋はまだふけとりませんが」

「芋ができたら屋敷の中を案内してくれ」

「またでございますか」

「今度は全部の部屋じゃ。巨大な鼠が隠れひそんどるかもしれん」

「はあ？」

「米兵じゃ」

「おらんですよ、おったら困りますが……」

老婆がうろたえた。

「心配するな。おったらわしらが退治してやる。その前にだ、二階に移るぞ。ここは牢獄じゃ。蒸し暑くてかなわん」

「勝手に動かんといてください。旦那様に叱られます」

「陛下のお言葉じゃ」

松永はまたその一言で老婆を黙らせた。

中島が松永を背負い、河瀬が荷物と落下傘を運び、兵吾は水の入ったバケツを持たされた。階段を昇りきると松永は、

「そこでええぞ。階段に近い方が何かと便利じゃろう」

と〈花の間〉のドアを指さした。

「そこは旦那様と――」

老婆はその先の言葉を飲み込んで、

「ああ、芋じゃ芋。焦《こ》げてしまう」

と階段を降りていった。もう何を言っても無駄だと悟《さと》ったのだろう。

〈花の間〉も〈鬼の間〉同様、室内にもう一つドアがあり、奥の部屋にはベッドが二つ並べられていた。主人と夫人の寝室なのだろう。松永はベッドに陣取り、兵吾が運んできたバケツに足を突っ込んだ。中島は座ることを許されず、団扇であおいだり汗をふいてやったりする。

芋の皿が運ばれてきたのち、老婆の先導で屋敷内の探索がはじまった。兵吾はそれにつきあう必要はなかったのだが、〈花の間〉で待機していたら中島がどやしつけられるたびに肝が冷えるし、かといって老婆の部屋に一人戻るのも恐ろしかったので、河瀬のあとを金魚の糞《ふん》のようにくっついて歩いた。

探索は二階から行なわれた。二階は回廊になっていて、〈花の間〉から左回りに、〈鳥の間〉、〈風の間〉、〈鬼の間〉、〈雪の間〉、〈月の間〉で、〈花の間〉に戻ってくる。〈雪の間〉のドアには雪の結晶の、〈月の間〉のドアには月に叢雲《むらくも》のタイルが、それぞれはめこまれていた。

「嫌な予感がするよ。幽霊を見た時と同じ感じだ。脳髄《のうずい》の芯《しん》がビリビリくる」

河瀬はすっかり及び腰だった。ドアは兵吾に開けさせ、室内にはまず老婆を送り込み、それで何ごとも起きなかったら自分も中に入り、壁を背にして室内を見渡し、ベッドやカーテンを小銃の尻で突っつき、ダッと廊下に駆け戻る。そして最後に、

「封印しよう」

と言って、窓とドアを施錠するよう老婆をうながすのだ。彼はやはり米兵と鬼を別々の存在としてとらえていて、鬼がふたたび侵入するのを防ぐために封鎖を行なっていた。相手が幽霊であれば鍵は用をなさないが、鬼には役立つだろう。

二階に米兵の姿はなく、松永と中島のいる〈花の間〉を除くすべての部屋と廊下の窓を封鎖してから、三人は下に移動した。

一階は回廊になっていない。玄関ホールに面して応接室があり、そこを出て廊下を右に行くと食堂と台所と使用人部屋、左に行くと大広間と浴室と便所と〈予備の間〉。中を覗いて異状なしとなると、鍵がかかるドアは封鎖し、便所と浴室の窓も施錠した。

〈予備の間〉はホールの正反対、〈鬼の間〉の真下に位置している。〈予備の間〉という呼称は兵吾の命名によるものではなく、老婆がそう説明した。予備というだけあって、室内はがらんとしていた。〈予備の間〉にも米兵の姿はなかったが、しかし兵吾は妙なものを

感じた。

調度品といえば、入って右手に背の高い棚と机が置いてあるだけで、人が身を隠せそうな場所はない。棚板に置かれているのは本や雑誌や新聞で、これも別段怪しくない。いやそもそもこの部屋に米兵が侵入できるはずはない。廊下に通じるドアは施錠されていて、老婆がわざわざ鍵を使って開けていた。そして、一つある窓は食堂と同じで、はめ殺しになっていた。

なのに兵吾はそぐわないものを感じた。何に対してかと問われても答えられない。漠然とした違和感、シャツを後ろ前に着てしまった時のような微妙な心地悪さである。

違和感の正体が摑めぬまま、捜索は野外に移った。外に出てすぐ河瀬は、捜索中に賊が建物に再侵入したらことだと、老婆に玄関ドアの鍵をかけさせた。

満天の星があるとはいえ、新月の晩である。懐中電灯があるとはいえ、光の帯は近くの闇にしか届かない。兵吾は左手で老婆の腕を、右手で首から下げたお守りを握りしめた。

「星がこんなにきれいなのはね、夕立で空が洗われたからだよ」

河瀬は恐怖をまぎらすようにしゃべり続け、ときどき立ち止まっては銃剣の先で植え込みをつついた。手応えはないようだった。庭には物置小屋と、今は使われていない馬小屋があったが、いずれにも米兵はひそんでいなかった。

捜索は小一時間で終了し、三人は〈花の間〉に戻った。老婆と兵吾は玄関ホールで暇《いとま》を告げたのだが、松永の許可を得たほうがいい、新しい注文があるかもしれない、と河瀬が言ったのだ。

「河瀬三郎《さぶろう》、入ります」

河瀬はそう声をかけてから〈花の間〉のドアを開けて中に入っていき、

「河瀬三郎、巡回から戻ってまいりました」

と言って、奥の部屋に通じるドアをノックした。

鍵が開く音がして、唇に人さし指をあてた中島が顔を覗かせた。

「伍長殿は今しがた寝つかれました」

「寝たぁ？」

河瀬は小声で訊き返し、部屋の奥を窺った。松永の刈りあげた後頭部が見えた。毛布をかけてベッドに横になっている。

「仮眠ということです」

中島はさらに声をひそめた。

「じゃあ、わしも部屋に帰って床に入りますわい」

老婆は聞こえよがしに言う。中島があわてた様子で唇に人さし指をあてた。

「俺もこっちの部屋で一休みさせてもらおう。伍長殿が目覚めたら呼んでくれ。なあに、眠りはしないさ」

河瀬がそう言ってドアを閉めようとしたのを、

「空いていたら皿を返してくだされ」

老婆が不機嫌そうに押しとどめた。中島がいったん引っ込み、皿が差し出され、ドアが静かに閉じた。

生きている中島が目撃されたのはそれが最後だった。

8

老婆が解放されたのは午前零時に近く、それほど夜更かしした経験のなかった兵吾は、床《とこ》に就くなり眠りに落ちた。あれこれ想像する間もなかったし、悪い夢に襲われることもなかった。そして翌朝八時になるまで目が覚めなかった。光明寺では六時起床の生活を送っていたので、そうとうな寝坊である。

老婆はすでに台所にいて、若布《わかめ》をざくざく刻んでいた。兵吾は朝の挨拶をすませると、布団を畳んで建国体操をはじめた。そこに、ばあちゃんばあちゃんと言って河瀬が飛び込んできた。

「朝食はただいま用意しとります」

老婆は彼に背を向けたまま大鍋をかき回す。

「伍長殿を見かけなかった？」

河瀬は老婆の横に立ち、顔を覗き込む。

「ここにはいらしておりません」

「ここでなくてもいい。玄関とか便所とかで」

「いいえ」

「中島は？」

「見かけておりません」

「梶原君はどう？」

兵吾がそれにかぶりを振ると、

「そうだよね、見てたらおかしいんだよね」

河瀬は妙なことをつぶやいて腕組みをする。

「部屋にいらっしゃらないのですか？」

老婆が不安げに尋ねた。河瀬はそれに答えず、

「すまないけど、ドアを壊すよ」

「はあ？」

「旦那様には、あとで軍が弁償すると言っておいて。ともかく立ち会ってちょうだい」

河瀬はきょとんとする老婆の腕を取る。

二階に向かいながら河瀬が説明したところによると、昨晩彼は〈花の間〉の手前の部屋でうっかり眠ってしまったのだという。目覚めたのはつい先ほどで、外はすっかり明るい。伍長ももう起きているだろうと、彼は奥の部屋に通じるドアを叩き、開けようとした。しかし開かなかった。繰り返し呼んでもドアは開かず、中島も姿を現わさない。便所にでも行ったのかと河瀬はまず思ったが、よく考えてみるとそれはおかしいとわかった。なぜならドアに鍵がかかっている。その鍵は奥の部屋からしか操作できない種類のものだ。ドア板についた棒状の金具を、枠の側の受け金具に抜き差しする。仮に、手前の部屋に出てドアを閉めた拍子に金具がはまってしまったのだと解釈しても、もう一つおかしなことがある。河瀬は廊下に通じるドアにもたれて眠っていた。人が通って気づかぬはずがなかった。

「おかしいだろう? 嫌な予感がするだろう?」

河瀬は強張《こわば》った表情で〈花の間〉に入った。

「ゆうべはいろいろあったから、泥のように眠っとられるのでしょう」

「これでも起きないんだよ。伍長殿! 河瀬です! 伍長殿!」

河瀬はドアを叩きながら連呼するが、中からはことりとも音がしない。

「耳栓でもされとるのでしょうかね」

老婆はどうしてもドアを壊されたくないらしい。

「そんな馬鹿な話はないよ。だからさ、悪いけど壊すよ」

河瀬はそう言うが早いか、肩からドアにぶちあたっていった。老婆があぁと顔を覆う。河瀬は力士のように腰を割り、鋭い出足でかちあげた。鈍《にぶ》い音とともに部屋全体がふるえた。しかしドアはびくともしなかった。こちら側に開くようになっていたからだ。

「伍長殿！　伍長殿！　中島！　中島！」

河瀬は荒い息を吐きながら繰り返し、それでも応答がないとわかると、老婆と兵吾に部屋の外に出るよう命じ、片膝を突いて小銃を構えた。

轟音一発。二発。

それで河瀬は銃を置き、ドアのノブを回した。二度、三度と強く引くと、ドアはこちら側に開いた。彼はそして叫んだ。

「伍長殿！」

最前までの呼びかけとは声の調子が異なっていた。

兵吾と老婆は手をつないで手前の部屋を横切り、揃ってドアの向こうを窺った。

河瀬がベッドの前に立っていた。彼は毛布を手にしていた。ベッドの上には松永が横たわっていた。昨晩と同じで褌一丁だった。しかし昨晩と違い、裸の胸と腹が石榴《ざくろ》のような色をしていた。

「へ、へ、兵隊さんが、じゅ、銃を使うから……」

老婆がへなへなとその場に崩れ、それに引きずられるように兵吾も尻餅《しりもち》をついた。

「俺じゃないよ。ばあちゃん、医者だ！　ああ、でももう手遅れだな。血はすっかり固まっている。死んでずいぶん経つ証拠だ。俺が撃ったのは関係ない。やっぱり医者を呼ぼう。ああそうか、電話が使えないのか。俺じゃないよ。ほら、刃物の傷だ。畜生め、米兵がやりやがったな」

河瀬は脈絡なく言葉を連ね、檻《おり》の中の動物のようにうろうろする。

「中島は⁉」

河瀬は立ち止まり、もう一つのベッドのカバーをめくった。中島の姿はなかった。後輩の名を呼びながら、河瀬は窓の方に首を向けた。そしてギャッと怪鳥《けちよう》のような声をあげた。

叫んだのち河瀬は、外を向いたまま棒立ちでいたが、やがて振り返ると、

「ばあちゃん、梯子《はしご》はある？」

「脚立《きやたつ》なら物置に」

「外の小屋ね？　それは俺が取ってくる。ばあちゃんは鍵を持ってきて。中庭に降りられる部屋の鍵」

「鍵ならここに」

老婆は帯の間から鍵束を取り出した。

「じゃあ先に行って入口の鍵を開けておいて」

河瀬はそう言い残して〈花の間〉を駆け出していった。兵吾と老婆もやっとのことで立ちあがると、固く手をつないで死体から離れた。

〈鬼の間〉のドアを開けたところに河瀬が駆け込んできた。彼は奥の部屋に入り、中庭に面したドアの鍵を老婆に開けさせ、右手に脚立、左手に小銃を提げて石段を降りていく。老婆もドアの外に出て、何ごとだろうかと首を左右に動かした。

ひっ、としゃっくりするような声がした。老婆がよろよろ後退し、ドアの敷居に尻餅をつく。

「いかん……。わしはもういかん……」

老婆はうわごとのように繰り返し、四つ足の動物のような姿勢で部屋を出ていった。恐怖というより混乱にさいなまれ、兵吾はぼんやり立ちつくした。ドア枠の向こう、長四角に切り取られた空間を見るかぎり、何の異状も感じられない。

梶原君梶原君と河瀬が呼ぶ声がした。

「君は日本男児だよね?」

わけのわからない質問をされたが、兵吾は、

「日本男児です」

と元気よく答えた。

「じゃあ、中庭に降りてきて。また手伝ってほしいことがある。目は足下にね。ゆっくりでいいから、顔は絶対にあげちゃだめだよ」

階段は急峻《きゅうしゅん》で手摺りもないので、あらためて注意されるまでもなく、目は自然と足下に注がれる。

「目は足下、足下。俺がいいと言うまで絶対に顔をあげちゃならないよ」

兵吾が降りている間じゅう、河瀬はそんな台詞《せりふ》を繰り返し、兵吾が下に到達すると、また妙なことを尋ねてきた。

「顔はそのまま、そのまま。梶原兵吾君は日本男児だよね？」

「はい。日本男児です」

「よおし。じゃあ顔はそのままで俺の方を向いて」

河瀬はポンポンと手を叩く。兵吾は音を頼りに体を左の方に開いた。

「下っ腹に力を入れて。はい、顔をあげて」

兵吾は顔をあげた。きょとんとした。あまりに現実離れした光景だったので、恐怖も驚きも混乱もなく、ただあんぐり口を開けた。

人が虎に食われていた。最初はそう見えた。

虎というのは、建物の高いところに取りつけられている虎の顔である。その彫刻の虎が人をがぶりとやっていた。

人というのは中島である。頭はがくんと前に垂れ、体はだらりと宙に浮いている。首根っこをくわえられた形だ。中島は猿股《さるまた》一丁で、肉屋の貯蔵庫にぶらさがっている食肉の塊のようにも見えた。

「降ろしてやりたいんだけど、脚立を使ってもあと少し届かないんだ。ゆうべのように肩車するから、これを使って取ってくれる?」

兵吾はぽかんとしたまま短刀を受け取った。

河瀬は兵吾を肩に乗せ、脚立を慎重に昇った。虎の彫刻は、一階と二階の間くらいに位置している。

昇りきると兵吾の顔の高さが虎の顔と並び、兵吾はそれでようやく事態の全貌が飲み込めた。

中島は虎に食われたのではなかった。彼の首には紐が幾重にも巻きついていて、そのうちの何本かが虎の下顎の牙にからみついていた。つまり首吊りしたような状態だ。紐は彼の背中の方にも回っていて、そこには白い袋のようなものがくっついていた。

「紐を切っていいのですか?」

兵吾は尋ねた。

「うん。そうするよりほかないもの。中島、荒っぽいことになるけど、ごめんよ」

河瀬は神妙に言った。兵吾は腕を横に伸ばし、牙にからみついた紐に短刀を入れていっいった。

一本、二本と切断するたびに中島の体が傾き、とうとう彼は支えを失って地上に落ちていった。

べしゃりと音がした。

河瀬はしばらく動こうとしなかった。

凶器の正体は米兵が残した落下傘だった。その紐で中島は首を絞められていた。背中の方にあった白い袋が傘の部分である。それは幾重にも折り畳まれており、開いてみると、中島の軍服と軍靴が出てきた。

河瀬は洟《はな》をすすりながら遺体に服を着せてやり、長い黙禱《もくとう》を捧げ終わると、

「畜生、米兵の野郎、ひどいことしやがる」

と、やっと言葉を口にした。そして次に、

「人の仕業じゃないよ」

とつぶやき、ハッと顔をあげ、虎の彫刻を凝視した。

虎の彫刻が取りつけられているのは〈風の間〉の窓の左斜め下、〈鬼の間〉との間の角あたりである。窓の斜め下といってもその差はわずかで、中庭に立って手が届く高さではない。現に河瀬が脚立に乗っても届かなかった。彫刻の下の石壁に、手がかり足がかりとなるような凹凸はない。死体の首を刺股《さすまた》の先にひっかけ、柄を持ちあげれば、虎の牙まで

届くだろう。しかしそれほど力持ちの人間がいるだろうか。

「鬼が……」

兵吾は思わずつぶやいた。

「ああそうだ。鬼だ。鬼の仕業としか思えない。しかし本当に鬼なのか？」

河瀬は虎の顔を見あげ、うつむき、また顔をあげ、うつむく。そんなゼンマイ仕掛けの人形のような動きを続けた後、河瀬は脚立を脇に押しやり、その場にかがみ込んだ。

そこは中庭の角で、虎の彫刻のちょうど真下にあたる。今まで脚立があったところの地面には、三十センチ四方の穴が空いていた。口には五本の鉄棒が等間隔ではまっている。奥は暗くて見えない。排水口のような感じの穴だ。

河瀬は鉄棒を両手で摑み、前後に揺すりたてた。鉄棒はひどく錆《さ》びていたが、五本ともびくともしなかった。

「ここからは出入りできない……」

河瀬が穴に向かってつぶやくと、それが暗闇の奥で不気味に反響した。

「もう一度手伝って」

河瀬は立ちあがり、鉄格子の上に脚立を引き寄せた。兵吾をひょいと肩車して脚立を昇る。

「虎の口の中はどうなっている？」

「穴が空いています」

ちょうど喉のあたりまでは水平に、そこからは垂直下方に延びていた。

「その穴、人が通れそうかい？」

「いいえ」

虎の口は兵吾の肩幅より大きく開かれている。けれど垂直方向の穴は狭く、せいぜい頭が入るくらいだと思われた。

「向こうも調べるぞ」

河瀬は龍の彫刻も兵吾に観察させた。龍の口の奥にも下に向から穴が空いていたが、やはり人の頭程度の大きさであった。龍の彫刻の下の地面にも鉄格子のはまった四角い穴が空いていたが、この鉄格子もびくともしなかった。

「犯人はどこからやってきた？　ここが開くのか？」

河瀬は目を血走らせ、一階部分の小窓の一つを押してみた。まったく動かなかった。小窓は建物の各辺に二つずつ、都合八つあったが、いずれもはめ殺しに相違なかった。

「おかしいよ。おかしい、おかしい」

河瀬は自分の頭をポカポカ殴りつけながら中庭を徘徊する。ときどき立ち止まっては、石壁を叩いたり石畳を強く踏みつけたりする。狂人めいたその様子を、兵吾はただ黙って見守るしかなかった。

何の前ぶれもなく、河瀬が〈鬼の間〉に向かって階段を駆けあがっていった。兵吾はわけもわからず彼についていく。

「なんだよ。どうなってるんだよ。ばあちゃん！　ばあちゃん！」

〈鬼の間〉に老婆の姿はない。河瀬は〈鬼の間〉を出ると、ばあちゃんばあちゃんと大声で呼びながら枡形の廊下を一周した。途中、ドアがあるたびにノブを回したが、〈花の間〉を除いて鍵がかかっていた。

「呼びましたかいのう」

老婆が階段をひょこひょこ昇ってきた。

「ばあちゃん、鍵を開けて。早く、早く」

河瀬はそう言ったかと思うと老婆を背中に乗せ、〈鳥の間〉の前で降ろした。老婆に鍵を開けさせ、彼女を先発隊として送り込み、河瀬自身はしばらく待機してから室内に躍り込んだ。ベッドやカーテンを銃でつつき、窓の閉まりを確認する。

「ほら、鍵がかかってる。そうなんだよ、鍵がかかっているんだよ」

河瀬はわめきながら部屋を出てくると、老婆に鍵をかけさせ、〈風の間〉に移動した。〈鬼の間〉、〈雪の間〉、〈月の間〉も同じように調べて回った。どの部屋にも異状はなかった。続いて、老婆を背負って階下に降りたが、一階の各部屋の戸締まりも万全で、賊の姿も認められなかった。

「中庭には二階のあの部屋からしか出られないんだよね？」

〈予備の間〉を出ると、河瀬が泣き出しそうな顔で尋ねた。

「そうです」

老婆は答え、ドアに鍵をかけた。

「秘密の通路もないよね？　石畳の一つをはずすとトンネルが現われはしないよね？」

「なんですか、そりゃ」

「そうだよね。ああ、俺は頭が変になりそうだ」

河瀬は廊下にしゃがみ込んだ。

「お水を持ってまいりましょうか」

老婆が心配そうに言った。

「いや、だいじょうぶ。それよりばあちゃん、俺が間違ったことを言ったら訂正してちょうだい」

河瀬は立ちあがり、ふらふら歩き出す。

「ゆうべ家捜しした際、屋敷の中に米兵の姿はなかったよね？」

「おりませんでした」

「ほかの怪しい人影も見なかったよね？」

「見ませんでしたとも」

「ということは、賊は家捜しが終わったあと外からやってきたことになる。ところが我々は家捜しをしながら鍵をかけて回ったよね？」

「そうでしたな」

「実際、いま確認したところ、戸締まりに抜かりはなかった」

「はあ」

「ただ、伍長殿の部屋だけは別で、あそこの窓は開いていた。あの窓が、この屋敷の中で唯一外の世界とつながっていた。だから賊はあの窓から侵入したとしか考えられない」

「はあ」

「ところがあの部屋は二階だ。どうやって侵入したのだろう？　壁に足がかりはない。いやそもそも、賊が中庭にいたこと自体おかしい。賊はどうやって突然中庭に現われたの？　階段は使えないよ。中庭の階段とつながった部屋には鍵がかかっていた。廊下のドアにも、階段に出るドアにも。ほかの部屋の窓から命がけで飛び降りたということもないよ。ほかの部屋の戸締まりも万全だったのだから。トンネルでもあれば敷地の外からやってこられるけれど、さっき尋ねたところ、そんなものはないとばあちゃんは言った」

「ありませんとも」

「中庭の角にある二つの穴、あれは排水口だよね？」

「はいはい」

「排水口なら屋敷の外とつながっている。けれど口には鉄格子がはまっていて、びくともしない。賊が鼠でもないかぎり、ここからの出入りも不可能」

「はあ」

「すると、賊は空から降ってきたのかね。例の米兵のように落下傘で降りてきた」

「そうですかのう」

「けれど俺は夜中に飛行機の爆音を聞いてないよ。ばあちゃんは？」

「はあ、憶えはないです」

「君は？」

と問われ、兵吾はかぶりを振った。

「つまり、賊が中庭に面した窓から侵入できる道理がないんだよ。でも、伍長殿が殺されたのは事実だし、中島も中庭で殺されている。賊が中庭にいなかった道理はないんだよ。中庭にいたはずはないのに、いなかったはずもない。ばあちゃん、どうなってるんだ？」

「ややこしくて、わしには何が何やら……」

老婆が首を振った。

「俺もわけがわからない。でも、考えに考えて、一つ閃《ひらめ》いた。賊は外からやってきたのではなく、ずっと中にいたのではないかって。つまり例の米兵が逃げずに隠れていたわけだ」

河瀬は玄関ホールの中央で立ち止まった。

「そりゃないですわい。ゆうべあんだけ捜して、だあれもおらんかった」

老婆が即座に否定した。

「うん。でも、俺たちは手分けして捜していたのではないよね。ひとかたまりになって、部屋を一つ一つ覗いて回っていた。すると、米兵にも逃げ道はあったと思う」

「そうですかのう」

「俺たちの動きを察して、部屋から部屋へと渡り歩くわけだ。鬼ごっこだ」

「そんな芸当、無理だと思いますがの」

老婆は頑固だ。

「ばあちゃん、まあ最後まで聞いて。もし米兵がそうやって俺たちの目をやり過ごし、屋敷の中にとどまっていたとすると、伍長殿の部屋に侵入するために中庭や窓は使わなくていい。廊下からドアを開けて入ればいいのだ。あのドアには鍵がかかっていなかった。ところがだ、俺、あのドアにもたれかかって寝てたんだよね。ドアが開けられて気づかぬはずがない。一等兵とはいえ軍人の端《はし》くれ、それくらいの注意力はある。つまり、たとえ米兵が屋敷の中に隠れひそんでいたとしても、そいつは伍長殿や中島に近づけなかったとなる。ない知恵を絞ったものの、筋の通った説明がつけられなかったわけだ。すると、これはいよいよ大変なことになる。外から入ってくるのがだめで、中に隠れていてもだめ」

河瀬は中途半端に話をやめ、階段の方に足を向けた。

「どう大変なのです?」

何かを予感してか、老婆が声を震わせた。河瀬は一呼吸置いて、ぼそりとつぶやいた。

「だから鬼なんだ」

「な……」

老婆が目を剝いた。

「賊が人でなく鬼ならば、中庭にやってくることができる。なにしろ身の丈五メートルだ」

河瀬に見つめられ、兵吾はうなずきを返す。河瀬もそれにうなずいて、

「背が五メートルもあれば、この建物を乗り越えられる。敷地の外からやってきて、玄関先の庇《ひさし》の上にひょいと乗り、そこから屋上に移り、中庭に飛び降りる。五メートルの巨人だから、屋上から飛び降りたってかすり傷ひとつ負わない。そうして二階の窓から侵入し、伍長殿を刺し殺した。中島は落下傘で首を絞め、中庭の高みに吊るしあげた。で、また建物を乗り越え、ゆうゆう立ち去った」

「ば、馬鹿言わんでくだされ」

「馬鹿とは何だ」

河瀬が眉をつりあげた。

「あ、いや、わしは、兵隊さんを愚弄《ぐろう》したのではのうて……」

老婆が背中を丸める。

「じゃあ訊くが、ばあちゃんはあれを人の仕業として説明づけられるのか？」

「わしには何の考えも……。ただ、わしはここに二十五年住んどりますが、一度として鬼に逢うたことはございません。ですから鬼の仕業だと言われても、にわかには信じられんのです」

「しかし中島は、このあたりに鬼が出ると言っていた」

「あれは子どもの戯れ言《ざれごと》でしょう。わしだけでのうて、じいさんも逢うてません。このあたりにそんな恐ろしいもんが出ようものなら、わしら年寄りが真っ先に食い殺され、今ごろこの屋敷は鬼の巣窟になっとりますわい」

「じゃあばあちゃんは、どこの誰がどうやれば、伍長殿と中島をああやって殺せたというのだ？」

「ですからわしの頭では……。ともかく一休みしましょう。水を持ってまいります」

老婆はほうほうの態《てい》で台所の方に消えた。

「人じゃないよ、人じゃ。人だとしたら、そいつは忍者だ。壁をよじ登って、屋上から飛び降りて。なあ？」

河瀬はうつろな表情を兵吾に送った。その言葉に、兵吾はハッと伸びあがった。

「からくりがあるのです」

「はあ?」

「ここはからくり屋敷だとおばあさんが言っていました」

「からくり屋敷ぃ?」

河瀬がきょとんと首を突き出した。

「恐ろしい仕掛けがいっぱいあるのだそうです。鬼が出たのも、兵隊さんが殺されたのも、恐ろしいからくりのせいかもしれません」

「どんな仕掛けがあるのだ?」

「博覧会の鏡の間より、ずっとずっときれいなからくりです」

「はあ? それではちっとも恐ろしくないではないか」

河瀬が笑う。

「よい子には楽しいからくりなのです。けれど悪い子には危険で恐ろしいのです。大事な品々が盗まれないようにそうなっているのです」

「おい、待て。そりゃ何かい、伍長殿と中島が盗みを働いたから、からくり仕掛けが作動して殺されたというのか?」

「きっとそうなのです」

と言ったものの、兵吾はよくわからなくなり、首をかしげた。

「からくりなぞございませんぞ」

老婆の大きな声が響いた。

「でも、おばあさんが……」

兵吾は老婆と河瀬をおどおど見較べた。

「ありゃ、あんたに釘を刺すためじゃ」

老婆は兵吾を一瞥《いちべつ》し、河瀬にコップを差し出しながら、

「ここには高価な品がたくさん置いてございます。その雪山の絵は梅田白水《うめだはくすい》先生の作品でございますぞ。それをこの子にいじられ、壊されでもしたら、わしもじいさんも首をくくらにゃならん。そうならんよう、口から出まかせを言って脅したただけですわい」

「では、からくりなどないんだね？」

河瀬は確認する。

「ありませんとも。兵隊さんもこんくらいの子どもだったころ、おとうさまおかあさまに言われたでしょう。悪さをしたらお化けにとって食われるとか、幽霊が枕元に現われるとか。それと一緒ですわい」

「幽霊は本当にいるよ」

河瀬は憮然《ぶぜん》とした表情で階段に腰を降ろし、コップの水を飲み干した。騙《だま》されていたの

かと思うと、兵吾はひどく腹立たしくなり、老婆が差し出してきたコップを痩《や》せ我慢して拒絶した。

「ときに、もう一人の兵隊さんはどうされたんでしょうね」

思い出したように老婆が言った。

「そうだ、山之辺は？」

河瀬がハッと立ちあがった。

「出ていかれて半日になりますが」

「山之辺！　山之辺！」

河瀬は大声で呼んだ。返事はない。

「道が通じて助けを呼びに行きなさったか……」

老婆も不安そうだ。

「まさかあいつの身にも……」

それを聞いて兵吾は急に恐ろしくなった。

「だいじょうぶじゃ」

と老婆に背中をさすられるが、涙が止まらない。

「よし、捜しにいこう」

河瀬は銃を取って玄関に歩んだが、つと立ち止まって、

「いや、こういう場合、軽率に動いてはいかん。子どもはおるし、ばあちゃんもその脚ではついてこられない。いましばらく山之辺の帰りを待とう」

「わしのことはかまわんでください。一人でも平気です。どうか様子を見てきてくださいませ」

「平気なもんか。鬼がやってきて、ばあちゃん一人で何ができる」

「鬼は出やしませんて。絶対に平気ですて」

老婆が顔の前で手を振った。すると河瀬がぎょろりと目を剝いて、

「絶対？　ばあちゃん、あんたさっきから鬼に関してやけにのんきに構えているが、それはどういうこと？」

「どうと申されても……、それはほら、二十五年間鬼など見たことないし、じゃから……」

「この、鬼婆！」

河瀬が老婆に銃を突きつけた。

「な……」

老婆が泡を食って尻餅をついた。

「夜な夜な鬼に姿を変え、迷い込んだ旅人を餌食《えじき》にする。あんた、安達ヶ原の鬼婆か!?」

「な、なにをおっしゃいます！」

「伍長殿と中島もあんたが殺したのか⁉」

「違います！　違います！」

河瀬がわめき、老婆が金切り声をあげ、兵吾はわんわん泣いた。

ふうと息を吐き、河瀬は銃を降ろした。

「そうだよな。ばあちゃんが鬼婆なら、俺もこの子も寝てる間に殺されたさ。すまなかった」

老婆はコップに水を注ぎ、おそるおそる河瀬に差し出す。

「お疲れになっとるのでしょう」

「ああ、頭がおかしくなりそうだ。すまない」

「遅うなりましたが朝飯にしましょう」

「食欲なんてないよ。いや、食っておかないことには体が持たんか。うん、何か頼む。飯を食って山之辺の帰りを待とう。それでもしやつが戻ってこなかったら——、いかんいかん、悪いように考えたらいかんのだ」

河瀬はぎゅっと目を閉じ、自分の頭に拳骨を落とした。

台所で飯をかき込むと、河瀬は玄関ホールに陣取った。何が起きても迅速に対処できるようにと彼は言ったが、それはつまりいつでも逃げ出せるようにしているのだろうと兵吾は思った。

9

子どもの目から見ても河瀬の様子は尋常ではなかった。目は充血し、しじゅうぶつぶつ唇を動かしていて、突然立ちあがったかと思うと自分の頭をポカポカやり、窓がガタリと鳴ろうものなら、わっと声をあげて銃を向ける。それは鬼を恐れているようでもあったし、上官を失って路頭に迷っているようでもあった。

正午を回り、二時になろうとしても山之辺は戻ってこず、やはり探索に出るべきではないかということになった。山之辺は松永に、米兵を捕らえるまでは戻ってくるなと命じられていた。安否にかかわらず彼は戻ってこないかもしれないのだ。無事なら無事で、屋敷での変事を伝える必要がある。

子どもと老人は足手まといなので、探索には河瀬一人で出かけることになった。河瀬は老婆に弁当と水筒を用意させ、近辺の地図も描かせた。

そんな折、玄関脇の小窓がコツコツと鳴った。河瀬は例によって素早く銃を構えたが、すぐにそれを降ろすと、玄関ドアまですっ飛んでいった。

外にいたのは山之辺だった。顔は傷だらけで、軍服もぼろ雑巾《ぞうきん》のようだった。眼鏡のレンズは両方とも失われている。

「すまん。何か食べるものはないか……」

山之辺はあえぐように言って土間に倒れ込んだ。

「ばあちゃん、俺のを」

河瀬に言われ、老婆はあわてて竹の皮の包みと水筒を運んだ。山之辺はむせかえりながら握り飯を頬張り、浴びるように水を飲んだ。そうしてあっという間に平らげてしまうと、

「ふう、生き返ったよ。じゃあ」

と立ちあがり、外に出ていこうとする。

「おい、どこへ？」

河瀬がきょとんとした。

「探索の続きだ。米兵がまだ見つからない」

「もういいよ」

河瀬は溜め息を吐く。

「ああ、俺もこれ以上の捜索は無駄だと思う。足の届く範囲は捜しつくした。島を三周は

したぞ。それで見つからないのだから、米兵は崖崩れが発生する以前にこの半島を出ていったに決まっている。けれど伍長殿にそう言っても聞かないだろう」

山之辺はそう顔をしかめて、

「だいたい、今この時局において、下っ端の大鼠一匹捕まえてどうなるというのだ。アラモゴードの砂漠では新型爆弾の実験が成功したというではないか。威力は焼夷弾《しょういだん》の比ではないぞ。たった一発で何万人何十万人も死ぬのだぞ。捕まえた大鼠を拷問にかければ新型爆弾の機密を盗めるとでもいうのか？　いや、たとえ機密を盗めたところで、我々はその投下をどうやって防ぐというのだ。ムスタングに護衛されたB29の大編隊をどうやって撃ち落とす。昨日のムスタング撃墜はたまたまだ。たまたま低空を飛んでいたから飛燕でも撃ち落とせたが、一万メートルでの空戦においては、飛燕だろうが雷電《らいでん》だろうが零戦《ぜろせん》だろうが、ほとんど太刀打ちできない。実際、本土に来襲したB29を、いったい何機撃墜できた、焼夷弾の投下を未然に防ぐことができた。敵さんは与圧気密室とターボ過給機、我々は酸素マスクと機械式二段二速過給機。話にならんよ。九州飛行機の六枚羽根局地戦闘機も中島飛行機のジェット機も三菱重工のロケット機も、すべて絵に描いた餅ではないか。待てど暮らせど実戦に投入されやしない。じゃあ剣《つるぎ》か？　あんなブリキの飛行機を何万機作ったところで屁にもならんぞ。だいいち、まともに離陸できるかどうかも疑わしい。そうなのだよ、我々はもっと根本的なことを考える時に来ているのだよ。なのに敗残兵を追いかけたり――」

「もういい、もういいんだ」

河瀬が怒ったような泣いたような顔で止めた。山之辺はハッと口に手をあて、視線をおどおど動かした。松永の耳に届いたのではと恐れているのだろう。

「もう捜さなくていい。捜さなくていいんだ。貴様はあがって休め」

河瀬は山之辺の肩を叩く。

「見つかったのか？」

山之辺が小声で尋ねた。

「いや。米兵を追いかけている場合ではなくなった。逃げなければならないのは我々だ」

「は？」

「伍長殿が亡くなった」

「え⁉」

「中島も死んだ。鬼に……、たぶん鬼に殺された。貴様も鬼にやられたかと心配したぞ」

そして河瀬は今朝の出来事をかいつまんで説明する。山之辺は呆然と立ちつくしている。

「恐るべき事件だ。俺たちだけではどうにもならん。ともかくここを脱出して人を呼ぼう」

「あ、ああ……」

河瀬が話し終えても、山之辺はまだぼんやりしていた。

「問題は道だ。崖崩れはどうなっていた？」

「あ？　ああ、昨日のままだ」

「ほかに道は？」

「ない。中島が言っていたように、ここは鬼ヶ島だ」

「鬼ヶ島⁉」

河瀬の声がひっくり返った。

「ゆうべも言うたでしょう。島のような土地ということですわい。ここは本土から盲腸のように突き出しとって、あの崖に挟まれた細い道だけで本土とつながっております」

老婆があわてた調子で口を挟んだ。しかし河瀬は山之辺の両肩に手をかけて、

「貴様、鬼に逢ったのか？」

「鬼？　まさか」

「じゃあどうして鬼ヶ島なのだ？」

「ああそれは、土地の感じだ。おばあさんが言っていたとおりだった。周囲が切り立った崖で、それも鋸《のこぎり》の歯のようにギザギザで、ところどころに洞穴《どうけつ》が空いている。沖から見たら、まさに鬼ヶ島だよ。島の中は中で、土地が擂《す》り鉢《ばち》のようにえぐれていて、さらって

きた人間の脱出を阻止《そし》しているようだ」

「脱出を阻止……」

河瀬がちらと老婆を見た。

「わ、わしは、ち、違います」

老婆はあわてて手を振りたてた。先ほどのいきさつを知らない山之辺はきょとんとしている。

「海にはすぐ出られるのだな？」

「擂り鉢状の急斜面を登るのはことだが、距離としてはたいしたことない」

河瀬は山之辺に向き直った。

「ならば、泳いで脱出するという手があるな」

「それは無理だ。少なくとも俺はしたくない。海面までは、そうさな、満潮時を狙《ねら》えば五メートルほどですみそうだが、海中には岩がゴロゴロしていて、飛び込んだら御陀仏《おだぶつ》だ。ロープを使って降りたとしても、打ち寄せる波が尋常ではない。そこらじゅうに波の花ができているほどだ。泳ぎはじめたら、あっという間に岩に叩きつけられてしまうことだろう」

山之辺は溜め息まじりに首を振る。

「すると……、自力で道を復旧させるしかないのか」

「ああ。道具と時間さえあればどうにかなると思う。本土の側でも作業しているはずだから、両側から攻めれば開通も早まる。そんなことより、さっきの話をもう一度聞かせてくれ。伍長殿と中島が鬼に殺されただと？」

山之辺はやっと正気に立ち返ったらしい。河瀬はあらためて死体発見の経緯を説明した。

「信じられん……」

聞き終えると、山之辺はまた魂《たましい》が抜けたようになった。

「俺も信じられんよ。ばあちゃん、水を頼む」

河瀬は空になった水筒を老婆に手渡した。

「死体はそのまま置いてあるのだな？」

「伍長殿はね。中島はあんまりだから下に降ろしてやった」

「よし。案内してくれ。この目で確かめないことには信じられん」

山之辺が河瀬の腕を引いた。河瀬はそれを振り払って、

「勝手に見るがいい。俺はごめんだ」

と背嚢を背負った。

「どこへ行く？」

「決まってるだろう。道を作りにいく。貴様はしばらく休んで力を蓄《たくわ》えておけ」

「すまん。そうさせてもらう。実は一睡もしていない」

「日暮れまで作業していったん戻ってくる。それでまだ力が残っているようだったら、夜通し一緒に作業しよう。疲れてしまったら明日だ」

河瀬は小銃を肩に掛け、老婆から水筒を受け取った。そして、使えそうな道具を物置で探したいと、老婆をともなって外に出た。

「君は――、行かないよね?」

山之辺が少し笑うような感じで階段を指さした。彼も恐ろしいのだ。兵吾は腰を引き、首を横に振った。山之辺は一人で階段を昇っていく。

しばらくして、二階から兵吾を呼ぶ声がした。兵吾が吹き抜けを見あげると、山之辺がにゅっと顔を覗かせ、あがってこいと手招いてきた。しかし兵吾は階段を一段昇っただけで、すぐまた一段降りた。

「手伝ってほしいことがあるんだ」

山之辺が言った。兵吾は目をきょときょとさせた。

「平気。怖くない。きのう鬼を見た時と同じように、ベッドで横になっていてほしいんだ」

怖くないという言葉に、兵吾は階段を昇りはじめた。だが、前日見た鬼と、今朝ベッドで血まみれになっていた松永の死体を思い出し、自分もそうなってしまうのかと恐ろしくなり、足が動かなくなった。

「うん、そうだね。やっぱり怖いよね。わかった。一人で試してみるよ。ごめんね」

山之辺はやさしく言って顔を引っ込めたが、すぐまた現われて、

「鬼なんてこの世にいない。僕がそれを証明してみせる」

と言い残して、今度こそその姿を消した。

10

物置小屋から戻ってきた老婆は兵吾を使用人部屋に連れていこうとしたが、兵吾は頑《がん》として拒んだ。

——この、鬼婆！

河瀬がそう叫んだあの時から、兵吾は老婆に恐れを抱くようになった。恐怖というほど大げさなものではない。もし鬼婆だったらどうしようといった程度の漠然とした不安だ。けれどひとたび持ちあがった不安はそう簡単に消し去れない。「鬼なんてこの世にいない」と山之辺に言われたところで何の薬にもならない。鬼婆なのかもしれない彼女と、どうして二人きりになれよう。

兵吾は一人で玄関ホールにとどまった。河瀬ではないが、何かが起きた場合、ここが一

番安全だと思った。何かが二階から降りてきても、廊下のどちらからやってきても、玄関の外から入ってきても、ここなら追いつめられる心配がない。広々としているので息苦しさを感じることもない。

山之辺はあれきり下に降りてこなかった。兵吾はなんとなく妙に思ったものの、おおかた疲れて休んでいるのだろうと解釈し、様子は見にいかなかった。二階に行くのが怖いので、そう解釈したのかもしれない。

夜の八時を回って河瀬が戻ってきた。帰りが遅れたのは夕立に見舞われたからだ。前日のそれに較べると降りは弱かったが、雷鳴の大きさはこの日の方が大きく、窓ガラスがびりびりふるえるほどだった。

「行く先々でえらい目に遭う」

河瀬は玄関の土間に胡座《あぐら》をかき、泥まみれの靴を脱ぎ捨てた。枝振りのよい木の下に避難できたとのことで、服はたいして濡れていない。

「道はどんな具合ですかいのう」

手ぬぐいを差し出しながら老婆が尋ねた。

「まだまだだけど、どうにかしてみせる」

「今晩もお働きになるので？」

「ああ。飯を食って、一休みしてからな」

「そんだけがんばれば、明日には開通しますかいのう」

「わからん！　どうにかしてみせると言ってるだろう。ともかく飯だ」

河瀬は汚れた手ぬぐいを老婆に投げつけた。今朝の死体発見からあと、時間を追うごとに人が悪くなっている。老婆が逃げるように消えると、河瀬が無精髭の浮いた顔を兵吾に向けた。

「山之辺は？」

「寝ています」

兵吾は背筋を伸ばし、階段の上の方に目を向けた。

「山之辺！　飯だぞ！　飯を食って出かけるぞ！」

河瀬は大声で呼びかけ、裸足《はだし》で便所の方に向かった。しかし彼が戻ってきても山之辺はまだ降りてきていなかった。すると河瀬は兵吾に向かって、

「呼んでこい」

「え？」

「飯だと、山之辺を呼んでこい」

兵吾は野犬にでも出会ったように腰を引き、顔をおどおど動かした。

「怖いのか？」

兵吾はうなずく。

「日本男児じゃなかったのか？」

兵吾は縦とも横ともつかぬ首の振り方をした。河瀬はちっと舌打ちをして、山之辺の名を呼びながら階段を昇っていった。

ずいぶん経ってから河瀬が一人で降りてきた。そして言った。

「山之辺が二階に行ったあと、おまえはずっとここにいたのか？」

最前とはうって変わって圧《お》し殺した声だった。兵吾は黙ってうなずいた。

「便所に行って離れなかったか？」

河瀬は引きつった顔をしていた。兵吾は黙ってかぶりを振った。

「あのばばあ、二階にあがったか？」

兵吾はこれにもかぶりを振った。すると河瀬はうなるように息を吐き、玄関ドアの方に大股で歩んでいって靴を履き、小銃を手にして戻ってきた。兵吾の前を素通りし、台所の方へ向かう。

ちょうどそこに、廊下の角を曲がって老婆が現われた。彼女は一瞬たじろいでから、

「ご飯の用意ができました」

と言って、すぐに廊下を戻ろうとした。それを河瀬が止めた。

「来い」

低くつぶやき、老婆の痩せた腕を摑んだ。

「な、なんです……」

老婆は抵抗するが、河瀬は彼女を階段の方に連れていく。階段に達すると、ほとんど引きずるように上を目指した。兵吾も距離を置いてあとに続いた。二階が怖いとか、山之辺がどうかしたのだろうかとか、そういう考えは頭になく、ただ操られるように階段を昇った。

河瀬は〈花の間〉に入った。兵吾はそこで足を止めた。松永の死体を思い出したからだ。室内には腐ったような臭いが漂っていた。しかし河瀬はおかまいなしに老婆を奥の間に連れていく。

「あれは何だ?」

河瀬の声。一瞬の間を置いて、老婆がひしゃげた悲鳴をあげた。

「あれは何だ!?」

「な、な、な……」

「誰があんなことをした?」

「し、知りません」

「おまえか?」

「違います違います」

「鬼の仕業か?」

「違います違います」

「おまえは鬼婆か⁉」

老婆がひいと悲鳴をあげた。

河瀬が老婆を引っ張って手前の間に出てきた。

「服を持ってこい」

と奥の間を目で示す。兵吾がおどおど立ちつくしていると、

「持ってこんと、今度は坊主が鬼にやられるぞ」

と低くつぶやき、老婆を連れて廊下に出ていった。

兵吾は心を決めて奥の間に入った。松永の死体には毛布が掛かっていて、兵吾は少し安心した。隣のベッドに山之辺が倒れているようなこともなかった。しかし異臭はひどく、毛布の上には蠅《はえ》がたかっていた。

河瀬が言った「服」が何を意味するのかはすぐにわかった。窓の近くに軍服と軍靴が落ちていた。ゲートルも下着もある。兵吾はそれらをひとまとめにして抱きかかえ、口で息をしながら部屋を出た。

中庭で何かが発生したのだろうとは察しがついたので、兵吾はまっすぐ〈鬼の間〉に向かった。二つ目の角を曲がると、はたして老婆が〈鬼の間〉の鍵を開けているところだった。河瀬と老婆はそのまま室内に入り、中庭に面したドアを開け、石段を降りていく。兵

吾は部屋の前で躊躇していたが、河瀬に呼ばれた。

「坊主！　ぐずぐずすんな！」

河瀬と老婆は石像の向こう側に回り込んでいく。兵吾は慎重に石段を降り、彼らの方へと歩いた。河瀬は石像の正面で足を止め、懐中電灯の光を上方に向けた。兵吾は息を吞んだ。

人が宙に浮いていた。武者が頭の横で構えた槍の先に、猿股一丁の男——山之辺がだらりと下がっていた。

死んでいることは明らかだった。山之辺は大きく口を開け、そこに穂先が突き刺さっていた。銛《もり》で突かれた魚のような状態である。爪先は地面から一メートル以上浮いている。

「坊主、脚立だ」

河瀬に背中を押され、兵吾は中庭の隅から脚立を拾ってきた。河瀬はその上に昇ると、兵吾と老婆に、脚をしっかり押さえているよう命じた。河瀬は山之辺の上半身を抱え込み、うなるような叫ぶような声をあげながら、ぐいぐい引っ張った。

死体は地面に寝かせられ、三人は力を合わせて服を着せた。この時と、その後の黙禱の際は、河瀬も神妙な面持《おもも》ちでいた。

「鬼だ」

河瀬は合掌をやめた。腹の底から絞り出すような声だった。

「中庭に通じている秘密の通路はないのだな?」

河瀬はあらためて老婆に詰め寄った。

「ございません」

「じゃあやはり鬼の仕業じゃないか。鬼でなくて誰ができる」

今回は脚立が放置してあったので、それを利用すれば、人間であっても山之辺を石像の上に持っていける。けれど口の中に槍を突き刺すには尋常ならぬ力が必要で、その残酷さも人間離れしている。それに今回も中庭への出入りが不可能な状況だった。唯一中庭と通じている〈鬼の間〉には鍵がかかっていたのだ。

「本当に何も知らないのだな?」

河瀬は鬼の形相で小銃を取りあげた。老婆はブルブル首を振った。

しかし老婆は重大な隠し事をしていたのである。それに気づいたのは兵吾だった。

例によって二階から一階へと部屋を調べて回り、例によって何の不審も見つけられないまま、最後に〈予備の間〉に入った。兵吾はそこで、最初にこの部屋を覗いた時に覚えた違和感の正体をついにとらえた。

部屋が狭いのである。

〈予備の間〉の真上の〈鬼の間〉は中で二つに分かれていて、それぞれの部屋の広さは〈風の間〉ほどあった。ところが〈予備の間〉の中にはドアが見あたらず、そのくせ広さは〈風の間〉一つ分しかない。残る〈風の間〉一つ分は分厚い壁になっているのだろうか。

そう思ってきょろきょろしていると、もう一つおかしなことに気づいた。窓の数が足りないのだ。中庭に面してはめ殺しになっている小窓が一つしかないのである。

朝方中島の死体を降ろした際、兵吾は中庭で確認している。建物の一階部分の窓は全部で八つあった。建物の各辺に二つずつだ。〈予備の間〉の並びにほかの部屋はないことになっているので、すると〈予備の間〉に窓は二つ存在していなければおかしい。ところが今この部屋にある窓は一つきりなのだ。昨晩最初に入った時も、窓は一つしか見あたらなかった。

「あっちに部屋があると思います」

兵吾は背の高い棚の方を指さした。すると河瀬は、

「はあ?」

と、うっとうしそうな顔をしただけだったが、老婆はギョッと目を剝いて、

「別段変わりはないですな」

と狼狽《ろうばい》した様子で河瀬の腕を引いた。

「ドアがないのに部屋が狭いのです。二階の半分しかないのです。窓の数も足りないのです。部屋がもう一つないと合わないのです」

兵吾は必死になって訴えた。

「外に行きましょう。物置や馬小屋も調べんと」

老婆も必死だった。

河瀬はいったん廊下に出かけたが、つと足を止めて棚の方につかつか寄っていった。そして本を一摑み抜き取ると、

「畜生！」

と叫んで新聞雑誌をなぎ払った。

「何をなさいます。何もございません」

老婆があわてて止めるが、河瀬は聞かない。棚はみるみる裸になり、物が失われた空間の奥にドアが出現した。棚の背板に見えたのはドアの鏡板だったのである。背板がない棚なので、ドアのノブがうまい具合に棚の中に収まり、ドアとぴたりとくっついていたのだ。

「こん畜生、なめやがって……」

河瀬は空になった棚を持ち抱え、背後に投げ捨てた。そして荒い息を吐きながら老婆に命ずる。

「開けろ」

「そ、そちらには何もございません。納戸《なんど》代わりに使って――」

「開けろ！」

河瀬が腰の鞘《さや》から短剣を抜いた。老婆は口をあうあうさせながら部屋の奥にやってくる。河瀬は彼女と入れ替わって後退し、歩兵銃の先に短剣をはめると、ドアに向かって銃を構えた。

奥の間は暗かった。老婆がノブを回し、手前に引く。しばらくの間河瀬は、四角い闇の後方に待機し、銃を構えたまま様子を窺っていた。何も出てこなかった。

「電灯をつけろ」

河瀬が老婆に命じた。

「ですからここは納戸で――」

「明かりを灯《とも》せ！」

老婆は壁を探ってスイッチを入れた。黄みがかった明かりの下、倒れた椅子が見えた。生き物の気配はない。

河瀬は銃身を少し下げ、奥の間に入っていく。兵吾も少し前に出て河瀬の姿を追った。西洋箪笥とベッドが見えた。河瀬は壁を背にして少しずつ横に動いた。動きながら銃剣の先でベッドカバーをつつく。

ベッドに異状がないとわかると河瀬は、素早い身のこなしで部屋を横断し、向かいの壁に背中をつけた。そちらには長椅子が置いてある。河瀬は壁に沿って長椅子に近づき、床まで垂れたカバーを銃剣でついた。

何度目かの試みの際、力の加減をあやまったらしく、刀身が長椅子本体に深く刺さってしまった。河瀬はぐいぐい力まかせに銃剣を引っ張った。それにつれて長椅子も動いた。刀身が抜けるのと同時に、うわっと声をあげて河瀬が尻餅をついた。勢いあまってそうなったのではなかった。河瀬はバネ仕掛けの人形のように立ちあがると、へっぴり腰で銃を構えた。

「う、う、動くな」

長椅子の裏に何かがいるのだ。兵吾は思わずドアの側面にしがみついた。

「う、動くな。動くな、動くなよ。動くと、う、う、撃つぞ」

河瀬はうろたえた声で言いながら片脚をあげ、靴の裏で長椅子を蹴りつけた。長椅子が前方に大きく動き、壁際の空間があらわになった。

鬼が横になっていた。

金色に輝くもじゃもじゃの髪。丸太のような毛むくじゃらの腕。グローブのような手。顔も足も胴回りも身の丈も、何もかもが人並みはずれて大きい。

「動くな、動くな、動くな……」

河瀬は呪文のように繰り返し、鬼の肩を銃剣でつついた。腕、背中、そして頭もつついた。鬼は無反応だった。

河瀬は鬼に近づき、肩口を思いきり蹴りつけた。鬼の体がごろんと上を向いた。鬼は無抵抗だった。

河瀬は急に強気になり、唾《つば》を吐き捨てた。

「ちっ、死んどる。クソ米国人めが、脅かしやがって」

鬼でないとわかり、兵吾は緊張を解いた。なるほど、もじゃもじゃ頭の中に角はない。身の丈も、河瀬よりはるかに大きかったが、せいぜい二メートルだ。米国人ということは、落下傘降下した戦闘機乗りなのか。

「崎村カツ！」

河瀬が老婆に向き直る。

「このクソばばあ、敵国兵士をかくまうとは、ただじゃすまんぞ」

「わ、わしは何も、何も知らんです」

老婆は顔の前で手を拝《おが》み合わせた。

「この期《ご》に及んでまだしらを切るのか。これは何だ」

と河瀬は死体の横から椀を取りあげた。底に粥《かゆ》のような白いものがたまっていた。

「違うのです。そういうわけではないのです」

「こいつがこの部屋に勝手に入り込み、台所から食料をくすねたというのか？」

「ああ、ええ、きっとそうです」

老婆は小刻みにうなずいた。

「なるほど、そういうことか。よくわかった。なるほどなるほど」

河瀬はなぜか素直に納得し、

「ばあちゃん、ちょっと手伝ってよ。こいつの服を脱がせたいんだ。いろいろ調べなければならない。気持ち悪いかもしれないけれど、ひとつ頼むよ。こいつ、ばかでかくて、俺一人の手に負えない。梶原兵吾君も手伝ってちょうだい」

以前の調子に戻ってニコニコ語りかける。

死体の服を脱がせるのは三人がかりでも容易なことではなかった。米兵はそれほど大きく、重く、これが同じ人間だとは、兵吾にはとても思えなかった。シャツを脱がせると、胸にも腹にも金色の毛が密生していて、これも獣か怪物を思い起こさせた。

米兵の左脚にはズボンの上から幾重にもタオルが巻かれていた。それらをはずし、ズボンを脱がすと、腿《もも》の部分がざっくりと割れていて、中から黄色や白のぶよぶよしたものが覗いていた。

「被弾してこうなったのかなあ」

河瀬はのんきそうに言って、脱がしたズボンのベルトを抜き取った。

「それとも鬼にかじられたのかなあ」

そう続けた次の瞬間、河瀬が豹変《ひょうへん》した。老婆に躍《おど》りかかり、彼女の上半身をベルトで縛りつけたのだ。あっという間の出来事だった。

「な、何をなさいます！」

老婆が足をばたつかせると河瀬は、待ってましたとばかりに摑み取り、二つの足首から臑《すね》にかけてを米兵のズボンでぐるぐる巻きにした。

「もう騙されんぞ。なにが勝手に入り込んだだ。勝手に入り込んで、どうやってドアの向こう側を棚で塞げる。あれは、貴様が我々の目から隠すためにやったのだ」

「違います。わしは何も、あれは、それは、深いわけが――」

「貴様の嘘は聞き飽きた！」

河瀬は老婆の口にタオルを嚙《か》ませた。

「このタオルもそうだ。二階の部屋から取ってきて、貴様が巻いてやったのだろう。あわてて取ってきたもので、だから簞笥の引き出しの中が荒れていたのだ。このタオルも米兵が勝手に持ち出したというのか？　笑わせるな」

河瀬は老婆の銀髪を鷲摑《わしづか》みにした。

「貴様、敵国と通じていたのだな。人里離れたこの場所でスパイ活動をしていたのだな。無線機はどこだ？　この、売国奴！」

鷲摑みにした髪を左右に揺り動かす。

「米兵を手引きして伍長殿を殺させたのだな。山之辺も、中島も」

河瀬が手を離すと、老婆の後頭部がゴツンと鈍い音をたてた。

「それとも貴様は鬼か？　米兵の腿の肉を食ったのか？」

米兵のシャツを使い、老婆の上半身をより厳重にいましめる。老婆は涙を流し、何かを訴えようとするが、うめき声しか漏れてこない。

「勝手に泣け。そんな作りものの涙、誰が信じるか。話はあとで聞いてやる。貴様の罪を一滴残らず絞り出してやる。隊に連れて帰ってからな。この場で殺されずにすむだけでもありがたく思え」

河瀬は老婆から屋敷の鍵束を奪い取り、ぺっと唾を吐いて立ちあがった。

その時、がたりと音がした。

河瀬は一瞬怪訝《けげん》な顔をしたが、兵吾に向かって、

「鬼退治は終わった。今晩はゆっくり休もう」

と笑いかけた。

またがたりと音がした。続いて、ぎいと軋《きし》るような音が響いた。西洋簞笥の扉がこちら側に開きつつあった。兵吾と河瀬は顔を見合わせた。

扉は半開きで止まり、中から何かが出てきた。足がある生き物だ。人のような手もある。胴があり、その上には顔があり、頭に二本の角が生えていた。

何秒かの間があった。

河瀬が叫んだ。いや、吠《ほ》えた。いや、泣いた。生まれてこのかた兵吾は、そのような奇怪な声を耳にしたことはなかった。

怪鳥とも野獣ともつかぬ声をあげながら、河瀬が銃を拾いあげ、引き金を引いた。充分構えていなかったので、弾はあらぬ方に飛んでいって小窓が割れた。

鬼が奇声をあげ、両腕を前方に突き出した。河瀬も負けじと奇声を発し、もう一度引き金を引いた。弾は鬼の横をかすめ、簞笥の扉を貫いた。

三発、四発――、河瀬は弾がつきるまで撃ち続け、とうとう鬼が頭を抱えてうずくまった。しかしまだひくひく動いている。河瀬は銃剣を腰に構えて鬼に突進した。

兵吾は極度の恐怖で声も涙も出なかった。その場に尻餅をつき、銃剣が鬼の体に刺さっては抜けるさまを呆然と見守っていた。

たしかにそれは鬼だった。肩より長い髪は大江山の童子や秋田のなまはげを思わせ、こんもりした頭頂部からは角の先が二つ覗いている。顔面や手の甲は卸し金のような突起で覆われている。

やがて河瀬はへたばってしまい、よろよろ後退して兵吾の横に座り込んだ。

鬼は全身血だらけで、ぴくりとも動かない。河瀬の顔も返り血で染まっている。少し離れたところでは、ぐるぐる巻きの老婆が白目を剝いている。これがこの世の光景だろうか。まさに地獄絵図だった。

「夢か？　これは夢か⁉　俺は夢を見ているのか⁉」

河瀬は荒い息を吐きながら兵吾の両肩を揺さぶった。そうされたことをきっかけに兵吾は、こらえていたものが一気に吹き出した。

「日本男児だろう！」

そう大喝されても、いったん火がついてしまったものは簡単におさまらない。兵吾は赤子のように泣き叫ぶ。

「泣くな！　泣くな！　泣くな！」

河瀬はそうわめきながら立ちあがると、駄々っ子のように足を踏み鳴らした。己《おのれ》の額を壁に打ちつけたり、ベッドや長椅子に闇雲《やみくも》に銃剣を突き刺したりもした。その狂いように気圧《けお》され、兵吾は徐々に泣きやんでいった。

暴れ疲れた河瀬はしばしベッドで頭を抱え込み、呼吸が落ち着いてから鬼に近づいていった。銃剣を持つ手をおそるおそる伸ばし、頭をつついてみる。反応はなく、河瀬はそのまま剣の先で、草むらのような頭髪を掻き分けた。角は薄茶色で、二十センチはあった。剣でつついても取れなかった。断じてこしらえものではない。本物の角、本物の鬼だったのだ。ただし、この鬼の身の丈は五メートルもない。米兵よりも小柄、河瀬と同じくらいだ。小鬼の種族なのか、あるいは鬼の子どもなのか。

「鬼などいないと言ったのは誰だっ」

河瀬は床に転がった老婆の方に歩み寄る。

「てめえ、鬼の手先なのか？」

老婆の肩口を踏みつける。

「それともおまえも鬼に変身するのか？」

老婆は白目を剝いたまま動かない。芋虫《いもむし》の死骸のようだ。しかし呼吸音は規則正しく聞こえる。

「すっとぼけやがって！　こん畜生、吐かせてやる！」

河瀬はしゃがみ込み、老婆のいましめに手をかけたが、

「いかんいかん。油断するとまた騙される。今は鬼婆に幻惑されている場合じゃない。一刻も早く鬼ヶ島を脱出して応援を呼ぼう。鬼はこいつ一匹とはかぎらん」

と立ちあがり、ドアの方に大股で向かう。兵吾もよろけながら地獄絵図に背を向けた。

奥の間を出ると、河瀬はドアを閉め、そこを棚で塞いだ。そうして本や雑誌を並べはじめたのだが、ふと手を止めて、せっかく並べたものを床に捨て、棚もドアの前から離した。彼はそして棚を壊しはじめた。短剣やベルトの金具を使って苦労して釘を抜き、板をバラバラにする。

三十分後、奥の間の封鎖が完了した。ドアの鏡板と枠の境目に棚板をあて、銃の台座で釘を打ちつけたのだ。

河瀬は老婆を恐れていた。彼女は米兵とも鬼とも通じていて、彼女が昨日からの怪異を陰で支えていたのだと考えていた。逃げ出されたのでは、また何かが発生する、新しい鬼を呼び寄せられ、今度は確実に自分が殺されると恐れていた。といって彼女を今ここで殺してしまったのでは、上官の前で自白させることができず、大きな手柄につながらない。

〈予備の間〉の封鎖はさらに厳重をきわめた。板を打ちつけたドアの前に机を持ってきて、その上に本や雑誌を積み上げて重石《おもし》とした。廊下のところのドアにも鍵をかけた。

そして河瀬は崖崩れの現場に急いだ。もちろん兵吾も彼にくっついていった。鬼屋敷に一人取り残されるのはたまらない。

11

河瀬と兵吾は星明かりと石油ランプを頼りに道の修復を行なった。

崖崩れの程度は相当なもので、河瀬たちが乗ってきた軍用トラックは荷台が完全に潰れていた。これで四人にたいした怪我がなかったのだから、奇跡としかいいようがなかった。けれど今となっては、その奇跡は無意味になっていた。河瀬を除いて全員死んでしまった。

狭い道は完全に塞がっており、兵吾のような痩せた子どもがすり抜けられる隙間もなかった。崩れた岩の上によじ登り、その上を本土まで渡り歩くというのも無理だった。大小さまざまな岩が何層にも重なっているため、不用意に力を加えると将棋の山崩しのようになってしまうのだ。したがって、山の側面から慎重に刺激しつつ、崩れた岩だけを一つ一つ取り除いて道を切り拓くしかなかった。大変根気のいる作業である。

そんな調子だから、夜を徹して作業しても五メートルほどしか前進できず、朝の八時ごろ、二人はいったん鬼屋敷に退却した。

戻った理由の一つは休憩を取るためなのだが、もう一つ重要な意図があった。火薬の確保だ。手作業でおっかなびっくり崩していたのでは埒《らち》が明かないので、発破《はっぱ》をかけて一気に前進してしまおうという作戦である。爆破させれば、ただ山が崩れるだけでなく、大きな岩が粉砕され、片づけも容易になる。

火薬は小銃の弾から抜いて使う。河瀬は鬼を射撃した際に弾を使いはたしているが、死んだ三兵士の弾はまるまる残っている。

鬼屋敷に帰り着いた二人は揃って二階に上がった。三人の銃はいずれも〈花の間〉に放置されている。兵吾はもちろん行きたくなかったのだが、河瀬に無理やり引っ張っていかれた。彼も一人で死体のある部屋に入るのはぞっとしなかったのだろう。

〈花の間〉の腐敗臭はいっそうひどく、河瀬は奥の間に入るなり、銃を集めるのはさておいて、外気を補給しようと窓から上半身を突き出した。そしてギャッと獣じみた声で叫んだ。

兵吾は驚くのと同時に下っ腹に力を入れ、次の事態に備えた。河瀬があああいう声をあげる時は決まって、この世のものとは思われぬ怪現象が発生しているのだ。しかしこれまでの怪異を陰で操っていたと思われている老婆は〈予備の間〉に監禁しているではないか。米兵も鬼も死んでいる。これ以上、いったい何が起きるというのだ。

「どうしたのです?」

兵吾はドキドキしながら尋ねた。知りたくないことではあるが、知らないでいると不安がつのる。

「中島だ。中島がやられた」

兵吾は混乱した。中島はすでに死んでいるではないか。わけがわからず、兵吾は窓に向かってぴょんぴょん飛び跳ねた。すると河瀬が抱きかかえてくれた。

虎が人を食っていた。彫刻の虎がカーキ色の軍服を着た人間をくわえていた。昨日の中島のように牙に引っかかっていたのではない。その人間の頭部は虎の口の中に完全に入り込んでいた。首が九十度後ろに折れ、胴体がだらりと垂れ下がっていた。まさに人食い虎にかぶりつかれた形だ。

顔の見えないその人間が中島だと判断できるのは、中庭に寝かせておいたはずの彼の死体が見あたらないからだ。

「鬼が……。鬼がまた出た……」

河瀬の声はふるえていた。たしかに今度も、いや今までにもまして、人の仕業とは思えない。

兵吾はハッとして武者像の方に目を転じた。中島が再度鬼の手にかかったのなら、山之辺の身にも同様の事態が発生しているのではと思ったのだ。

山之辺の死体は石像の足下にあった。胸の前で腕を組み合わせ、両脚をピンと伸ばし、行儀よく眠っていた。昨晩三人がかりでそうした時と同じ姿だった。

いや、よく見ると、顔の様子が尋常ではなかった。

仰向いた顔の上に、乱れた髪のようなものがへばりついていた。山之辺の髪の毛ではない。坊主頭の彼にそれほどの前髪があろうか。

彼の顔を覆ったそれは、細長く、つやつやとしていて、女の髪の毛のように見える。しかしそれは、赤いような紫のような、得体の知れない輝きを放っていた。そんな色の髪をした人間がこの世に存在するのだろうか。

鬼の髪だと兵吾は思った。鬼が、背中まである長髪をバサリと切り落としていったのだ。

「ばばあ、逃げたのか。逃げて、別の鬼を呼びにいきやがった……」

河瀬は荒い息を吐きながら、兵吾を床に降ろした。

「いや、逃げられるわけがない。あれだけ縛りあげたのだ。ドアには板を打ちつけた。机で蓋をした。鍵もかけた。逃げられるわけがないのだ」

胸に手をあてて河瀬は繰り返す。自分の発する言葉の一つ一つにうなずく。しかし言葉だけでは納得できなかったようで、手近にあった銃を摑むと、弾が装塡《そうてん》されていることを確認して部屋を出た。兵吾もあわててあとを追った。

〈予備の間〉まで達すると、河瀬は深呼吸を繰り返してからノブに手をかけた。おそるおそる右に回し、回りきってしまうとそこでいったん動きを止め、また何度か深呼吸してからノブを引いた。ドアは開かなかった。

「ほら、鍵がかかっている。ばばあは逃げてやしない」

河瀬は笑いながら兵吾の背中を叩いた。しかし彼が虚勢を張っているのは明らかだった。鍵束を持つ手が小刻みにふるえ、鍵がなかなか穴に入らない。

やっと鍵が開くと河瀬は、そこでもまた呼吸を充分はかってからノブを回し、勢いよく引いた。わっと声をあげ、銃剣を闇雲に突きながら室内に躍り込む。

「ほら、だいじょうぶ」

ほっとしたような声に導かれ、兵吾も室内に入った。その様子は前夜出ていった時と変わりなかった。机がドアにぴたりとついている。机上には本と雑誌が積み重ねられている。机を移動させてみたが、ドアに打ちつけられた板きれもそのままだった。釘一本抜けていない。

「うん、鬼婆は逃げていない。これで逃げられるもんか」

河瀬が板きれの側面に手をかけて押したり引いたりしても、微動だにしない。

しかし兵吾は、ほっとする反面、混乱していた。屋敷の中には老婆一人しか存在しなかったのだ。したがって今回の一件に彼女が無関係であろうはずがない。彼女自身が何らかの方法で中島の死体を虎に食わせたか、あるいは彼女が鬼を呼んでそうさせたか。いずれにしても彼女が奥の間から脱出しないことには実行できない。ところが老婆は奥の間を逃げ出したとは思われない状況なのだ。

河瀬もその点が納得いかないらしく、腕組みをして室内をうろうろしたが、はたと手を打つと、

「奥の部屋には隠し通路があるのだ。そこが外とつながっている。鬼婆はいましめから抜けて助けを呼びにいったのだ。それしか考えられん」

と言って、銃剣の先を板きれの隙間にこじ入れた。梃子《てこ》の要領で力を加え、めりめりと引き剝《は》がす。

「坊主、懐中電灯を持ってこい。明かりがないと通路を探索できない」

二枚目に取りかかりながら河瀬が言った。

「僕一人でですか？」

兵吾は驚いて聞き返した。懐中電灯は崖崩れの現場にある。荷物になるので背嚢ごと置いてきたのだ。しかし現場までは兵吾の足だと往復一時間はかかる。

「あたりまえだ。そんくらい一人でできんでどうする。ぐずぐずするな」

追い立てられ兵吾は、はや炎天下の戸外に飛び出していった。

これは筆者の私見だが、このとき兵吾と河瀬の間に齟齬《そご》が生じていたと思われる。兵吾は河瀬の懐中電灯を取りにいこうとした。しかし河瀬の要求はそうではなかった。〈花の間〉に行って、松永以下三人の誰のでもよいから懐中電灯を取ってこいと、おそらくそう命じたのだ。

そしてこれもまた筆者の私見だが、この齟齬のおかげで兵吾は命拾いした。

そう、兵吾が鬼屋敷に戻ってみると、河瀬が死んでいた。

玄関ホールに入った時からおかしかった。絨毯が濡れていたのだ。ホールのそれはまだ湿っている程度だったが、廊下を〈予備の間〉の方に進むにしたがって、水をこぼしたような状態になり、まいたような状態になった。

ただならぬ事態を予感し、兵吾は最後の角で足を止め、河瀬の名を呼んだ。そのあたりでは、一歩踏み出すたびに、毛脚の長い絨毯がずぶずぶ水を吐いた。

河瀬の返事はなかった。何度呼んでも結果は同じだった。そうするうちに兵吾の目にじんわりと涙が湧いてきた。河瀬がいなくなったら自分はこの先誰を頼りにすればよいのだろう。兵吾は鼻をぐずぐずいわせながら、しかしそのうち河瀬がひょっこり便所から現われて、「日本男児が泣くな！」と叱られることを期待した。

河瀬は現われなかった。彼の身に重大なことが発生したのだと兵吾は確信した。何が起きたのかさだかではないが、ともかく回れ右をしてこの場を離れようと思った。そうしないと自分の身にも大変なことが起きてしまうと思った。

ところが心とは裏腹に、兵吾の体は少しずつ〈予備の間〉に近づいていった。そしてとうとう開け放たれた入口のドアまで達し、室内に目がいった。

河瀬は小窓の下に倒れていた。兵吾は泣きじゃくりながら、湿地帯のような室内を、彼のそばまで走った。

河瀬は白目を剝いていた。鼻血を出していた。額の真ん中が縦にパックリと裂けていた。兵吾が肩を揺すっても、頰を叩いても、河瀬はうめき声さえ漏らさない。

奥の間の封印は解かれていて、ドアがこちら側に大きく開け放たれていた。そこからとてつもない化け物、鬼の首領が現われ出て、河瀬を一撃で倒したのだろうか。

奥の間の床にはぐるぐる巻きにされた老婆がうつぶせで倒れている。ぴくりとも動かず、呼吸の音も聞こえてこない。

河瀬が死んだ。

老婆も死んだ。

自分はとうとう一人になった。

兵吾はわああ泣き叫びながら〈予備の間〉を這い出した。

梶原兵吾の鬼屋敷における記憶は、そこでふつりと切れている。

直観探偵・八神一彦

1

「山手線ゲーム殺人事件」の調査が終了し、その残務整理に追われていた十月半ばのことである。

「今世紀だからこそ起こりえた怪事件」（©八神一彦《やがみかずひこ》）が片づき、並行して行なっていた「羽田《はねだ》大鳥居事件」の調査にもめどが立っていて、オフィスの空気はいつになくなごやかだった。八神一彦も珍しく朝から部屋にいて、机いっぱいにレゴのパーツを広げ、ミレニアム・ファルコンやR2－D2を組み立てては、箕輪《みのわ》祐作《ゆうさく》や私に自慢していた。私は私で、たまにはお茶会でもしましょうと、一階のビクトリア洋菓子店でモンブランを買ってきて、率先してコーヒーを淹《い》れていた。そうしてさあ飲みましょうという段になって、オフィスのドアが開き、一人の女性がおずおず顔を覗《のぞ》かせた。

「突然で恐縮です。八神先生に調べていただきたいことがありまして埼玉《さいたま》からまいりました」

柿《かき》色のスーツを着た初老の女性である。髪は宝塚の男役のように短く、赤いメッシュを入れている。アイラインも口紅も、その歳にしてはかなり濃い。けれど顔のパーツはどれも小ぶりで凹凸《おうとつ》がはっきりしていないので、全体としては地味な印象である。

「申し訳ありません。当方は民間を対象とした調査活動は行なっておりません」

近くにいた私が応対に出た。

「そうなんですか……」

相手は驚いたような困ったような顔をした。

「よろしければ一般の興信所を紹介しますが。お宅様は埼玉のどちらにお住まいで？」

「ようこそいらっしゃいました！」

局長室のドアが開き、髪をなでつけながら八神一彦が現われた。

「お話をうかがいましょう。さあ、こちらへどうぞ」

そう笑顔で言って応接コーナーに招く。訪問者はぺこぺこ頭を下げながら間仕切りの中に入っていく。

「どうせ素行調査ですよ」

私は八神のそばに寄ってささやいた。たまにそういう勘違いな客がやってくる。

「いいじゃない、暇なんだから。聞き込みの訓練にはなる」

「それって、私が担当しろということですか?」

「当然だろう。ナナもササキさんも今日は出払っている。はい、お待たせしました」

八神は営業用の顔を作って間仕切りの中に入っていき、私も仏頂面《ぶっちょうづら》でしたがった。


八神一彦調査局は民間の探偵事務所である。しかしながら、浮気の証拠を集めたり家出人の捜索を行なったりはしない。調査の対象は刑事事件である。

たとえば、この世には昔から、タレコミ屋という者が存在している。犯罪の情報をいち早くキャッチするために警察関係者が飼っている裏の世界に通じた人間だ。またたとえば警察は、犯罪者に刑の軽減をちらつかせ、囮《おとり》捜査に使うことがある。

八神一彦調査局もそれと同じで、民間の立場から犯罪捜査に協力している。警察の見落としを落ち穂拾いのように掻《か》き集め、そこから真相を透視し、担当者に買いあげてもらう。タレコミ屋がそうであるように、警察庁や都道府県警のお抱えではなく、あくまで一警察官の依頼により調査活動を行なっている。ただし、当調査局に支払われる報酬は一公務員のポケットマネーではとうていまかなえず、警察組織の台所から何らかの名目で捻《ねん》出《しゅつ》されていることは間違いない。このあたり、パチンコの景品交換のからくりと似ているともいえる。

八神は自ら語ろうとしないし、私も政治的な事情には興味がないので質《ただ》さないが、そのような法律に抵触する活動が黙認されているのはおそらく、八神に国家権力の後ろ盾《だて》があるからだ。前の国家公安委員長は八神某《なにがし》という名前だった。

八神一彦の年齢は不詳。アロハにショーツにサンダルで大学の講義にもぐり込めば、周囲の学生に見事に溶け込む。フォーマルなスーツと伊達眼鏡《だてめがね》の組み合わせで帝国ホテルのパーティー会場に出向けば、働き盛りの切れ者に見える。

彼は一日のほとんどを事務所の外で過ごす。探偵活動にいそしんでいるのではない。朝は警視庁、昼は地方の警察署、夜は警察官僚の懇親会――足まめに顔を出し、ご機嫌をうかがい、何かの折にはぜひ当調査局にと頭を下げて回る。国家権力の後ろ盾があるからといって、調査の依頼が次々と舞い込んでくるわけではないのだ。

このように八神本人の主たる仕事は顔つなぎで、したがって実際の調査活動は三人の調査員が行なっている。一人は七瀬舞花《なせまいか》、おそらく大学生。一人は佐々木慧子《ささきけいこ》、未婚の母で、おそらく三十過ぎ。そして私、木元鴇子《きもとときこ》、年齢は先の二人の間ということにしておこう。

そう、調査員はすべて女性なのである。八神によると、探偵は女性にかぎるのだそうだ。まず、人当たりが柔らかい。次に、細かいところに目が届く。そして、男性を籠絡《ろうらく》することができる。

つまり八神は、女性としての魅力をふりまいて男性の関係者から情報を引き出せと言っているのだ。じゃあ女性の関係者を落とすために男性の調査員が必要ではないかとなるのだが、女性は男性と違って異性に対しても心の箍《たが》を緩《ゆる》めないことが多く、またうまくいったとしてもセクハラで訴えられかねないからだめだという。色仕掛けを使えと命令する上司こそセクハラで訴えられてしかるべきなのだが、しかし私もほかの二人も、それについては面接の時点で充分な説明を受けている。女性であることを売り物にしたくなかったら、ほかの仕事を探せばよかったのだ。

調査局にはもう一人メンバーがいる。箕輪祐作、おそらく二十代前半。八神の秘書のようでいて、実は雑務一般を担当している。コピー取りもお茶くみも出前の電話も彼が行なう。佐々木慧子が娘を連れてきたら、そのお守りもやらされる。けれど彼は決して不平を漏《も》らさない。いつもニコニコしていて、明智小五郎《あけちこごろう》の助手をしていた小林《こばやし》少年を大人にしたような感じである。ただし箕輪は小林少年とは違い、ピアスをしているし、髪は鳥の巣のように爆発している。

八神と私が応接コーナーに入っていくと、依頼主の女性はハロッズの手提《てさ》げ袋をがさごそ探って、

「つまらないものですが」

と菓子折《かしおり》を差し出してきた。

「では遠慮なく。まあお座りください」

八神は相手に椅子《いす》を勧め、自分もソファーに腰を降ろす。箕輪祐作が入ってきて、日本茶を置いて出ていった。

「それから、これを」

依頼主は立ったまま薄い封筒を差し出した。

「手付け金は不要です」

八神は掌《てのひら》を立てて拒《こば》んだ。

「埼玉県警の刈谷《かりや》様から」

「刈谷課長ですか？」

「はい。紹介状をいただきました」

八神は封筒を受け取り、中を確認してから、

「小磯文子《こいそふみこ》さん、こういうものは最初に出してもらわないと。しかし刈谷さんも勝手なことをしてくれるなあ」

「すみません」

小磯文子は背中を丸め、ようやく腰を降ろす。

「それで、どういうお話なのでしょうか？」

「はい。私、埼玉に住んでおりまして、主人は県庁に勤めております。来年定年を迎えますが、その後は県の外郭団体でお世話になることがほぼ決まっております。子どもは一人、息子がおりますが、とうに独立しており、家計にも間取りにもいささかゆとりがございます」

「お宅の間取りに築年数、それからご主人の年収、息子さんの勤務先――それが今回の依頼とどう関係するのでしょう？」

八神は笑顔の底に不快を漂《ただよ》わせた。

「すみません。こういう話になれていないものでして。それで、家計にも部屋にもゆとりがあるということで、兄を預かることになったのです。主人の兄でなく、私の兄です。兄は六十六になる今日まで独り身で、母と一緒に東京の白金台《しろかねだい》で暮らしておりました。いえ、金持ちではないのです。たまたま大戦前からそこに住んでいただけで、家は狭《せま》く、ボロボロでした。父は終戦後間もなく結核で亡くなっております。その直後建て替えた家に今日まで住んでいたのですから、どれほどのあばら屋だかはご想像がつくかと存じます。

すみません、兄の話でした。それで、兄はずっと母のめんどうを見ていたのですが、先年母が九十五歳で大往生《だいおうじょう》しまして、それで緊張の糸が切れたのでしょうか。認知症の気が出はじめ、それは会うたびに明らかに悪くなっているようで、独《ひと》りで生活させておけなくなりました。といって兄には子どもがございませんので、私たちきょうだいでめんどうを見ることになりました。私たちは三人きょうだいです。ほかに二人兄がいたのですが、一番上のは戦死し、二番目は肝臓を壊して大阪万博の年に亡くなりました。あとは、その兄と、私と、妹でございます。最初は妹と交代交代でめんどうをということだったのですが、しかし妹は仕事を持っており、兄を充分見てやることができないと言い出しまして。住まいもマンションで、兄を置く部屋がないと。それで私が兄を預かることになったのでございます。施設に入れることも考えたのですが、身寄りと一緒に暮らしたほうが心休まるだろうと主人が申してくれまして」

「よいご主人ですね」

八神はおそらく聞き飽きていた。

「はい、大変感謝しております。今日も私の代わりに兄のめんどうを」

小磯文子は穏やかに笑い、湯呑みを口に運んだ。

「ご依頼の件とは、お兄さまに関することなのでしょうか？」

私はじれて要点を聞き出そうとした。

「はい。兄の過去について調べていただきたく存じます」

「ご病気のせいで昔のことが思い出せないということでしょうか？」

「いいえ。思い出せないどころか、毎日毎日その話を繰り返しています。ところが雲を摑《つか》むような内容でして、どう解釈してよいやらわからないのです。それで、主人のつてで県警の方に相談したところ、刈谷様からこちらの紹介状を」

「警察に相談したということは、お兄さまのその話は犯罪とかかわっているのでしょうか？」

八神はやや興味を惹《ひ》かれたようだ。小磯文子は眉《まゆ》を寄せ、首をかしげてから、

「兄の言葉が真実なら、大変な犯罪です。一つの屋敷の中で七人が殺されています。それも一日ちょっとの間に」

「一日で七人？　いつ、どこで起きた事件なのです？」

八神が身を乗り出した。私の記憶にも、そのような大量殺人はなかった。

「昭和二十年にH県で起きた――、らしいのです」

「昭和二十年とは、そりゃまたずいぶん古いですね」

「ええ、終戦直前のことです。それで、警察に相談しても、そんな昔のことはわからないとか、とうに時効が成立しているとか言われ、相手にしてもらえなかったのです。現実離れした内容から、作り話だと思われたふしも大いにあります。私自身、信じられませんもの。ただ、兄の話は終始一貫しているので、毎日毎日聞かされるうちに、はたして作り話と片づけてよいのだろうかと思うようになりました。それに、その話が本当なら、兄の病《やまい》の原因がはっきりします」

「認知症の？」

「いいえ。兄は戦争が終わってしばらくの間言葉を失っていました。やっと言葉を取り戻してからも精神が不安定で、仕事に就《つ》いても長続きしないことが多かった。それが独身であった理由でもあるのですが」

小磯文子は溜め息をついた。

「つまり、大量殺人を目《ま》の当たりにしたことで精神を病んでしまったと」

「はい。兄によると、自分はその事件の目撃者で、当事者の中で唯一の生き残りなのです」

八神と私は顔を見合わせた。

「過去にお兄さまからその話を聞かされたことはなかったのですか？　認知症になる以前」

私は尋ねた。

「いいえ。妹も聞かされた憶えはないと言っております」

「お母さまにも話していなかったのでしょうか」

「おそらく。意識して隠していたのではなく、兄は事件の記憶を失っていたのでしょう。言葉を取り戻しても記憶は戻ってこなかった。ただ、母と父は、兄が大変な事件に巻き込まれたらしいとは、人づてに聞いて知っていたようです。どの程度知っていたのかはわかりません。私には、『兵吾は恐ろしい目に遭《あ》って、それで具合が悪くなった』としか言ってくれませんでした。幼《おさな》い私をいたずらに怖がらせまいという配慮もあったのでしょうが、父母たちも兄に何が起きたのか把握できていないふしがありました」

「しかし、昭和二十年といえば、お兄さんはまだ子どもですよね」

私は指を折った。

「国民学校の四年生でした」

「そんな幼い子がご両親と離れて事件に巻き込まれたのですか?」

「兄は学童疎開でH県にいたのです。父は二番目の兄と二人で東京に残っていて、母は私と妹を連れて栃木の実家に疎開していました。実家は手狭なので、兄だけ疎開先が別になったのです。男の子ということで、そろそろ自立させようという配慮もあったのかもしれません。数年後には予科練ですから」

「しかし、ご両親が把握していないとはどういうことでしょう。警察の捜査で客観的事実が明らかにされれば、それはご両親の耳に届き、お兄さんの身に何が起きたのか判断がつくと思いますが」

「それはきっと、いつになっても客観的事実が伝わってこなかったのだよ。何らかの混乱で、まともな捜査が行なわれなかった」

八神が言い、

「私もそうではないかと思っています。時期が時期なだけに」

小磯文子がうなずいた。

「要は、お兄さんが体験した事件の全貌を知りたいと、そうおっしゃるわけですね?」

八神が確認する。

「はい。兄の話は、七つめの死体が現われたところで終わります。それを何度も繰り返すということは、本人もその先を、つまり真相を知りたいと願っているのではないかと思うのです。私はその願いを叶えてあげたい。仮に真相がわかったとして、兄にそれを聞かせて理解できるとは思えません。けれどそう思う一方で、真相を知った時、兄の心を縛っている鎖が断ち切られ、病気も治るのではという予感もございます。まったくの素人《しろうと》考え、勝手な思い込みではありますが」

「希望を持つことはよいことです。それから、今あなたは『仮に真相がわかったとして』とおっしゃいましたが、私が引き受けたあかつきにはかならず真相はわかります」

お得意の大風呂敷《おおぶろしき》だ。

「それでは引き受けていただけるのですね」

小磯文子が胸の前で手を組み合わせた。

「引き受けるとは、まだ言っておりません。引き受ける引き受けないは、お兄さまの話の内容をうかがってからです。それがあまりに漠然としたものであれば調べようがないかもしれない。私も神ではありません」

「兄の話はこれです」

テーブルの上に茶封筒が置かれた。角形2号と呼ばれる大きなもので、厚さも相当ある。

「ほう、聞き書きされましたか。これだけ打つのは大変だったでしょう」

中身は印字された熱転写用紙の束だった。一番上の紙には「黒塚《くろづか》七人殺し」とある。

「六十の手習いでワープロをはじめたところだったので、よい練習になりました」

「こうやってまとめておいていただけると、直接お話をうかがうよりずっと理解しやすい」

「兄の言葉そのままだとわかりづらいので、物語ふうにまとめてございます。その際、多少脚色してありますので、その点はお含みおきくださいませ」

「わかりました。おーい、コピーを二部取って」

八神の呼びかけに応じ、箕輪が封筒を持ち去った。

「それで、そのう、先生には大変申しあげにくいことなのですが……」

小磯文子が顔を伏せ、体をもぞもぞさせた。

「なあに、お金の心配は無用です。一個人にふっかけるようなまねはしません。実費だけでやってさしあげますよ。それでも心配なら、そちらで支払いの上限を設定していただいて、限度額に達したところで調査打ち切りという形にしてもよろしいですよ」

「いえ、そうでなくて、もしこの話をお引き受けいただいたとして、けれど調べてもことが思うように運ばなかった場合——」

「いったん引き受けたからにはかならず結果を出します」

八神が大仰《おおぎょう》に胸を叩いてさえぎった。

「はい、先生のお力は信じております。ただ、なにぶん半世紀以上前の出来事です。調べようのないことが多々出てくるのではないかと心配しております」

「なるほど。あなたはつまり、ことの真相が判明しなかった場合、金は支払えないとおっしゃるのですね。よろしい。受けて立ちましょう。その際には必要経費も請求しないと契約書に明記しましょう」

「いえ、そうではないのです。もしも、万が一ですよ、真相がわからなかった場合には、適当なお話を作っていただきたいのです」

「話を作れ?」

「はい。真相がわかったとして、それを世間に発表しようとか、犯人もしくはその関係者に、兄の人生を返せと迫ったりとか、私にはそういう気持ちは毛頭ございません。私はただ兄に聞かせたく思っているだけなのです。それを聞かせることで心を落ち着かせてやりたい。すると、よくよく考えてみれば、掛け値なしの真実を聞かせる必要はないのですよね。兄がうなずいてくれるようなもっともらしい嘘でよいのです。それならおまえが作れと言われそうですが、けれど兄の話はあまりに荒唐無稽《こうとうむけい》で、私がいくら頭をひねったところで嘘の端緒さえ思いつきません。ですから先生、お忙しいようでしたら、わざわざ調査していただかなくてもかまいません。兄の話を読んで、そこから物語を想像していただければと思います。そう、想像で結構なのでございます」

小磯文子はそう言葉を置いて、自分に言い聞かせるように何度もうなずいた。

2

八神は三十分ほど局長室にこもり、「黒塚七人殺し」を一気に読みあげると、応接コーナーに戻ってきて、お引き受けしますと小磯文子に言った。八神は風呂敷を広げるのは得意だが、結果として自分の首を絞めるようなへまは絶対にしない。勝てる戦《いくさ》だと判断できたからこそ依頼を受けたのだ。

しかし私は「黒塚七人殺し」をどうとらえてよいかわからなかった。小磯文子が帰ったのち、二度三度と読み返してみたが、読めば読むほど現実に発生した事件だとは思えなくなる。ほとんどの部分が小磯文子の脚色ではないかと疑りたくなる。

「トキさん、調査の方針は固まったかい？」

自分の机で頭を抱えていると八神が寄ってきた。彼は私のことを八十のおばあさんのように呼ぶ。

「本当に引き受けるのですか?」

「もう引き受けたんだよ。栗饅頭《くりまんじゆう》もいただいたし、やるしかないでしょう。栗といえばモンブランを食べそこねたなあ」

八神がそこまで言うと、箕輪がさっと立ちあがり、コーヒーの用意をはじめた。

「そう弱気なところを見ると、トキさんは事件の構図を決めかねているね?」

「ええ。視点をどこに定めてスケッチをはじめればよいのか、さっぱり」

と力なく頭を振る。

「事件全体を貫《つらぬ》くテーマが見えないわけだ」

「そうですそうです。なんか、こう、全体がバラバラな印象で」

「それは君が立派な大人になってしまったからだよ」

「は?」

「子どもなら、これは鬼の話だと即答するよ。題名からして、テーマが鬼であると素直に語っている」

「黒塚」とは能の演目である。人を食って生きていた鬼女が旅の僧に退治される——そう、安達ヶ原の鬼婆である。謡曲であるから、女の人生に侘《わ》び寂《さ》びを込めて語ってはいるが、物語の基本は安達ヶ原の鬼婆と違いない。

「それは表面的なテーマでしょう」

私は頬《ほお》を膨《ふく》らませた。

「ほらね、君は立派な大人だ。そうやって何でも決めつけてかかる」

八神は首をすくめた。

「じゃあ八神さんは、事件の本質に鬼がかかわっているとおっしゃるのですね？　鬼はこの世に存在して、それが七人を虐殺したとおっしゃるのですね？」

「まあまあ、そう鬼のような顔をするなよ。テーマはともかく、君はもう三年もこういう仕事をやっているのだから、それなりのスケッチはしてみたのだろう？」

と八神は手近な椅子に腰を降ろす。

「それはまあ、第一印象程度のものですが」

そう前置きし、私は暫定《ざんてい》的な解釈を語って聞かせる。

「事件は大きく二つに分かれると思うのです。前半部分はアメリカ兵による日本兵殺しです。屋敷に落下傘降下してきたアメリカ兵は、しばらくそこにとどまろうと考えた。彼は脚を負傷していました。それがある程度癒《い》えないことには山林に分け入っての逃亡は難しいと考えたのです。逃亡生活に備えて食料や道具をちょろまかそうという思惑もあったかもしれません。しかしそこに日本軍が現われた。言葉はわからないけれど、家捜ししていることから、自分を捕まえにきたのだとは容易に想像がつきます。といって体はまだ回復していないので、焦《あせ》って外に逃げてもうまくいかないだろう。そこで引き続き屋敷内にとどまることにして、日本兵を始末した。殺《や》られる前に殺ってしまえ、です。具体的には、松永、中島、山之辺、この三人がアメリカ兵によって殺されました」

「まあ、アメリカ兵にそういう気持ちが起こらないとはいえなくもないかな。当時日本は極限まで追い詰められていた。その本国で捕虜となれば、どんな扱いをされるかわかったものじゃない。でも、アメリカ兵を犯人とするには大きな問題があるね。アメリカ兵はどうやって密室状態の〈花の間〉や中庭に出入りしたの？」

「密室の謎《なぞ》についてはひとまず置いておきます」

「死体が人の手の届かない場所にあったわけは？」

「それもまだ説明不能です。とりあえず感じたことを話しているまでです」

八神は私が答えられないとわかっていて意地悪く質問しているのだ。

「じゃあ、後半部分を聞かせてもらおうか」

「不可解な点があるにしろ、前半部分には現実の肌ざわりがあります。戦争という現実を背景に発生していて、アメリカ兵には殺人の動機がある。ところが後半発生する事件は実に非現実的、事件というより怪異です。なにしろ鬼が出てきてしまう。前半部分でも鬼は出てきましたが、それは兵吾少年がちらっと見ただけで、実はアメリカ兵であったと思われます。ところが後半出てくる鬼は違う。アメリカ兵とは明らかに別の存在で、しかも立派な大人である河瀬も目撃している。見ただけでなく銃剣で殺したのだから実体もあったわけです。それをふまえると、後半は鬼による無差別殺人です。まずアメリカ兵を殺し、それが見つかって河瀬に殺されるが、復活して老婆と河瀬を殺した。素直に読むとそんな感じです。ホラーです」

「鬼は不死なんだ」

八神がまた突っ込む。

「知りませんよ。不死でないとしたら、そうですね、第二の鬼が仲間の敵討《かたきう》ちに参上したとしましょうか」

「仲間の鬼はどこからやってきたの？〈予備の間〉は厳重に封鎖されていたのだよ」

「河瀬に殺された鬼は簞笥《たんす》の中から出現しました。あの簞笥の奥が怪しそう」

「そこにぽっかり穴が空いていて、敷地の外と地下通路で結ばれていたわけ？」

「可能性ですよ、あくまで」

「いったい誰が何のために秘密の通路を作ったの？　人を食うために、鬼が外からせっせと掘り進んだの？　そして鬼の本拠とは、鬼ケ島のどこにあるのだい？」

「もー、知りませんよぉ。でもそうやって鬼を持ち出して解釈しないと話が成立しません。屋敷にいた人間は全員死んじゃうのだから」

「兵吾少年は生き残っているよ」

「え？　彼が殺した？」

その可能性ははなから捨てていたので、私はドキリとした。

「そうは言っていない。ただ、無差別殺人であるのなら、兵吾少年も殺されてしかるべきだったのではないかい？　鬼は子どもに寛容なの？」

「鬼の気持ちなんてわかりません。素直な印象を語っただけなのだから、そう突っ込まないでくださいよ」

「印象とはいえ、説明不能なことがあまりに多い。それはすなわち、トキさんが抱いた印象が真実からかけ離れているからだとはいえないかな？」

八神は直観で物事を判断する。まず全体を見渡し、そのとき思い浮かんだ像を仮の答とする。全体を構成するパーツを一つ一つ拾いあげては、おのおののパーツが何を意味するのか考え、パズルを組み立てていくのではない。バラバラに落ちたパーツを俯瞰《ふかん》した段階でパズルの完成型を頭に思い描き、その絵柄に向けてパーツを拾い集めていく。

探偵活動にあてはめていうなら、事実関係をひととおり頭に叩き込んだだけで、「この事件の犯人や動機はこうあることが望ましい」ととりあえず答を出してしまう。推理の積み重ねで結論づけるのではなく、印象で決めてしまう。そして直観で得た結論を成立させるために、あとから推理を行なう。その推理も、すでに結論は出ているのだから、犯罪現場に落ちていたマッチ箱をじっと眺めて、これは何を意味するのだろうと考えるのではない。結論を成立させるにはマッチ箱に何を意味させればよいだろうかと考える。

言い換えれば、八神は予断によって動いているわけで、犯罪捜査においてそれは非常に危険な行為である。しかし八神は言う。発明も発見も学問も芸術も勝負事も恋愛も一瞬の閃《ひらめ》きによってもたらされるのであり、インスピレーションが的確であれば、根拠や理論などあとからついてくる。

八神は今回もおそらく、「黒塚七人殺し」を一読した段階で全体の構図を透視している。その構図と比較して、私が抱いた印象はデッサンが狂っていると言っているのだ。しかし私にもプライドがあるので、じゃああなたはどう思っているのかと尋ねたりはしない。

「私も、いま語ったことは真実に遠いと思います。でもそれは私のイマジネーションに問題があるのではなく、そもそも『黒塚七人殺し』に重大な誤りがあるのだと思います。その誤りを排除して考えれば、さっき語った印象よりも、もっとまともな解釈が成り立ちます」

そう、先の話はあくまで第一印象にすぎない。私も探偵の端くれ、あんな解答を答案に書くつもりはさらさらない。

「小磯さんの脚色が過剰だと？　やあ、ありがとう」

箕輪がケーキとコーヒーを置いていった。

「最初はそれも考えました。けれど彼女は、この原稿を基《もと》に調査してくれと言ってきたのですから、事実関係を壊すほどの脚色はしていないと思われます。たとえば、梶原兵吾氏が『人の髪の毛が突っ立っていて、まるで鬼の角のようだった』と言ったものを『角が生えた鬼だった』とは書かない」

「僕もそう思うよ」

「したがって『黒塚七人殺し』に誤りがあるとしたら、その原因は梶原兵吾氏にあります。彼が嘘をついていると言っているわけではありません。彼は、現実には発生しなかった出来事を事実として認識しているのです」

「ほう、夢を見たと。壮大で精緻《せいち》な夢だね」

八神はケーキにフォークを入れる。

「夢ではありません。七人が殺されるという事件は現実に発生しているのです。ただし現実の事件においては、密室等の不可解な状況は発生しておらず、鬼も跋扈《ばっこ》していません。それらは兵吾少年の創作、恐怖と混乱に陥《おちい》った彼が頭の中で事件を異常に誇張し、それが真実の記憶として固着してしまったのです。なにしろ一日で七人も殺されている。さっきまで隣にいた人物が、次に会った時にはもう死体です。大人でも平静ではいられません」

「ほほう、密室等の不可解な状況は発生していないと」

八神はケーキを頬張る。

「はい。実際には、出入りが自由な場所で殺されていたのだと思います。中島と山之辺の死体も、人の手が届く高さに吊るされていたのでしょう。ところがパニック状態の兵吾少年が、頭の中で不可能犯罪に仕立てあげてしまったのです」

「鬼も跋扈していないと」

「〈鬼の間〉から廊下に顔を出したのはアメリカ兵だったのです。実際は『人の髪の毛が突っ立っていて、まるで鬼の角のようだった』だけなのに、兵吾少年はそれを『角が生えた鬼だった』と思い込んでしまった」

「〈予備の間〉で河瀬に殺された鬼は？　あれはアメリカ兵とは別の存在だよ」

「あれも人です。人の頭に、ありもしない角を見ただけです」

「そりゃ変じゃないか。鬼を殺した時点で生き残っていたのは、老婆と河瀬と兵吾少年の三人しかいないのだぞ。そしてその三人は鬼ではない。いったい誰なんだよ、鬼と見間違えられたのは？」

「おじいさんです」

私は胸を張った。

「老婆の旦那は事件発生時には別荘を離れていたというけれど、その証明はなされていません。実は出かけたふりをして屋敷内にとどまっていた。あるいは、出かけたのは真実なのだが、崖崩《がけくず》れ発生以前に戻ってきていた。または、崖崩れ後、彼しか知らない秘密の道を経由して戻ってきていた」

「すごいよ、トキさん。おじいさん！　そういう解釈は僕も考えていなかった。脱帽だ」

言葉とは裏腹に八神は笑っている。この説には自信があっただけに、私は少々ムッとして、

「私もおかしいとは思います。彼が出かけたふりをする理由も、戻ってきてその存在を秘す理由も、私には考えつきません。けれど老婆の旦那に登場願わないことには、河瀬に殺されたのは鬼だとなってしまいます。屋敷にはほかに人がいないのだから。それとも、あれもまたアメリカ兵だとしますか？　撃墜《げきつい》された米軍機は二人乗りだったと」

「P51は単座だよ。パラシュートも一人分しか発見されていない」

「じゃあ八神さんはあくまで、河瀬が殺したのは鬼だと言い張るのですね？」

「まあまあ、そう皺《しわ》を作らないで」

「八神さん！」

「ああいいよ、河瀬が殺したのは崎村カツの旦那だとしよう。けれどそう解釈すると、河瀬と老婆の死を説明づけられなくなるよ。河瀬が殺したのが人でなく鬼だとしたら、君が第一印象で語ったように、復活して老婆と河瀬を殺したというふうに持っていける。けれど河瀬が殺したのが人であったら復活はありえない」

八神は挑発するように首を突き出した。私も首を突き出して、

「河瀬を殺したのは崎村カツです」

「おいおい、彼女も――」

「殺された？　誰が彼女の絶命を確認しています？　兵吾少年は、彼女が倒れている姿を目撃しただけですよ。松永にはじまって河瀬にいたるまでの六人は、すべて直接体にさわり、絶命が確認されています。ところが老婆だけは、倒れている姿を離れた位置から確認されただけなのです。しかも彼女はうつぶせで、ぐるぐる巻きにされていました。これが崎村カツの死体であったと、どうして断定できるでしょう。実は『黒塚六人殺し』だったのです。兵吾少年だけでなく、老婆も生き残ったのです。河瀬によって監禁された彼女は、自力でいましめから抜け、彼への復讐を行なったのです。問答無用で殺されてしまった夫の死体を自分に見せかけ、河瀬が戻ってきたところをガツンとやった。河瀬は、老婆は拘束《こうそく》されていると安心しきっているから、あっけなくやられてしまった」

そう畳《たた》みかけると、八神は目を丸くして、そして笑った。

「すごいよ、トキさん。崎村カツ！　これこそ脱帽だ」

「どこが間違っているのですか？」

私は憤然《ふんぜん》とした。

「いやいや、間違っているなんて言ってない。僕は本当に感心した。ただ何だな、トキさんのユニークな発想は『黒塚七人殺し』のある部分を否定してはじめて成り立つのだよね。今の崎村カツ復讐説の場合、中島の死体が再度宙吊りになったことは無視している。あれは誰の仕業なの？　老婆にはできないよ。体力的な問題だけでなく、彼女は監禁されていた。いましめを解くことはできても部屋を抜け出すことはできなかった」

「中島の死体が宙吊りになっていたというのは兵吾少年の妄想なのです。実際には、中島の死体は地面にあったのです。頭の中が鬼に凝《こ》り固まっていた兵吾少年が、『鬼ならこういうことをするだろう』と話を作った」

「うん、そう答えると思ってた。けれどトキさん、君は何を基準に兵吾少年の心模様を読んでいるの？　『黒塚七人殺し』のこの部分は現実で、この部分は妄想だと区別しているの？」

「それは……」

「君自身に説明づけられることが現実で、つけられないことが妄想。ただそれだけだよね？　要するに君の都合で境界線を引いている」

　まさに図星で、私は自信がぐらついてきた。八神は言う。

「心は不思議な生き物だ。梶原兵吾氏は強度のストレスで言葉を失い、言葉を取り戻したあとも記憶の障害が残った。あんな恐ろしい体験は二度と思い出したくないと、無意識に抑えつけていたのだろう。ところが認知症になったことで抑制がきかなくなった。一般の記憶を失っていくのと引き替えに恐怖体験を取り戻したのだ。妹さんは、『黒塚七人殺し』

の真相が明らかになることでお兄さんの病気も治るのではと言っていたが、そんな都合のよい話はないと切り捨ててよいものか。

次から次へと現われる死体を目の当たりにした兵吾少年が、その陰に鬼を感じ、現実と妄想の境界線を見失ってしまった――これもまたありうることだろう。ただね、さっきも言ったように、現実と妄想の境界線が曖昧《あいまい》で、そんな状態で考えを進めても曖昧な答しか出てこない」

「おっしゃるとおりです……」

私はうなだれた。

「僕は君を責めているのではないよ。考えを話せとけしかけたのは僕なのだし、僕は一番最初の質問の答がほしいだけなんだ」

「一番最初の質問？」

「おいおい、それを忘れたのであれば責めるぞ。調査の方針は固まったかと僕が尋ね、君はそれに何も答えなかった」

「ああ、はい」

「つまりあの時の君には何の方針もなかったわけだ。けれどこうして話してみて、何を調べるべきか、もうわかったよね？」

「『黒塚七人殺し』における現実と妄想をきちんと分けること、でしょうか？」

私は上目づかいに言った。

「なんだい、その自信のなさは。そうさ、『黒塚七人殺し』の実体を見きわめることだ。梶原兵吾氏の記憶がどこまで事実と一致しているのか、それをはっきりさせないことには真相に到達しない。最低でも崎村夫妻の生死を確認しないことには、君のすばらしい閃き、崎村カツ復讐説にも説得力が出てこない」

「H県に飛んで警察の資料をあたれということですね?」

今度は先読みした。

「そうね。事件の経緯だけでなく、容疑者として逮捕された者の名前も見つかれば万々歳だ。できることなら推理なんてめんどうなことはしたくない。しかしそう都合よくはいかないだろうな。小磯さんの話しぶりだと事件は未解決だ。解決していれば、息子の身に何が起きたのか、ご両親は知っていたはず。それにね、なにしろ半世紀以上前の事件だろう、捜査資料自体この世に存在していないかもしれない」

「その場合は地元の年輩者や郷土史家をあたります」

「そして忘れちゃならないのが現場検証だ。もっともこれは、鬼屋敷が今も当時のまま残っていればの話だがね。もし建て替えられていたとしても、立地はよく観察してくること。あとの調査は東京でだな。加藤という別荘の所有者を捜し出し、なぜあのような風変わりな構造としたのか尋ねる」

私はぽんと手を叩いた。

「そうでした。鬼もわけがわからないけど、建物の構造も不思議でならない。一階の窓は開かず、中庭には二階からしか出られない」

「僕の直観に狂いがなければ、『黒塚七人殺し』を読み解く最大の鍵は、建て替えの理由にある」

「改築したから変な構造になったのでしたっけ?」

そのような記述が原稿の中にあっただろうか。

「そうだよ。正確には増改築。それをにおわせるのは――、ここだ」

八神はコピーの束をめくり、老婆の台詞《せりふ》を示した。屋敷の古さに感心する河瀬に対して、「最初に建ったのは大正の中ごろでしたかの」と応《こた》えている。

「そして〈鬼の間〉のドアにだけタイルがはめ込まれていなかったことから、あの部屋はほかの部屋とは違った時期に造られたと推測できる。その下の〈予備の間〉もね」

「なるほど。すると、屋敷はもともとコの字形だったのですね」

そこまで言って、私は首をかしげた。

「コの字形であれば中庭への出入りは自由ですよね。なのに増築して中庭を使いづらくしている。建て増しする土地はほかにいくらでもあるというのに、どうして中庭を潰《つぶ》すようなことをしたのでしょう」

「そう、その理由が一番重要だ。ただ、この調査も難航するかもしれない。代が変わり、増改築の理由を知る者がいないかもしれないから。その場合は設計建築を行なった人物を調べ出してほしい。別荘の図面が手に入ればなお上出来」

「困難が予想されることばかりですね。古い事件なのだから仕方ないけれど」

私はペンを止め、冷めたコーヒーに口をつけた。

「大変だけどがんばって。期限は明日から三日間ね」

八神は腰をあげる。その姿が局長室に消えようとした時、私はやっと気づいた。

「三日ですって⁉ たったの三日じゃ無理ですよ、絶対」

「無理は承知さ。充分な結果が出るとも思っていない」

八神は足を止め、振り返る。

「じゃあもう少し時間をください」

「いいや、三日が限度だ。三日目の夕方に報告書を提出して。この調査は、今日たまたま暇だから請け負った。しかし明日も暇だとはかぎらない。警察から依頼があり、そのとき人手が足りなかったらどうする。一個人の思い出をたどる旅より、現在発生している事件の方が重要だ。いいんだよ、真相にいたらなくても。わかった範囲の情報を基に僕が物語を作る。依頼主はそれでもかまわないと言ってるんだ」

八神はドライに言い切った。

少しでも調査時間を長くしようと、私はその晩のうちにH県入りし、翌朝早くから活動をはじめた。海の幸《さち》も温泉もあきらめ、東京に移動してからも睡眠時間を削った。三日間、実質二日半の調査にしては、なかなかの結果を出せたと思う。けれど真相を明示するようなものはついに拾い出せなかった。

3

鬼ヶ島と呼ばれる場所は押尾村（戦後の町村合併により、現在は伊渡多市）に実在していた。その小さな半島の突端近くに東京の加藤家の別荘があったのも事実だった。そして昭和二十年の八月、別荘内で七つの死体が発見されていた。警察の捜査資料は何一つ残っておらず、以下は地元の故老から集めた話をまとめたものである。

事件を警察に報《しら》せたのは崎村喜平《きへい》、老婆カツの旦那である。八月八日、ようやく復旧なった崖下の隘路《あいろ》を抜けて加藤別荘に戻った彼は、玄関先にうずくまっている少年、梶原兵吾を発見した。少年の顔は土色で、頬がこけており、何を問いかけても返答しない。ともかく中で休ませようと、喜平はカツを呼んだ。しかし返事はなく、彼女を捜すうちに次々と死体を発見した。喜平は愕然《がくぜん》とし、何があったのかと兵吾に尋ねたが、少年はやはり口をきかない。電話はまだ復旧していなかったので、喜平は自転車で村の中心まで出ていき、駐在所に駆け込んだ。一緒に連れてきた兵吾は病院に送った。

それで警察の出動となるのだが、本隊が別荘に到着する直前、予期せぬ出来事が発生する。米軍機の爆撃により、別荘が瓦礫《がれき》の山と化してしまったのだ。意図した爆撃ではない。飛燕の迎撃を受けたP51戦闘機が、交戦のため機体を軽くしようとして捨てた一千ポンド爆弾が別荘を直撃したのである。その結果、建物は全壊、ひと足先に到着していた駐在一名と崎村喜平は死亡。

こののち警察の捜査が行なわれ、瓦礫の下から先の二名のほかに七体の屍《しかばね》を掘り出している。陸軍第五＊＊連隊所属の兵士が四名と、アメリカ兵が一名、老婆、そして頭に角が二本生えた怪物。いずれも爆撃による損傷が激しかったが、検証の結果、それぞれ以下の特徴があるとわかった。

松永――胸と腹に無数の刺し傷。
中島――首に紐で絞められた跡。
山之辺――口の中から脳にかけて損傷。
河瀬――額と後頭部を強打。
アメリカ兵――脚に裂傷。
崎村カツ――体を拘束され、溺死《できし》。

鬼——肩と腕に弾痕。体に無数の刺し傷。

特徴はてんでんばらばらで、屋敷の中で何が発生したのか想像もつかない。といって、有力な証言が期待できる梶原兵吾少年は問いかけに無反応で、別荘の管理人も死んでしまった。

警察はそこで、別荘の所有者に何か聞かされていないかと連絡を入れた。加藤惣太郎《そうたろう》は軍需企業の経営者で、工場も住まいも東京都下の八王子《はちおうじ》にあった。ところが彼の地でも思わぬ事態が発生していた。八王子大空襲である。

八月二日未明、八王子市街地上空にB29の大編隊百六十九機が飛来し、千六百トンもの焼夷弾を投下、一万余の家屋が焼失した。犠牲者は数百にのぼり、その中には加藤惣太郎と妻晶子《しょうこ》、長男巌《いわお》と妻志摩子《しまこ》、先代の時光《ときみつ》と妻ハナも含まれていた。死をまぬがれたのは長男の息子と使用人だけで、別荘での事件にはまったく心あたりがないと言った。加藤惣太郎にはほかに二人の子どもがいたが、次男の忠征《ただゆき》はソ連国境近くの部隊で士官を務めており、三男の行正《ゆきまさ》も満州で暮らしているとのことだった。

捜査は初動段階から手詰まりで、そのまま立ち消えとなった。八月十五日、太平洋戦争が終結。国情の混乱の中に捜査が置き去りにされてしまったのだ。一説によると、全員アメリカ軍の爆撃によって死亡したとして処理されたらしい。

その後加藤家の別荘は再建されることなく、長い間瓦礫のまま放置されていたが、やがて土地は伊渡多市に売却され、市は半島全体を廃棄物の最終処分場とした。窪地をそのまま利用し、廃棄物を流し込もうというわけだ。環境問題がとやかく言われなかった時代のことである。

現在、その土地は市民の憩《いこ》いの場となっている。処分場が満杯となったあと、コンクリートで蓋《ふた》をされ、市民公園が作られたのだ。その名も鬼ヶ島市民公園。鋸《のこぎり》状の断崖絶壁や洞穴は往時のままで、半島を沖合から見ると、たしかに鬼でも隠れていそうな雰囲気だ。しかしその土地に鬼が出るという噂はもう聞かれない。中島が口ずさんだ鬼の歌を知っている者もいなかった。

以上を得た私は東京に戻り、興信所の力を借りて加藤家の生き残りを捜した。探偵が探偵を雇うというのも妙な話だが、八王子の加藤邸も加藤織物も消滅しており、自分一人で捜していたのでは制限時間に間に合わないと判断したのだ。

期限とされた三日目の朝になって、加藤茂雄《しげお》とコンタクトが取れた。八王子空襲で一命を取りとめた加藤惣太郎の孫である。

被災当時の茂雄はまだ十四歳で、家や会社を再建する力はなく、知人の世話を受けて成人した。加藤惣太郎も先代も地元の名士だったので、茂雄が頭を下げなくても援助の手が差し伸べられた。けれど同時にいいように騙されて財産を失い、学校を出た時には丸裸状態で、そうなると誰も目をかけてくれない。頼みにできる身内もいっこうに引き揚げてこない。惣太郎の次男はシベリア抑留中に死亡、満州にいた三男もソ連軍の侵攻の犠牲になったと思われた。したがって現在の加藤茂雄の地位は、彼独りで築きあげたものである。彼は全国的なファミリーレストラン・チェーンの会長職にある。

さて肝腎《かんじん》の話であるが、加藤茂雄は別荘での殺人事件に心あたりはなかった。警察から照会があったことも憶えていなかった。空襲で身内を失ってしまった直後なのだから無理もない。別荘近辺に鬼が出没するという噂も彼は知らなかった。

ただ、八神の直観を裏づけるある事実が明らかになった。加藤茂雄が最後に別荘を訪れたのは尋常小学校低学年の時分なのだが、その際別荘の建物は枡形《ますがた》ではなくコの字形だったという。〈予備の間〉とその上の〈鬼の間〉は建っておらず、中庭には一階から出られた。一階の食堂には中庭に面してテラスが設けられていたというのだ。つまり一階の窓は本来開閉可能で、「黒塚七人殺し」で描かれていたものよりずっと大きかったわけだ。龍虎の彫刻とその真下の排水口にも、彼は憶えがないと言った。

一方、中庭の武将像には憶えがあると答えた。先祖だといわれている加藤清正公をかたどったもので、「黒塚七人殺し」にあるように、大人が背伸びしても槍の先には手が届かないほど巨大だったという。

また、部屋の天井は高く、中庭から二階の窓まではたしかに五メートル近くあったとのことだった。そして石の壁には登攀《とうはん》の手助けとなるような凹凸はなかったという。

4

「で、九州の方から職人を呼んで建築したらしいと。おーい、コーヒーちょうだい」

八神一彦は報告書から目を離し、ドアに向かって声をかけた。

「ですが、どこの誰だかはわかりません。書き付けは空襲で焼けてしまったので調べようがないそうです。もちろん図面も残っていません」

私は力なく首を振った。

「まあいいさ。肥後《ひご》の石工の末裔《まつえい》が手がけた可能性が示されたのだから、それでよしとしよう」

「肥後の石工？」

「江戸の昔、九州《きゆうしゆう》の熊本《くまもと》に驚異的な技術を持つ石工の集団がいた。石の切り出し方、組み方、隙間の埋め方——すべてが今日にも通用する精巧さ緻密《ちみつ》さで、その技術は、朝鮮《ちようせん》出兵した加藤清正が持ち帰ったとも、オランダから入ってきたとも言われている。どう驚異的だったのかというと、たとえば藩命により作った眼鏡橋。たった一つの石をはずすことで橋全体が崩れるという代物《しろもの》だ。敵が攻めてきた際、川を渡らせないための工夫なのだが、橋を構成する石の一つ一つに均一な力がかかっていてはじめて、そのような魔法が可能となる。彼らはまた、サイホンの原理を利用した水道橋も手がけている。高いところに引いてきた水を、いったん低いところに落とし、その勢いで石橋の中を通過させ、対岸まで送る。塩ビのパイプもセメントもない時代に、石をくりぬいて管を作り、松ヤニの漆喰《しっくい》で隙間を埋めた。まさに水も漏らさぬ仕事ぶりで、彼らの高度な技術は明治以降、東京の日本橋や皇居の二重橋にも活かされた」

「水も漏らさぬ仕事ぶり」という表現は私に対するあてつけだろうか。しかし実際、短期間で多くの情報を得たとはいえ、それは量的に見ればの話で、質的な成果ははなはだ疑問だ。

「結局、何もわからないとわかっただけでした。いや、余計わからなくなった心地がします」

なにしろ妄想の側に追いやる予定だった鬼が現実の側に入り込んでしまった。故老によるとどうやら警察が鬼の死体を認めているのだ。おまけに崎村カツの死体も確認されており、彼女が河瀬を殺したという説も粉砕された。

「いやいや、そう悲観することもない。真実こそ不明だが、もっともらしい話を組み立てるには充分な材料が揃った。おーい、箕輪君、コーヒーはまだ？」

「そうでしょうか。本当に密室だったのか、本当に死体が人の手の届かないところにあったのか、そのあたりも確かめられていません。現場が密室であったのか、実はそうではなかったのかによって、推理はがらりと変わります」

「うん。だから僕は真相の解明は放棄した。『黒塚七人殺し』にのっとって、それに即したストーリーを創ることにした。ああ、ありがとう」

箕輪はマグカップを二つ置くと、すぐに立ち去った。

「現実と妄想の線引きは何を基準に行なうのですか？」

「線引きはしない。のっとるとはすなわち、すべてを真正面から受け止めるということだ。梶原兵吾氏の記憶を全面的に信用する」

すでに確たる答を持っているからこそ、八神はそう言い切るのだ。その答がどんなものか、私には考えが及ばない。教えてくれとも、まだ言いたくない。

「もう少し時間をいただけますか？」

たいした結果を出せないまま調査打ち切りでは探偵としてのプライドが傷つく。

「トキさんには次の仕事が待っている」

八神は掌を振った。世田谷《せたがや》のＯＬ殺しの調査依頼が今朝あったらしい。

「そちらの調査ももちろんやります」

「だめだめ。今回、トキさんは充分な結果を出してくれた。皮肉じゃないよ。ろくな捜査が行なわれておらず、関係者は軒並み鬼籍に入っていて、これでは誰が調べても手詰まりだ。たとえ本業が暇だとしても、これ以上の調査は時間の無駄さ。小磯さんに無駄な経費を請求するのも心苦しい」

「しかし、せめて鬼について調べさせてください。鬼は梶原兵吾氏の妄想の産物だと考えていたのに、地元の人の話だと、警察は瓦礫の下から鬼の死骸を掘り出している。鬼が現実にいたですって？　わけがわかりません。鬼の存在を肯定したままともな推理ができるとはとても思えません」

私は食い下がるが八神も引かない。

「鬼について何をどう調べようというのだ。地元の故老も加藤茂雄氏も知らなかったのだよ。追究のしようがないじゃないか」

「そもそも鬼とは何かを調べたいのです。鬼の実体を知ることで事件の何かが見えてくるのではと思うのです。八神さんも、この事件のテーマは鬼だと言ったじゃないですか」

「無用な知識は思考のじゃまにしかならない」

八神はそう言い切って、

「トキさんは鬼についてどれだけのことを知っている？」

「角があって、顔が赤かったり青かったりで、髪がモジャモジャで、金棒を持っていて——私が知っている鬼は絵本の中の鬼にすぎません」

「それだけ知っていれば充分だ」

「充分って、幼稚園児程度の知識ですよ」

「そんなに鬼のことを知りたければ、図書館から民俗学の本を借りてくることだね。ただしそれを何百冊読んだところで我々が求めている答は出てこないよ。君の知的欲求が満たされるだけだ」

「じゃあ八神さんは、あの鬼をどう解釈しようというのです？」

白旗は決して揚げまいと思っていたのに、とうとう尋ねてしまった。

「トキさんには何の考えもないの？」

「ですから、私の貧弱な知識では鬼の合理的解釈は不可能ですって」

「鬼の解釈はひとまず置いておこう。事件全体についての新たな見解はないの？」

「うーん、あれから順を追って考えてはみたのですが、どの殺人一つとっても合理的な説明は……」

私は頬に手をあてて、

「まず松永殺しですけど、河瀬が出入口を塞いでいた以上、アメリカ兵は〈花の間〉に入ってこられない。仮に河瀬が爆睡していて侵入者に気づかなかったとしても、ベッドルームに通じるドアには鍵がかかっていたので松永のもとには行き着けない。侵入した時点では開いていたのだとしても、殺害後どうやって締めたのでしょう。あの鍵は奥の間からしか操作できないタイプなのです。ベッドルームの窓は開いていたけれど、外の壁に足がかりがないので、そこからの侵入脱出も無理。

足がかりのない壁を登る方法は、実はあります。建物の角を利用するのです。右手と右足を一方の面に強く押しつけ、それと直角の面に左手と左足を押しつけ、この状態で手足を交互に動かせば壁をよじ登れます。摩擦力が体を支えてくれるのです。けれど登れたとしても〈花の間〉への侵入は不可能です。なぜなら建物の角と〈花の間〉の窓が離れすぎている。腕を伸ばしても届きません。

結局、アメリカ兵にかぎらず、誰も〈花の間〉には出入りできないのです。すると松永を殺したのも鬼なのでしょうか。しかし〈予備の間〉で射殺された鬼は人並みの身長でした。鬼は背の高さを自在に変えられるのでしょうか。それとも驚異的なジャンプ力を持っているのでしょうか」

「あー、だめだめ」

八神がうっとうしそうに手を振った。

「そうやってディテールを追おうとするから先に進まないんだ。犯罪捜査にかぎらず、重箱の隅をつついたところで真理は見えてこない。だいたい、松永殺しの犯人は、考えるまでもなく中島で決まりじゃないか」

「は？」

いきなり断定され、私はぽかんとした。

「手前の部屋からも窓からもベッドルームには出入り不可能。ならば最初からベッドルームにいた中島にしか殺せない。自明の理だ」

「でも中島は……」

首を絞められ、裸に剝《む》かれ、中庭の高みに吊るされていた。

「中島は一番下《した》っ端《ぱ》ということもあり、松永の欲求不満のはけ口にされていたじゃないか。その理不尽《りふじん》な制裁に耐えかねて刃《やいば》を抜いたのだよ。河瀬が老婆と兵吾少年を連れて屋敷内を探索していた際、殺したのだ。しかし殺してしまってから、なんてことをしてしまったのかと蒼ざめる。上官殺しは死罪に値する。それが嫌なら、潔《いさぎよ》く腹を切るか、さもなくば卑怯にも逃亡するか。決断がつかぬまま時が過ぎ、河瀬が報告にやってきた。中島はとっさに松永の体を毛布で隠し、伍長殿は眠っていると言って河瀬を追い払った。そして覗かれぬよう鍵をかけてまた考える。自首か、自決か、逃亡か。悩んだ末に彼が選んだ道は逃亡だった」

八神の口調によどみはない。松永殺しだけを見れば、なるほど、八神の説は自然である。しかし私は反論する。

「逃亡って……、逃げようがないじゃないですか。廊下に出るドアは河瀬が塞いでいる。中庭は石畳なので、窓から飛び降りたらただじゃすまない。もし無事に着地できても、その後の行き場がない。階段で〈鬼の間〉に昇ってもドアには鍵がかかっていますよ。だいたい、逃亡する前に、ああやって殺されているじゃないですか」

「だから言ってるだろう。ディテールから攻めたら行き詰まるって。全体を俯瞰して、まずは根本原理を理解しなくっちゃ。もっとダイナミックに考えて。君は何年経っても大胆な発想が身につかないなあ」

そこまで挑発されては隠し球を披露《ひろう》するしかない。

「老婆を殺したのは河瀬です」

「ほう」

「兵吾少年は、河瀬が奥の間の封印を解いている最中に外に出ていきました。つまり河瀬が封印を解いたその後何をしたのか知りません。河瀬はこのとき老婆を拷問にかけたのです。そして殺してしまった。部屋が濡れていたのは彼女に水をぶっかけたからです。彼女が溺死だったのは顔を水に押し込んだからです。では老婆を殺した河瀬が誰に殺されたのかというと、崎村喜平です。連れ合いの仇を討ったのです」

「また崎村喜平かい。君も好きだねえ」

八神は唇《くちびる》の端で笑った。

「お言葉ですが、そう考えないことには犯人が存在しなくなります。生き残りは兵吾少年だけなのです。それとも兵吾少年を犯人にしますか？　十歳の子どもが、それも発育不良だった子が大人二人を殺せるとはとても思えません。拘束されていた老婆はまだしも、河瀬は兵士なのです」

「では訊くが、老婆にどれだけ水をぶっかければ廊下まで湿地帯のようになるのだ」

そこを突かれると痛い。だから今まで披露せずにいたのだ。しかし老婆を殺した河瀬を崎村喜平が殺したとしなければ、それこそ復活した鬼による殺人、あるいは秘密の通路からやってきた第二の鬼による人間狩り、という超現実的解釈を持ち出さなければならなくなる。

「事件の最終局面に目をつけたことは評価に値する。なぜなら『展望風呂殺人事件』と瓜《うり》二つだからね。なのにどうして二つの事件を重ね合わせて考えようとしない」

しゅんとしていると、八神が妙なことを言い出した。

「なんだい、そのきょとんとした顔は。サラ金の社長とその愛人が心中したように死んでいた事件、あれはトキさんが担当したのだろう?」

「ああ、昨年の。ええ、私が調べましたが、それが?」

「君には学習効果がないのかね。あの事件を思い返せば『黒塚七人殺し』は解けたも同然じゃないか」

八神はあきれたように言うと、ネクタイをするするはずしながら席を立った。

密室の行水者

1

ポールに張り渡されたテープを挟んで、入れろ、出ていけ、と押し問答を繰り返していたら、赤ら顔の男が駆け寄ってきた。

「こちらは捜査関係者だ」

その一言で制服の巡査は道を空け、私はようやく現場に立ち入ることができた。

「暑い中、ごくろうさま」

真田《さなだ》警部補はハンカチで首筋をぬぐいながら広葉樹の林を奥へ進んでいく。

「東京に較べれば涼しいものです」

私はお愛想《あいそ》を返して彼の足跡をたどる。

「八神君は？」

「昨日よりＭ県に」

「相変わらず多忙なんだね」

「県警本部長の就任パーティーでして」

「相変わらずだね」

「相変わらずです」

そう苦笑した直後、ぬかるみに足を取られ、あやうく転びそうになった。

「昨日は一日雨だったからね。どれ、おんぶしてあげよう」

真田が下卑《げび》た笑みを漏らし、手を差し伸べてきた。私は聞こえぬふりをしてハイヒールを履き直し、自力で立ちあがる。

「被害者は東京の消費者金融業者でしたよね？」

「と、その愛人」

真田はむすっと答えて意地悪く足を速めた。

「ここは、そのサラ金の社長の別荘なのですか？」

木々の間に白っぽい建物が見える。

「もともとは横浜のレストラン経営者の持ち物だったそうだ。借金のカタに巻きあげたらしい」

ゆるやかな坂道を上りきると、別荘の全貌が明らかになった。緑の森に似つかわしくない鉄筋の建物だ。フランク・ロイド・ライトふうの凝ったデザインでもなければ、外壁の色が自然と調和しているわけでもない。ただ四角いだけの、アイボリーのタイル貼りの、ワンルームマンションのような四階建てである。

建物の裏手に回ると、ぬかるんだ黒土の上に、白いロープで人の形が二つ作られていた。

「墜落死でしたよね？」

額《ひたい》に手をかざして頭上を見上げる。最上階にバルコニーが張り出していた。

「うん、まあ、落ちたには落ちたんだが、どうも妙でね」

真田は困ったような顔つきで、建物の外に設けられた螺旋《らせん》階段を昇っていく。一階から三階までは階段に直結した鉄のドアがついているだけで、バルコニーはない。

四階のバルコニーは、幅が二メートルほどで、長さは建物の一辺ぶんあった。無造作に置かれたデッキチェアーやエアマットやパラソル付きのテーブルをよけながら、真田は奥に進んでいく。

私は彼に続こうとしてまた転びかけ、あわててハイヒールを脱いだ。下は板張りで、ぐっしょり水を吸っている。手摺《てす》りの高さは一メートルほどしかない。ここで滑《すべ》ったら、地上にロープの人形《ひとがた》がもう一つ増えてしまう。

バルコニーの奥まったところにアルミサッシのドアがあり、真田はその前で立ち止まった。

「左に倒れていたのが、ローンズKDの社長、堂園正勝《どうぞのまさかつ》、五十七歳」

真田はドア正面の手摺りから身を乗り出し、直下の地面を指さした。くの字に曲がった人形だ。

「右側が、堂園の愛人、宇都宮《うつのみや》志穂《しほ》、三十四歳」

くの字の人形と一メートル離れた位置に、大の字の人形がある。

「飛び降り心中に見えますね」

私は率直な印象を口にした。

「飛び降り心中ということは絶対にありえない。宇都宮志穂は墜落死だが、堂園正勝は溺《でき》死《し》だ」

「溺死？」

私はもう一度堂園の死体があった場所を覗き込んだ。周囲に大小の水たまりがある。こちらの想像をうち消すように真田が言う。

「飛び降りただけでは絶命せず、水たまりに顔を突っ込んで溺《おぼ》れた、ということではないよ。死体の検証により、落下による傷は死後発生したとわかった。溺死体がここから落ちたのだ。死体が自分から落ちることはできないので、正しくは、溺死体がこのバルコニーから投げ落とされた、だな。すなわち堂園は他殺だ」

「愛人が無理心中を図《はか》ったとは考えられませんか？　まずパトロンを溺死させ、そののち身を投げた」

「溺死させるのはいいが、死体をわざわざ下に落とす理由がないだろう」

「たしかにそうですね」

私は納得してうなずいた。

「それに、合意のうえだろうがそうでなかろうが、心中とするには決定的におかしな点がある。二人の死亡推定時刻だ。堂園のそれは昨日の午前四時、宇都宮は午後五時」

「死を躊躇《ちゅうちょ》するうちに時間が経過することはあると思いますが」

「問題は、十三時間という隔《へだ》たりではない。昨日の午前四時、宇都宮志穂は式部《しきぶ》村のペンションにいたのだよ」

「式部——隣の村ですね」

「証人も複数いる。それにね、宇都宮もおそらく身投げなどしていない」

私はきょとんとして、

「さっき墜落死だと」

「そうだ。けれど彼女が自分の意志で落ちたかどうかは疑わしい。ここのところに生前できたミミズ腫《ば》れがあった」

真田の人さし指がこちらに近づいてきて、私の右の額から頬にかけて、すうっと線を引いた。

「顔を殴られ、突き落とされたと？」

「そうである可能性がきわめて高い。顔面の受傷時期が死亡推定時刻に近いと判断された」

「凶器は何なのですか？」

「それらしきものはまだ発見されていない。それで、堂園の溺死に話を戻すが――」

真田はドアを開け、靴を脱ぎ、靴下も脱いで建物の中に入っていく。私もストッキングの足で中に入った。

「いい香りぃ」

中は浴室だった。たいして広くなかったが、床も壁も天井も、そして浴槽も木でできていて、鼻から頭に抜けるようなつんとした香りに満ちていた。総檜《そうひのき》作《づく》りだ。

南の壁の半分は窓になっている。透明なガラスを通じて、近くの緑の向こうに、遠く鳳《ほう》来《らい》山地のなだらかな稜線を望める。紅葉も十五夜も堪能《たんのう》できることだろう。

天井の四隅には網を張った十センチ四方の穴が空いていて、そこからは建物の外壁と同じタイルを覗くことができる。窓ははめ殺しで換気扇も見あたらないので、この四つの穴は通風口と思われる。虫の侵入を防ぐために網が張ってあり、雨の浸入を防ぐために天井が二重構造になっている。建物の屋上に、少しの隙間を置いて、もう一枚屋根が渡されているのだ。

「堂園の死因は溺死だ。常識的には、彼はここで死んだと考えられる。死体投棄地点から一番近い水場《みずば》だからね」

真田はしゃがみ込み、浴槽に手を突っ込んだ。浴槽は長方形で、ざっと見たところ、縦が百六十センチで、横と深さが八十センチ。埋め込み式になっていて、洗い場と浴槽のへりの高低差は数センチである。

「堂園さんの死体は裸だったのですね?」

私は確認した。

「そう、すっ裸。ところが妙なことに――」

真田は立ちあがり、入ってきたところとは違う、建物の内部へ続くドアに向かった。こちらは木でできている。

「愛人も裸だったとか」

「彼女は服を着ていたよ。妙なのは彼の服だ」

真田はドアを開けた。向こうは脱衣場だった。彼はその床にある籐《とう》の脱衣籠《かご》を指さして、

「空っぽだったんだ」

「堂園さんの服がなかったのですか?」

「籠の中になかったばかりか、脱衣場のどこにも、この階のどこにも、建物内のどこにも、堂園が脱いだと思われる服が見あたらなかった」

「すると堂園さんはほかの場所で溺死させられたのち、裸でこのバルコニーまで運ばれ、落とされたことになりますね」

「そう、犯人は実にめんどうなことをしている。どうして溺死させただけでは満足いかなかったのかね。この風呂場で溺死させた人間をバルコニーから落としたのだとしたら、まだ解釈のしようがあるかもしれない。しかし、よそで溺死させた人間をわざわざ運んでくるとは、いったいそれだけの労力を使って、犯人には何の利点があったのだろう」

八神一彦が言うところの「全体の構図」が、私には見えたような気がした。

これは無計画な殺人のなれのはてなのだ。犯人は無計画に二人を別々の場所で殺害し、殺してしまってから、己《おのれ》の犯行が発覚することを恐れ、ほんの思いつきによる小細工を弄《ろう》した。堂園の死体を宇都宮の死体のそばまで移動させ、無理心中に見せかけようとしたのだ。宇都宮の顔面の傷や堂園の服など杜撰《ずさん》な点が多く、およそ警察の目をくらませられる工作ではない。けれど一般の人間がアドリブでひねり出せることといえば、せいぜいその程度だろう。

「堂園正勝と宇都宮志穂、この二人に殺意を抱いていそうな人物は？」

私は一番重要なことを尋ねた。

「いるよ。あなたが想像している人物」

「堂園さんの奥さん？」

「あとで直接印象を確かめてみるといい。彼女は下の部屋にいる」

「物盗り目当ての犯行の線はないのでしょうか？」

「ないね。二人の財布は残っている。中身が抜き取られたようでもない」

真田は脱衣場の出入口のドアを開けた。

「待ってください。これ、血じゃないですか？」

床の上に赤黒い染みが点々とついている。

「それは第一発見者、堂園の秘書のものだ。死体発見の際に怪我《けが》したらしくてね」

「どういうことです？」

「詳しくは直接聞くといい。彼も下で待たせている」

真田は隣の部屋に入っていく。ドアの向こうにもところどころ血液痕が見える。

隣室はリフレッシュルームだった。フローリングの広いスペースに、マッサージチェアーや足揉み器や赤外線ランプが並んでいる。エアロバイクやウォーキングマシーン、そして懐かしのぶら下がり健康器も置かれている。南の壁は全面ガラス張りで、景色を楽しめる位置にバーのコーナーが設けられている。その棚に並ぶ色とりどりの酒瓶に目をやりながら真田が言った。

「このカウンターの上にワインボトルが二本置いてあった。一本は空で、もう一本も四分の一ほどしか残っていなかった」

「グラスは？」

「一つきりだ。堂園一人でそれだけの量を飲んだようだ。事実、彼の血中アルコール濃度は相当高かった」

「毒物や薬物は？」

「現在検査中だが、死体を見たかぎりでは、そのようなものが使われたようには思われなかった」

「ええと、するとつまり、脱衣場に服がなかったことから、殺害現場はここの浴室ではないとみなせるのだけれど、バーの様子から判断して、堂園さんは風呂あがりに一杯やっていたところを襲われたと思われる。別荘の外に連れ出され、そして殺された」

「違うね。堂園は入浴前に拉致《らち》されたのだ」

真田はバーに背中を向け、エレベーターのボタンを押した。

「ああ、そうとも考えられますね。入浴前に一杯やっていた」

「そうともではなく、絶対に入浴前だ」

「絶対？　酒を飲んだのは入浴後の可能性もあるでしょう」

「堂園の秘書の話を聞けばわかる」

「堂園さんが入浴前に飲んでいるところを秘書が見ているのですか?」

「いいから、本人に聞きなさい」

エレベーターが到着した。

「しかし妙な話ですよね。酔っぱらった人間を襲《おそ》うのは理に適《かな》っている。けれど別荘の外に連れ出して殺害したというのは、いったいどういう理由からなのでしょう。それも溺れさせているのですよ。どうしてここの浴室で殺さなかったのでしょう。相手は酔っぱらいです。風呂場についてこさせる理由なんていくらでも作れそう。外に連れ出す際には殺意がなく、その後カッとなって殺してしまったのかしら」

私はその点がどうも引っかかった。しかし真田は無言で一階のボタンを押し、エレベーターが密室になったところで声色を変えて言った。

「木元さん、今日は泊まり?」

「状況にもよりますけど」

「日帰りにしても夕食時まではいるでしょう? 一緒にどう?」

「何をです?」

「だから夕食を。牧場直営のステーキハウスに案内するよ。それとも蕎麦《そば》懐石のほうがいい?」

「どちらも捨てがたいですねえ」

私は迷う素振りを見せながら、とっとと仕事を片づけて帰京しようと決意した。

2

堂園正勝の秘書、洞口稔《ほらぐちみのる》は一階のダイニングルームにいた。三十歳前後の、眼鏡をかけたやさ男である。彼は真田の姿を認めると、待ちかねていたように腰をあげた。

「私はもうよろしいでしょうか？　そろそろ社に戻らないと業務に支障をきたしますもので」

洞口は右足にしか靴下をはいておらず、左足の親指には包帯が巻かれていた。

「仕事はここでできてるじゃないですか」

テーブルの上にはノート型のパソコンと携帯電話が置かれている。

「直接指示しないとできないこともございまして」

「暴力団への依頼は、やはり電話一本でとはいきませんか」

「刑事さんも人が悪い。うちはそんな理不尽《りふじん》な取り立てはしておりませんよ」

洞口は大仰《おおぎょう》に笑い、手をばたつかせた。彼が動くたびにコロンのきつい匂いが発散される。けれど真田の酸味を帯びた汗臭さよりはましだ。

「これで最後にします。こちらがどうしても話を聞きたいと。東京からの応援部隊です」

真田の曖昧《あいまい》な紹介を受けて私は、

「よろしくお願いします」

首をわずかに倒し、上目づかいに微笑《ほほえ》んだ。洞口はへへっと嬉しそうに髪をなでつけ、腰を降ろした。

「足はどうなさったのですか？」

私は心配そうな顔を作って尋ねた。

「風呂場でへましましてね。社長のために呼んだ救急隊員に応急処置してもらいましたが、どうもズキズキしてかなわない。病院でちゃんと診《み》てもらいたいので、早いとこすませてくださいね。そちらも東京からですって？　どうです、うちの車に乗って帰りませんか？　一人だと、道中、暇で暇で」

洞口は一言ごとに身を乗り出す。

「私も自分の車でまいりました」

笑顔で拒絶し、本題に取りかかる。

「堂園正勝さんは、いつからこちらの別荘にいらしていたのですか？」

「六日の夜です」

「六日というと、金曜日ですね」

「ええ。二泊三日滞在し、昨晩帰京する予定でした。週末の息抜きです」

「愛人……、いえ、宇都宮志穂さんと、あなたと、三人で?」

「私は送迎だけです。金曜日、二人をここまで送ると、東京にとんぼ返りしました。それで日曜の午後東京を出て、迎えにきたわけです。そうしたら……」

二人が死んでいたということか。

「秘書は社長の私生活まで世話しなければならないのですか？　東京とここを二往復では、せっかくの週末が丸潰《まるつぶ》れじゃないですか」

「手当てはそれなりにもらっていましたから。それに車の運転は好きなので、何往復しようが苦じゃないです。首都高をたらたら走るのは嫌ですけどね。あ、喫《す》っていいですか？」

洞口はタバコに火をつける。

「昨日、こちらに迎えにいらしたのは何時のことです？」

「夕方の六時です」

「死体発見までのいきさつを順を追って話してください」

「約束の時間にインターホンを鳴らしたのに応答がなかったのです。ゆうべは雨でしたから、聞こえないのかと、中に入って呼びかけましたが、やはり応答がありませんでした」

「そのとき玄関のドアに鍵はかかっていましたか？」

「いいえ。かかっていたら私は中に入れません。鍵を預かっていませんから」

「呼びかけに応答がなくて、次にどうされたのです？」

「部屋を見て回ることにしました。すると一階には誰もおらず、上に呼びにいこうとしたところ、エレベーターが動きませんでした」

「停電ですか？」

「いいえ。ドアが開きっぱなしで、中に入って階数のボタンを押しても、ランプはつくけれどドアが閉じなかったのです」

「ドアが閉じなかったのは安全装置が働いたからだ。ドアの下の溝《みぞ》に異物が詰まっていた」

真田が補足した。

「それは意図して行なわれたのでしょうか？」

私は尋ねる。

「どちらとも言いかねる。詰まっていたのは折れた割り箸だ。台所からスリッパの裏にくっついていったのかもしれない」

私はうなずき、洞口に向き直った。

「エレベーターを使えず、あなたはどうしました？」

「屋内には階段がないので、外に出て、裏の螺旋階段を昇りました。あそこには各階に通じるドアがあります。ところが二階、三階には入れませんでした」

「ドアに鍵がかかっていたのですね？」

「そうです。で、あきらめ半分で四階まで行ったところ、そこのドアは開いていました。鍵がかかっていなかっただけでなく、ドアそのものが全開状態でした」

「浴室からバルコニーに出るドアですね？」

「はい。それがバルコニーの方にめいっぱい、ほぼ百八十度開いていました。中を覗くと誰もいませんでした。でも、お湯が出ていたんですよ。浴槽のところの蛇口が開いていて、浴槽からお湯がざあざああふれている。私はそれを見て、社長はリフレッシュルームだと思いました。お湯を張っている間、一杯やっているのではないかと」

私はそれで真田の主張に合点《がてん》がいった。堂園が酒を飲んだのは絶対に入浴前である――たしかに、入浴後飲んだのだとしたら、湯が止まっていないとおかしい。

「で、お湯を止めて、社長を呼びにリフレッシュルームに行こうとしたところ、このざまです」

洞口は左足を床からあげた。

「どうやって怪我したのです？」

「風呂場なので裸足で歩いていたわけですよ。そしたら排水口の蓋《ふた》でザックリ。排水口には格子《こうし》状の蓋がしてありますよね。あれがはずれてて、親指をその縁《ふち》にぶつけたんですよ。でもスパッと切れたらしく、痛みを感じなかったもので、流血に気づかないままリフレッシュルームに行きました。そしたら予想に反して社長がいなかった。トイレの中まで覗きましたが、宇都宮さんも見あたらない。エレベーターを呼んでも、やはり動く気配がない。私は困りはて、車で待機しているしかないかとバルコニーに出ました。けれど、そこではたと思いついたのですよ。実に単純、けれど確実無比な妙案を」

警察にさんざん話したからなのか、洞口の言い回しはけれんたっぷりだった。

「電話ですよ、電話。電波は、鍵もエレベーターも使わずに、二階、三階に入っていけます。私はそこで、自分のケータイを使って社長のケータイを呼び出しました。社長は出ませんでした。この時点でかなり嫌な予感がしましたが、まさかそんなことはあるまいと、次に宇都宮さんのケータイにかけました。彼女も出ませんでした。ところが電話を切って、妙な感覚にとらわれました。それを確かめるためにもう一度宇都宮さんのケータイにかけたところ、はたして、雨の音に混じって『ハンガリー舞曲』が聞こえてくるではありませんか。そう、宇都宮さんのケータイの着信メロディーです。そう遠くないところで鳴っています。地上の方で。私はバルコニーから身を乗り出し、そうして、並んで倒れている二人を発見したのです」

洞口はふうと息をつき、新しいタバコをくわえた。私がそれに火をつけてやると、洞口はまたへへっと目尻を下げた。

「補足の質問をいくつかさせてください」

「どうぞどうぞ」

「堂園さんは、いつも入浴前にお酒を飲んでいたのですか？」

「前だろうがあとだろうが、社長はいつでも飲みますよ」

「入浴前にワイン二本は量が多いような気がしますが」

「社長はいったん飲みはじめたら止まらない人なのです。風呂の中にまで酒を持ち込むこともあったほどです」

「風呂の中で？」

「ほら、ドラマでよく出てくるでしょう。お銚子《ちょうし》とお猪口《ちょこ》を載せたお盆を湯船に浮かべてちびちびやる。社長に言わせると、酔いが早く回って気持ちいいのだとか。私はご免こうむりますがね。一度温泉の露天風呂でそれをやってぶっ倒れ、あやうく溺れ死ぬところでした」

下戸《げこ》の私にはまるでわからない心境である。

「脱衣籠は見ました？　その中に堂園さんの服はありましたか？」

「はっきり見た憶えはありませんが、なかったと思います。服があって本人が浴室にいなかったら不審を抱いたはずですから」

筋が通った発言だ。

「宇都宮志穂という女性は堂園さんの愛人ということでいいのですね?」

質問の方向を変えてみる。

「はい」

「二人はいつごろから関係を?」

「一年ほど前でしょうか」

「彼女は何をされている方なのですか?」

「仕事ですか? 何もしてない感じでしたよ。バツイチだとは聞いたことがあります」

「今回の滞在中、宇都宮さんは式部村のペンションへ出かけたと聞いたのですが、それは洞口さんもご存じで?」

「その予定があるとは聞いていました」

「別荘に遊びにきたのに、どうしてまたペンションなんかに。堂園さんは同伴されなかったのでしょう?」

「そのペンション、高校の同級生がやっているのだとか。最近、夫婦ではじめたそうです。ちょっと待ってください」

洞口はパソコンと携帯電話を接続し、キーボードをカチャカチャ叩いた。やがてパソコンの画面にインターネットのホームページが映し出された。「くまのいえ」というペンションのページだ。

「バスの路線があるのですか？」

私は画面上の地図を指さした。歩いて行けるような距離ではない。

「送り迎えは同級生の方がしてくれると言っていました」

「くまのいえ」の場所を手帖に写し取りながら、私は別の件を尋ねる。

「宇都宮さんの留守中に堂園さんが出かける予定はありませんでした？　あるいは誰かが訪ねてくる予定は？」

堂園正勝が水を飲まされたのは別荘の浴室ではないように感じられる。では殺害現場はどこなのか。別荘のほかの階とも考えられるが、それだったら浴室で殺せばよかったではないか。堂園は別荘の外に連れ出され、あるいは招かれ、そこで殺された可能性が高いように思われる。

しかし洞口は、そんな予定は聞いていなかったと答えた。

「この別荘近辺に、堂園さんとつきあいのある方は住んでいませんか？」

この質問も否定され、私はいよいよ核心に迫《せま》ることにした。

「堂園さんと宇都宮さん、あの二人に対して殺意を抱いていそうな人物に心あたりはありませんか？」

洞口はうーんとひと声うなってから、

「率直に言って、社長は多くの人間から恨《うら》みをかっていました。仕事が仕事ですからね。

実際、会社の駐車場で刺されそうになったこともあります。けれど宇都宮さんは我が社の業務にはいっさいかかわっていませんし」

「となると、私生活上の何かが原因で殺されたと考えたくなりますね」

「うーん、そうなりますか」

「私生活上、あの二人が誰かに恨まれていたということは？」

「社長の奥様が怪しいと、要はそうおっしゃりたいのですね？」

先回りされたが、私は肯否を明確にせず、

「堂園さんの奥さんは、ご主人と宇都宮さんの関係をご存じだったのでしょうか？」

「知ってはいました」

「その件でもめごとは？」

「起きてはいました。けれど、旦那さんが外に女を作れば、どこの家庭でも争いは発生するでしょう。そのたびに刃傷沙汰《にんじょうざた》が起きます？」

洞口は挑発的に前髪を掻きあげた。

「しかし離婚問題に発展しているのだろう？」

真田が口を挟んだ。

「離婚については宇都宮さんとは無関係です。彼女が現われる以前、五年ほど前から別れ話が出ていました」

それが真実だとしても、宇都宮志穂の存在が別れ話を加速させたことは想像に難《かた》くない。

3

堂園依子《よりこ》は二階の部屋でソファーにもたれていた。意識して見るからそうなのか、髪が乱れ、頬がこけ、化粧ののりが悪く、まだそんな歳でもないだろうに老婆を思わせる。

「奥さん、東京からの応援部隊にも話を聞かせてください」

真田が話しかけても、彼女はテレビから目を離そうとしない。画面の中では超強力汚れ落としの実演コマーシャルが行なわれている。

「このたびはご愁傷《しゅうしょう》さまです」

私はそう頭を下げ、未亡人の隣に腰を降ろした。一見図々しそうだが、こういう場合に正面に座ると相手に威圧感を与えてしまうと、八神に教えられていた。

「私は何もしていません。東京にいました。何度訊かれても同じです」

夫人は抑揚のない声で言葉を連ね、テレビのチャンネルを切り替えた。宗教団体の糾《きゅう》弾《だん》企画をやっていた。

「奥様が何かされたとは申しておりません」

「じゃあほっといてちょうだい」

とりつく島もない。後ろのテーブルにポットと急須《きゅうす》があったので、私はいったん席を立ち、お茶を淹《い》れることにした。

「主人の体はいつ返してくれるの？」

夫人がテレビを見たまま言った。

「解剖がすみしだい、東京のお宅に送り届けます。おそらく明日には」

真田が答える。

「あの女も一緒に、ということはないでしょうね？　冗談じゃないわよ」

「宇都宮さんのご遺体は彼女の弟さんが」

宇都宮志穂の両親はすでに他界しているとのことだった。

「まったく、あんな女とくっついているからこんな目に遭うのよ。どうして生きているうちに私のところに帰ってこなかったのよ。バカだわ」

夫人は悪態をつきながら、しかし肩をふるわせた。

「その無念を晴らすためにも、お話をお聞かせください」

私は夫人の前に湯飲みを置いた。夫人はうなずかなかったが、拒否の姿勢も示さなかったので、テレビのボリュームを絞って質問をはじめることにした。

「このあたりに、ご主人とつきあいのある方は住んでいらっしゃいませんか？」

「いいえ」

「ご主人は東京のお宅を発《た》つ前、ここに誰かが訪ねてくると、あるいは誰かと会うつもりだとおっしゃっていませんでしたか?」

「あの人、このごろは口もきいてくれませんでした」

「ご主人に殺意を抱いている人物に心あたりは?」

「挙げていたらきりがありません。この別荘の持ち主だって主人を恨んでいることでしょうよ」

「私生活においてはいかがでしょう? 宇都宮さんも殺されたことから、仕事上のトラブルが原因とは思われないのですが」

「なによ! うまいこと言って、結局、私を疑ってるんじゃないの!」

夫人はいきりたち、あたりにお茶をぶちまけた。

「奥様のことを言っているのではなく――」

「ええ、私は主人を恨んでいましたよ。でも殺すなんて、どうしてそんなことします。恨んでいたけど嫌いじゃないの。わかる、あなた? 殺してしまったら、二度と私のところに戻ってこないじゃないの。私は、主人とまた仲良くやっていきたかったの。六十になったら仕事をやめて暖かい土地に移り住み、二人きりで余生を過ごそうって、ずっとずっと前から約束していて、私はそれを信じて、それを楽しみに、あの人を陰で支えてきた。三十三年間をあの人に捧げたのよ。会社を興《おこ》した当時は雑務を手伝ったし、手形が焦《こ》げついた時には、うちの親を拝み倒して遺産の前借りもした。そうまでつくしてきたのに、殺してしまったら私の半生はどうなるの？　何もなかったことになるじゃない。だから私は主人を殺しはしない。殺すもんですか。生きてなきゃ責任を取ってもらえないじゃない。私が殺すとしたら、あの女だけよ。あいつが現われたおかげで、戻りかけていた主人の気持ちがまた遠のいてしまって」

「不用意な発言は控えたほうがよろしいですよ」

注意しても夫人は止まらなかった。

「本心を言って何が悪いの。あの女が死んで、ざまあみろだわ。天罰よ。誰が犯人か知らないけど、感謝してる。でも……、どうして余計なことを……、主人まで殺しちゃったのよ……」

彼女はそして嗚咽《おえつ》する。ここは一時撤退したほうがよさそうだ。

一階に降りてから、私は真田に尋ねた。

「先週末の奥さんの居所ははっきりしているのですか？」

ダイニングルームに秘書の洞口はいなかった。パソコンと携帯電話もなくなっているので、ひきあげたのだろう。

「ずっと家にいたというが、確認は取れていない」

「ご主人と二人暮らしだったのですか？」

「ああ。子どもは二人いるが、いずれも独立している」

「彼女としては、アリバイを主張できないのは痛いですね」

「できるもんか。ありゃ、真っ黒だ」

真田が小声で吐き捨てた。

「そうは見えませんでしたけど」

私は首をかしげた。

「演技だよ、演技。あの女、ゆうべ家を空けていた」

「本当ですか？」

「堂園の死を知らせるために電話したら留守電になっていた。最初にかけたのが七時で、それから三十分おきに電話したが、ずっと留守。結局つながったのは十時だった。彼女にそれを言ったら、具合が悪かったから留守電にして布団に入っていたと。そんな子ども騙《だま》し、誰が信じるか」

「けれどそれを覆《くつがえ》せる事実が出てこなければ、これ以上彼女を追及するわけにはいかないでしょう」

「すぐに化けの皮が剝《は》がれるさ」

真田は言うが、私の印象では堂園依子は犯人ではない。そう、ただの印象だ。しかし、もっとも信ずべきは直観だと、八神一彦は強く言う。

「次はどうする？　ペンションに行くかい？」

そう真田が問いかけてきた時、彼の携帯電話が鳴った。

「ああ、ご苦労さん。うん。それで？　スタンド？　うん――」

この機を逃してはと、私は真田を置き去りにして別荘を出た。

4

「くまのいえ」までは車で三十分の道のりだった。白い壁に赤い屋根の、いかにもなペンションである。

ちりちりと鈴の鳴るドアを開けて案内を請うと、クマのエプロンをした女性が笑顔で現われた。三つ編みも赤いリボンもかわいらしいが、目元の具合からみて、三十を過ぎていることは間違いない。

「東京の石崎《いしざき》さんですね？　お疲れさまでした」

泊まり客と間違えているらしい。私はバッグから名刺入れを取り出すと、少し考えてから、保険会社の名刺をチョイスした。

「うちは間に合っていますけど」

今度は外交員と勘違いしている。

「宇都宮志穂さんのことでお伺いしたいことがあります」

相手の表情が警戒の色を帯びた。

「あなたはここの奥様ですね？　宇都宮さんとは同級生」

「あのう、どういったお話でしょうか？」

「宇都宮志穂さんが亡くなられたことはご存じですね？」

「はい、それは。警察の方もみえましたし」

「ご遺族に保険金を支払うにあたって調査をしております。少々込み入った内容ですので、できましたら中でお話しさせていただけますか？」

私はそう出まかせを言ってあがりこんだ。

通されたのは食堂である。玄関ホールもそうだったが、ここの壁にも天井までの棚がしつらえられ、茶色や黒、中にはピンクや紫の、印半纏《しるしばんてん》を着たのやらサングラスをかけたのやらベビーカーに乗ったのやら、大小さまざま色とりどりのテディベアが飾られていた。

「宇都宮さんと堂園さんの関係はご存じですね？」

コーヒーを淹れようとする彼女、富田愛美《とみたまなみ》を押しとどめ、私は早速《さっそく》切り出した。

「いちおうは。立ち入ったことは知りません」

「先週末、宇都宮さんがここに遊びにいらっしゃいましたよね？」

「はい。土曜の晩」

「あなたが堂園さんの別荘まで迎えにいかれたと聞きましたが」

「そうです」

「それは土曜日、七日の何時のことです？」

「夜の十時ごろでした」

「十時とは、またずいぶん遅い時刻ですね」

「土曜日はお客さんがたくさんいらっしゃるので、早い時間は絶対にだめなんです。私が出られないし、彼女に来てもらっても相手ができない。それで、仕事が一段落したあと呼んで、夜更《よふ》けまで話そうと」

「帰りもあなたが別荘まで送り届けたのですね？」

「はい。翌日、お客さんを送り出してからまたおしゃべりして、それから」

「送っていったのは何時のことですか？　別荘に着いた時刻」

「夕方の五時ごろでした」

宇都宮志穂は別荘に戻った直後、殺されたことになる。

「宇都宮さんを送った際、あなたは部屋に通されましたか？」

「いいえ。彼女は、お茶でもと誘ってくれましたが、私はここの仕事があるので断わりました。玄関先で一、二分立ち話して、彼女が鍵を開けたところで私は車に戻りました」

「宇都宮さんは鍵を使って玄関ドアを開けたのですね？」

「そうですよ」

富田愛美は、あたりまえでしょうというような顔をした。しかし施錠の状態を確かめることは犯罪捜査においては非常に重要な意味を持つ。

「別れ際、何か変わったことはありませんでした？　たとえば、家の前に車が停まっていたとか、人影を見たとか、玄関のドアを開けた宇都宮さんが妙な声をあげたとか」

富田愛美はしばらく宙を見つめたのち、

「いいえ、何も」

「別荘に客が来ている、あるいはこれから客が来る、というようなことを宇都宮さんはおっしゃっていませんでした？」

「いいえ」

「土曜日の晩は何時ごろまでお話を？」

「四時、いや、五時だったかしら。外はもう明るくなっていて、私は結局そのまま朝食の準備をしました」

「夜中に堂園さんから電話がかかってきませんでした？」

「いいえ」

「宇都宮さんの方から誰かに電話したことは?」

「いいえ」

「なるほど、電話はしてないと」

手帖に書き込みながら、では次に何を尋ねるべきだろう、宇都宮志穂の交友関係か、と頭をめぐらせる。

そこに足音が近づいてきた。

「愛美、新しいバスマットは——、あ、いらっしゃい」

クマのエプロンをした髭《ひげ》の男が現われ、こちらに向かって愛想良く笑った。

「こちら、保険会社の方。志穂のことで訪ねていらしたの。バスマットね。木元さん、ちょっと失礼します」

富田愛美はそう言って食堂を出ていった。

「また旦那のことですか?」

髭の主人がぎょろりと目を剝《む》いた。

「旦那? ああ、堂園さん。ええ、それもあります」

「違いますよ。前の旦那」

「宇都宮さんの?」

私が首をかしげると、

「なんだ、あの話じゃないのか」

と主人はつまらなそうに食堂を出ていこうとする。

「宇都宮さんの別れたご主人がどうしたのです？」

私はあわてて止めた。宇都宮志穂が円満な形で結婚生活を解消していなかったとしたら、元旦那による犯行という線が出てくる——瞬時にそう考えたのだ。

だが髭の主人は意外な事実を口にした。

「旦那の怪死を調査しているのではないのでしょう？」

私は目を剝いた。宇都宮志穂はバツイチだと洞口は言っていたが、実は死別だった。それも怪死とはどういうことだ。

「本日の調査は宇都宮志穂さんご本人のご不幸についてです。けれどそれと関連があるかもしれませんので、参考までにお聞かせ願えますか？」

努めて冷静に尋ねる。

「彼女、旦那が死んで、一億だったか二億だったか、そんな多額の保険金を受け取っているんですよ。その件で保険会社の調査員が一度うちに話を聞きにきました。おたくの会社じゃなかったっけ」

と主人は、テーブルの上の偽《にせ》名刺を取りあげる。

「旦那さんの死因に疑わしいところがあったのですね？」

「いわゆるポックリ病ってやつですか。保険金はいちおうおりたそうなのですが、その後ひっかかる点が出てきたらしく、あらためて調査を始めたとか。俺もね、彼女ならやりかねないと思う。雰囲気が実に胡散臭《うさんくさ》いんだ。平気な顔で嘘をつくし、それがバレてもそらとぼける」

「あなた！」

富田夫人が血相を変えて食堂に飛び込んできた。

「憶測で語るのはやめてちょうだい。志穂はそんなことをする子じゃないわ」

「それも憶測じゃないか。おまえの印象でしかない」

主人が顔をしかめた。

「私は高校の時からのつきあいなのよ」

「卒業して何年になる。おまえにしても、高校の時は人としゃべれなかったなんていってるが、今はこうして客商売してるじゃないか」

「それとこれとは話の次元が違うでしょう。あの志穂が、人を殺すような人間に変わるものですか」

「こういう場合はね、つきあいが深いと、かえって目が曇《くも》ってしまうものなんだ。彼女、怪しすぎるよ。その旦那と結婚する以前にも婚約者を亡くしている」

私はまた目を剝いた。

「ただの交通事故です」

夫人が取り繕《つくろ》うように笑った。しかし主人は言った。

「車ごと海に落ちてね。そしてその時も多額の保険金を受け取っている」

「不幸が重なっただけよ。そう、志穂はかわいそうな子なのよ。二度も最愛の人を失って、今度は自分があんなことになって……」

「天罰がくだったんだ」

「あなた！」

「その保険会社の調査の件ですが、警察には話しましたか？」

私は夫婦喧嘩《げんか》の仲裁に入った。

「いいえ」

夫人が首を振り、

「話すべきだったたな。保険金殺人をやらかすような女だ。ほかに何をしているかわかったもんじゃない。それが原因で殺されたのかもしれない。そういう女だと知らせる必要はあるな」

主人が憎々《にくにく》しげに言い、そしてまた押し問答がはじまった。

今回の事件は宇都宮志穂に対する報復なのか。元婚約者か元旦那の親兄弟が、彼女による保険金殺人だと確信を持ち、復讐に走った。堂園正勝はその巻き添えを食った。犯人が別荘に踏み込んだ際、宇都宮は不在で、堂園に目撃されてしまったため、口を封じたのかもしれない。そして宇都宮を待ちかまえ、本来の目的を達成し、心中に見せかけようと工作――。

夫婦喧嘩の横で考えをめぐらせていると携帯電話が鳴った。

「逃げるとは卑怯《ひきょう》だね」

真田だった。

「逃げるなんて、そんな」

私はぺこぺこ頭を下げながら食堂を出た。

「今はペンションかい？」

「はい」

「あとどのくらいかかりそうだ？」

「もう出ます」

「じゃあ、食事に行こう」

まだそんなことを言っている。

「申し訳ありませんが、仕事が終わっていません」

宇都宮志穂の元婚約者と元旦那について調べなければならない。

「たった今入った耳寄りな情報があるんだがね」

「は?」

「聞き逃すと八神君の雷《かみなり》が落ちるぞ」

「どういったことでしょうか?」

「夕食につきあってくれるね?」

完全な脅迫だ。耳寄りな情報というのも出まかせかもしれない。しかしここは応じるしかないだろう。

「わかりました。ご一緒します」

「では、堂園の別荘に戻ってきて。二階で待ってる」

5

二階の部屋では真田警部補と堂園依子が向き合って座っていた。未亡人は額に手をあて、がっくりとうなだれている。二時間前も疲れた様子を見せていたが、その時が魂《たましい》の抜けたような感じだったのに対し、今は現実に苦悩しているふうに見える。

「言ったとおりだろう。化けの皮がもう剝げた」

真田が夫人に向けて顎《あご》をしゃくった。

「私は何もしていません」

夫人はうなだれたまま首を振った。

「何もしていないのなら、最初からありのままを語ればよかったでしょう。木元さん、この人ね、事件当日、ここにいたんだよ」

「奥様、どういうことです？」

私は驚いて夫人の前にひざまずき、彼女の顔を覗き込んだ。

「目撃証言が得られたんだよ。あなたに逃げるきっかけを与えた電話がその報告だった」

真田はまだ根に持っている。

「誰が見ていたのです？」

「ガソリンスタンドの店員。堂園夫人は事件当日、ここから十キロ北にあるガソリンスタンドに赤いオペルを乗りつけ、ハイオクを満タン入れている。八日午後一時のことだ」

「ここにはちょっと寄っただけです」

夫人がつぶやいた。

「じゃあ本来の目的地はどこなのです？　ドライブそのものが目的だったのですか？」

真田は鼻であしらう。

「ここに立ち寄ったのは八日の何時のことです？」

私はそう尋ねながら夫人の横に腰を降ろした。

「給油したすぐあとです」

「お帰りになったのは？」

「午後三時ごろです」

堂園正勝の死亡推定時刻は午前四時、宇都宮志穂のそれは午後五時である。

「午前四時は東京のお宅にいたと、午後五時は東京に戻るために車を運転していたと、誰がそれを証明してくれます？」

真田が先回りして言った。

「午後五時には別荘の前に車は停まっていなかった、との証言がありますが」

富田愛美がそう言っていた。

「車を隠す場所はいくらでもあるでしょう。それに、ここから東京までは三時間だ。三時に出れば六時に着く。なのに警察が七時に電話した際、この人は家にいなかった。連絡がついたのは十時。行楽帰りの車で渋滞していたとしても、七時間はかかりすぎだ」

「それはさっきも申したように、途中で食事をしたり、お茶を飲んだりしていたのです」

夫人は言うが、真田は、

「店の名前を憶えていない、場所もわからない。我々としても裏の取りようがありませんな」

「あの時はむしゃくしゃしていたから……」

「人間、むしゃくしゃすると、何をしでかすかわかりませんねえ」

「どういう意味です⁉」

夫人が腰を浮かせた。私は彼女を押しとどめ、真田を睨《にら》みつけた。

「しばらく黙っていてもらえますか。夕食はかならずご一緒します」

真田はニヤニヤしながら部屋の隅に移動した。

「奥様が昨日ここにいらしたのは、二人をじゃましてやろうと思ったからなのでしょう?」

私は穏やかな調子で質問を試みた。

「そうです。子どもじみた嫉妬《しっと》です」

夫人は溜め息をつき、腰を落ち着けた。

「奥様が別荘に到着した時、あるいは立ち去った時、周囲に車が停まっていませんでしたか?」

「いいえ」

「そうですか。では奥様の話を続けましょう。意気込んで別荘にやってきたのに、肝腎《かんじん》の二人が見あたらなかった」

「はい。全部の部屋を覗いて回りましたが、二人ともいませんでした」

午後一時といえば、堂園正勝はすでに死体となっており、宇都宮志穂はまだペンションにいた。堂園の殺害現場は別荘内である可能性もあるのだが、夫人の証言により、その死体は少なくとも室内にはなかったことになる。すでに建物の裏に捨てられていたのか。私の印象においては、夫人は今なおシロであり、彼女の発言を事実として受け止めたうえで考えを進めるつもりだった。

「上の階にはエレベーターで行かれたのでしょうか?」

「そうです」

この時点ではエレベーターの溝に異物は詰まっていなかったわけだ。

「浴室にも行かれたのですね?」

「ええ。部屋にいないとなると、残るはそこだけですから。けれど中は覗けませんでした」

遠慮したのかと思ったら、そうではなかった。

「あの時の私は怒りで沸騰《ふっとう》していました。乳繰《ちちく》りあっている現場を押さえてやろうと、勢い込んでドアノブに手をかけました。でもドアは開きませんでした」

「ドアが開かないとは、鍵がかかっていたということですね?」

「そうです。あそこのドアの鍵は外から開け閉めできませんから、中にいることは間違いありません。脱衣籠の中に主人の服もありましたし」

「その時にはご主人の服があったのですね?」

これは重要な意味を持つと感じ、念を押す。

「ありました。それで、ドアを叩きながら罵声《ばせい》を浴びせました。けれどもうんともすんとも返ってきません。無視されているのだと悟《さと》った私は、『もう帰ります！』と捨て台詞を残すふりをして、隣のリフレッシュルームに移りました。二人が出てくるのを待ちかまえたのです。ところが三十分経っても一時間が過ぎても二人はあがってこない。待てば待つほどいやらしい想像が膨《ふく》らんでいき、ますますがまんできなくなります。私はとうとう根負けし、ひきあげることにしました」

「『二人』とおっしゃいますが、宇都宮さんは入浴していないとお感じになりませんでした？　脱衣籠をごらんになったのでしょう？」

実際、宇都宮志穂はそのころ、別荘を離れていた。

「ええ。あの女の服はありませんでした。それは見ました。でも私、だからあの女はベッドからそのまま……」

夫人は言葉尻を濁《にご》して顔を伏せた。情事のあと、裸で風呂にやってきたと解釈したのか。

「ええと、それで東京に戻られたわけですね。それが午後三時と」

不用意な質問を取り消すように、私は声を大きくした。

「はい。でも、そのまま帰ったのでは腹の虫がおさまらないので、二人を懲《こ》らしめてやることにいたしました」

「は?」

「勘違いなさらないで。主人の服を持ち去っただけです」

「奥様が? 服を?」

私はわけがわからず、真田に目をやった。彼はふてくされたように下唇を突き出している。

「でもそれだけでは、部屋まで濡れた体で行くことになるだけで、たいした懲らしめにはなりません。そこで私、主人の服を持って一階に降りると、エレベーターの扉の溝に割り箸を突っ込みました」

「それも奥様が!?」

「そうして主人の服を持って東京に戻りました」

「つまり奥様は、ご主人と宇都宮さんを浴室から出られなくしてしまおうと?」

「はい。エレベーターを呼んでもあがってきません。すると当然、バルコニーに出て階段を使おうとするでしょうが、二階、三階のドアには鍵がかかっています。玄関も、私が立ち去る際に鍵をかけました。二人はすっ裸でおろおろするしかないのです。こんな場所ですから、人目にさらされて恥をかくことはないですよ。けれど、あわてふためく姿を想像するだけでも愉快じゃないですか。それに、迎えの洞口には裸を見られます。洞口はここの鍵を持っていないので、二人は裸のまま東京までドライブです」

あきれるやら腹が立つやらで私は言葉を失った。

脱衣場に服がなかったことで、堂園正勝は浴室の外で殺されたと考えた。溺死させるのなら、どうして水のたっぷりある浴室を現場に選ばなかったのかと不思議に思い、どこに連れ出されたのだろうかと考えた。

しかし服はあったのだ。堂園は浴室で殺されたのである。入浴中を襲われ、死後バルコニーまで運ばれ、そこから落とされた。堂園依子が子どもじみたいたずらをしなければ、めんどうなことは考えずにすんだのだ。

「よくできた話ではあるよな」

真田がゆっくりと近づいてきた。

「嘘偽りはいっさいございません。東京の家に、あのとき持ち帰った主人の服がありますす」

夫人は立ちあがって訴えた。

「その服を持ち出しても、あなたがここに来たことが証明されるだけですよ。午前四時に、そして午後五時にいなかった証明とはならない」

「私は何もしておりません」

「そう言いながら、しゃあしゃあと嘘をついたのは誰です。どうして最初からありのままを話さなかった」

「それは……、それは、疑われるのが怖かったから……」

夫人は顔を覆った。

「堂園さんはここの浴室で溺死させられたと思われますか？」

今まで見逃していたあることに気づき、私は真田に質《ただ》した。

「実は服があったのだから、そう解釈していいだろう。まったく、混乱させやがって」

真田は夫人を睨みつける。

「堂園さんの死亡推定時刻は午前四時です。午前四時に入浴ですか？　朝風呂にしても早すぎます。ご主人の生活サイクルはそんなに乱れていたのですか？」

私は夫人に尋ねた。

「いいえ。午前四時は床の中です」

「四時というのは絶命した時刻であり、堂園が風呂に入ったのはそれよりずっと前なんだよ。愛人が出かけてしまったものだから、酒を飲むしかすることがなく、つい飲み過ぎ、やっと風呂に入ったはいいけれど、そのまま湯船で眠ってしまった。そこを襲われたのだろう。一人でワインを二本もやったんだ。眠りこけても不思議ではない」

真田が言った。私はうなずき、

「私も同意見です。しかしそうだとすると、堂園さんが浴室に行った時点においては、別荘には彼一人しかいなかったことになります。お客さん——のちに犯人となる人ですね

──が来ていたら、その人をほっといて風呂に入ろうとするでしょうか？　たとえ入ったとしても、その時刻は午前四時よりかなり前だと考えられ、ではお客さんはなぜ、それから午前四時になるまで堂園さんを殺さずにじっと待っていたのでしょう。

すると犯人は堂園さんが入浴したあと別荘にやってきたと解釈したくなるのですが、しかし堂園さんは入浴中、宇都宮さんは外出中、インターホンを押しても誰も出てきません。つまり建物の中に入ることができません。ここは山の中ですが、普段堂園さんは都会で生活していました。奥様には失礼ですが、人の恨みをかうような仕事をしていました。したがって堂園さんは、別荘滞在中も、習慣として、戸締まりには人一倍気をつかっていたと察せられます。玄関はもちろん、階段のところのドアや窓にも鍵をかけていたと思われます。浴室の、バルコニーに面したドアにもです。

しかし犯人は厳重な戸締まりをものともせず建物の中に入ってきています。どこかの鍵が壊された形跡がありましたか？」

「なかった。すると、犯人は鍵を持っている人間に限定されるというわけか」

「私は違います！」

そういうつもりで疑問を差し挟んだのではなかったのだが、結果的に夫人を陥《おとし》れるはめになった。しかし夫人に対する印象はあくまでシロなので、

「別荘の鍵はほかに誰が？」

と尋ねた。

「元は二組しかなく、主人と私が一組ずつ持っていました。主人は合鍵を作って女に渡していたようですが、私は合鍵を作っていません」

しかしその二人は被害者である。

「お子さんにも渡されていないのですね？」

「はい」

「ご主人が合鍵を与えていたということは考えられませんか？　あるいは、別荘を使わせてくれと頼まれ、元の鍵を貸したことは？」

「息子たちは主人の商売を毛嫌いしています。その商売で手に入れたここも嫌っています。それに何です、今の言い方だと、息子たちが犯人みたいじゃないですか」

夫人がむくれた。

「別荘の管理は委託されていないのですか？」

「掃除は私がしています」

ほかのどんな人間が鍵を持つ可能性を秘めているだろう。

秘書の洞口は持っていないと言った。ただし彼なら、こっそり合鍵を作る機会はいくらでもあるだろう。

あと考えられるのは――販売した業者と、別荘の元の持ち主か。

6

「七十点」

八神一彦はＰＰＣコピーの束を脇に押しやり、机の真ん中に小型のトラベルバッグを広げた。

「七十点ですか？」

徹夜で仕上げた報告書の評価がそれだった。決して悪い数字ではないが、手放しで喜べるほどではない。

「構図を決められるだけの材料は最低限揃っている」

八神はバッグの中をかき回す。

「最低限、ですか？」

「そう、最低限。しかし半日で揃えられたのだから、いい仕事だよ」

八神はシェーバーを片手に席を立った。私はとても誉《ほ》められているとは思えず、彼を追って局長室を出た。

「失礼な人だなあ」

洗面所まで追いかけていくと、八神が顔をしかめた。

「髭剃りしながらで結構です。残りの三十点について教えてください」

「それが失礼だというんだ。君はむだ毛の処理を人に見られて平気なの?」

「髭を剃るのではないのですか?」

あぜんとした。

「髭剃りだよ。それが男にとってのむだ毛処理じゃないか。まったく君ら女性は二言目にはセクハラとのたまうけれど、ああ、主張するのは大いに結構、しかし女性の権利を獲得したいのなら、同時に男性の気持ちも考えて行動してもらいたいものだ。その短いスカートも、胸元の開いたブラウスも、目のやり場に困る。男はその刺激に修行僧のように耐えろと、君は思っているのだろうね。いじめもはなはだしい」

八神はそうまくしたててバタンとドアを閉めた。

「私は会社で――」

むだ毛の手入れなどしないと言いかけて、やめた。そう反論したところで八神は、自分は髭が濃いのだ、これから要人と会うのだと切り返すに決まっている。

八神一彦は万事が自分中心なのだ。セクハラのことにしても、ああ一説ぶつ一方で、女であることを最大限に活かして探偵活動をするよう勧めている。

「トキさん、突っ立ってる暇があるのなら、ローンズKDの洞口に電話。浴室のドアに鍵がかかっていたかどうか尋ねて」

シェーバーの音に混じって八神の声がした。

「鍵は開いていたのですよ。だから彼は浴室に入ることができた。あ、彼が鍵を開けたと？」

洞口はこっそり合鍵を作っていたのか。それを使っての犯行だと思わせないために、バルコニーのドアは最初から開いていたと嘘をついたのか。

「何とぼけたこと言ってるの。だから七十点なんだよ。僕が問題にしているのは、脱衣場との間のドア。堂園夫人は開かなかったと言ったのだろう？　その確認をして」

八神の意図が見えないが、それは毎度のことである。私は自分のデスクにさがって指示に従った。洞口は会社には不在で、携帯電話でつかまえることができた。

話を聞き終えたところにタイミングよく八神が近づいてきて、

「どう？」

と顎をさすった。

「鍵はかかっていなかったそうです」

そう報告すると八神は、さらにごしごし顎をこすって、

「剃り残しだよ、剃り残し」

と怒ったように言う。どこまでも自分が世界の中心である。

「ありません。それでドアの鍵ですけど、私、八神さんの考えがわかりました。奥さんが

開けようとした時には鍵がかかっていた。なのに洞口さんが調べた時には開いていた。ということは、奥さんが立ち去ってから鍵が開けられたということであり、誰が開けたかというとそれは犯人であり、奥さんが浴室に踏み込もうとしたその時、犯人は中にいたとも考えられるわけですね」

私には自信があった。しかし八神はイエスともノーとも答えず、妙なことを言い出す。

「今度は君に質問だ。いや、質問する前に僕が答えよう。脱衣場との間のドアは浴室の方に開いたね？　脱衣場から浴室に入る場合、押すことになる」

「そうですけど」

「一方、バルコニーに面したドアはそれとは逆で、バルコニーの方に開いたね？　バルコニーから浴室に入る場合、引くことになる」

「はい」

「ふん、やはりそうか。あのね、そういう重要なことは報告書に明記しておくように。あるいは図面を添える。それに加えて、先ほどの洞口への質問をすませておいてくれたなら、八十五点はあげたのになあ。あとの十五点は難度の高い問題だから、君にそこまでは要求しないけどね」

八神はそう肩をすくめ、私に背を向けた。

「残る十五点とは何なのです？」

私はあとを追うが、八神は事務係に話しかける。

「高木《たかぎ》次官補との約束は六時だったよね？」

「はい。場所は赤坂の『志の多《しだ》』です」

箕輪祐作は今日も素直なよい返事をする。

「それ、三十分遅らせてもらえるよう、頼んでくれる？　キツいと思うけど、うまく言ってさ」

「はい」

「それから、石神井《しやくじい》署の西川《にしかわ》さんにファクシミリを送ってちょうだい。文面は、『連続放火魔は明晩午前三時前後に行動を起こすと予測される。富士《ふじ》街道と新青梅《しんおうめ》街道に挟まれた区域のパトロール強化を』。以上」

箕輪がカチャカチャとキーボードを叩く。

「真田警部補にもファクシミリを。『浴室のドア枠についてメーカーに問い合わせを。出荷時とは違う、弾力の強い、厚手のパッドに換えられているはず。改行』」

「パッド？　枠の内側にぐるりとついているゴムのことですか？」

私は横から割り込んだ。

「はい、トキさんは静かにね。箕輪君、改行の続きを言うよ。『洗い場の排水管、括弧《かっこ》、排水トラップ、括弧閉じ、に物証が残っている可能性大』」

「物証？　何が出てくるのです？」

「静かにと言ってるだろう。箕輪君、そこで改行して、『堂園正勝にかけられた生命保険の受取人』。以上」

「生命保険の受取人？」

私が目を見開いたのと同時に八神が振り返った。

「これは保険金殺人なんだよ」

7

「保険金殺人って……、奥さんが犯人⁉　いや、でも、たしかに奥さんにはアリバイがありませんよ。けれど彼女が問題の時刻に別荘にいたという積極的な証拠もありません。現場の状況からも、彼女が犯人だと思わせるようなものは見えてこない。まさか、彼女しか鍵を使えないからとは言わないでしょうね？」

私は混乱し、早口でまくしたてた。

「飲み込みが悪いなあ。保険金殺人といえば宇都宮志穂だろう」

ますます混乱し、室内をきょろきょろ見回した。八神はそんな私を置いて部屋を出ていったが、局長みずからコーヒーを淹れて戻ってくると、

「まあ座って。箕輪君、二度手間にならないよう、これから僕が話すことをすべて記録しておいてね」

と自分も手近な椅子に腰を降ろし、ＩＣレコーダーの準備が整ったところで話をはじめる。

「宇都宮志穂が堂園正勝を殺したことは間違いない。目に見えている状況すべてが、彼女が犯人であると僕に語りかけてくる」

「しかし彼女も殺されています。それに彼女にはアリバイがあります。彼女には共犯者がいて、そいつに裏切られたのですか？」

コーヒーを口にし、私は言葉を取り戻した。

「違う。これは宇都宮志穂一人で企《くわだ》てた犯罪だ。一人で企て、一人で実行し、一人で死んでいった」

「一人で死ぬ？　保険金目当てに殺しておいて自殺はないでしょう」

「自殺じゃないよ。事故死だ」

「事故……？　すみません。もう少しわかりやすく説明していただけますか」

私は額に手をあて、力なくかぶりを振った。

「保険金殺人を行なうにあたっての一番の注意点はもちろん、他殺とは思われないように殺すことだ。他殺でも保険金はおりるけれど、しかし警察の捜査が厳しい。自分が犯人として捕まってしまったのでは何にもならない。したがって、事故や病気によって死んだように見せかけるのが保険金殺人の常道だ。

これはまだ想像段階だが、宇都宮志穂も過去にそうやって死亡保険金をせしめた。婚約者が乗った車を海に落とした。しかし人を欺《あざむ》いて手に入れた金というものは、何億あろうが、あっという間に消えてしまうものなんだよ。若いうちに老後の生活資金を作っておこうと保険金殺人を企てる者など、まずいないね。宇都宮もまたしかりで、まんまとせしめた婚約者の死亡保険金はじきに底をつき、だから次の男をターゲットに第二の保険金殺人を決行した。元旦那は病死扱いのようだから、薬物を使って殺したのだろう。

そして二度も成功したら、もう足は洗えないな。三度目を狙《ねら》って堂園正勝に近づいたわけだ。最初は交通事故、二度目は病死、さあ今度は何に見せかけて殺そうか。同じ手口は避けたいところだ。疑惑をかけられやすくなるからね。

宇都宮志穂の選択は入浴中の事故だった。堂園が酒に目がなく、多量に飲んでも入浴する人間だと知ったうえで閃《ひらめ》いたのだろう。景気よくワインを空け、つい度が過ぎて泥酔、なのに入浴し、そのまま浴槽で眠ってしまい、体勢が崩《くず》れて湯の中に沈み、溺死した——そういう事故に見せかけようと考えたのだ。

そう持っていくのはわけないね。バーで飲ませ、酔い潰れたら浴室まで引きずっていき、裸に剝いて浴槽に沈める。いや、愛人であれば、そんな力仕事をするまでもない。堂園と一緒に風呂に入り、いちゃいちゃしながら酒を飲ませ、ころあいを見計らって彼の顔を湯船の中に押し沈めればいい。相手が男であれ、酔わせてしまえば手もなくひねることができる。

ただ、宇都宮には一つ不安があった。風呂場の溺死体を見て警察が、はい事故ですねと右から左に片づけるとは思えない。二人きりの家の中でその片方が死んだとなると、もう一人になにがしかの疑いがかけられると予測される。そこで彼女は、自分に対する疑いがすぐに晴れるよう、一つのトリックを仕掛けておくことにした。一言でいえばアリバイ工作だ。堂園が死んだそのころ私は別荘になんかいませんでしたよと、証人つきで主張しようとしたのだよ」

八神は言葉を切り、コーヒーを口に運んだ。

「証人とは、『くまのいえ』の富田愛美でしょうか?」

私は確認する。

「もちろんそうさ。二人が明け方まで話し込んだのは、宇都宮志穂がそう仕向けたからだろう。堂園の死亡時刻、午前四時のアリバイを確定させるためにね」

「偽のアリバイということは、ええと、深夜ペンションを抜け出して、堂園さんを殺すために別荘を往復——いや、これはないのか。その疑いをかけられないよう、富田さんと話していたのですからね。すると、ちょっと待ってくださいよ、答は言わないでくださいよ

――」

私は左手を額にあて、右手で八神を制して、

「ああ、わかりました。殺してから別荘を出たのですね。七日の午後十時、富田さんが迎えにきた時、堂園さんはすでに死体となっていた。では、七日の午後十時以前に死んだのに、警察はどうして八日の午前四時を死亡推定時刻としたのか。それは、ペンションに出かけている間、死体を氷漬けにしておいたからです。宇都宮は浴槽で堂園さんを溺死させると、死体はそのままに、お湯を抜いて、代わりに大量の氷を投入した。あるいはドライアイスを使ったのか」

「堂園が絶命したのは八日の午前四時だよ」

八神はあっさり否定した。

「死体を冷やすことで死体現象の進行を妨げることができます。つまり死亡時刻を実際より遅く見せられます」

よい閃きだと思っていただけに納得がいかない。

「うん、そのとおりだ。けれど宇都宮はそんな工作はしていない。仮に堂園の死亡時刻が午後十時として、それを午前四時と見せかけたいのなら、死体現象の進行を六時間停止させなければならない。どれほどの氷を用意すれば、そんなに長い間死体を冷却し続けられる？　彼女はそれだけの氷を、あるいはドライアイスを、どうやって調達した？　車は使

えないよ、秘書が乗って帰ったからね。事前に彼女一人で車で来て、別荘内に蓄《たくわ》えておいたの？　別荘の冷凍庫はそれほど巨大だったかい？」

「それは……」

私が口ごもると八神のトーンがあがった。

「君の説でいくと、ほかにも説明不能な点が出てくる。なぜ宇都宮は堂園の死体をバルコニーから落とした？　浴槽に溺死体があるから入浴中の事故として扱われるのであって、それを水のない場所に移動させたら、新米警察官でも人為が加わったのではと疑いをかけるよ。まして高所から落としたのでは、他殺を前提に捜査を進められてしまう。宇都宮の目的が保険金詐欺《さぎ》であることを忘れてはならない」

「そうでした……。でも、私の説が見当違いであれ、死体の移動が行なわれたのは事実であり、それをふまえると、宇都宮による保険金殺人という大前提こそが間違っているように思えてきます。保険金殺人を行なった人間が、その直後に死んでしまったというのも、笑い話のようでわけがわからない」

私はもうお手あげで、実際に両手を胸の前に掲《かか》げてみせた。

「あらためて言うがね、堂園を殺したのは宇都宮だ。宇都宮は保険金詐欺を九割方成功させておきながら、過《あやま》って命を落としたのだ。彼女が用《もち》いたアリバイ工作が見える人間には、堂園の死体が動かされた謎《なぞ》も、彼女が墜落死したわけも、手に取るようにわかる」

八神は挑発を仕掛けているようだったが、すっかり混乱していた私は何も返さずにコーヒーをすすった。八神はしばらく沈黙し、それでも私が口を開かないとみると、コーヒーをぐっと飲み干し、いよいよ犯罪のディテールを再描画しはじめた。

「宇都宮志穂が考えたのは、時限装置を使ったアリバイ工作だ。遠隔殺人と言い換えてもいいね。堂園と一緒に入浴し、酒を飲ませ、泥酔状態にもっていく——彼女が直接堂園に対して行なったのはここまでで、ワインのボトルとグラスを片づけ、ぐっすり眠っている彼は浴槽内にほったらかしてペンションに出かける。勝手に溺れてちょうだいというわけだ。

ただしそれだけではあまりに偶然に頼りすぎていて成功の率が低い。彼女が浴室を出た直後に溺れてしまうかもしれず、それではアリバイを主張できないよね。反対に、何時間も溺れることなく、ついに酔いが醒めて目覚めてしまうかもしれない。彼女はそこで、アリバイを主張できる時間帯に確実に溺死してくれるよう、浴室を出る前にいくつかの工作をしておいた。

まず、バルコニーに置いてあったエアマットを浴槽の横に広げ、堂園をその上に寝かせる。浴槽は埋め込み式で洗い場との段差がほとんどなく、また、浴槽内の堂園の体には浮力がかかって軽くなっているので、体格の劣《おと》った者であっても移動させることができる。

次に、蛇口をひねってお湯を出しっぱなしにし、洗い場の排水口を塞《ふさ》ぎ、これで工作は終了、浴室を出る。

するとお湯は出ている、排水はされないで、洗い場にもひたひた水がたまってくる。時間の経過とともに水位はどんどん上昇する。いっぽう堂園はというと、彼はエアマットの上だから、マットとともにいい気持ちで水に浮くことになる。トキさんは酒を飲まないからわからないだろうけど、泥酔して眠った人間は、ちょっとやそっとじゃ目を覚まさないものだ。

さて、水位はなおも上昇を続け、マットで眠る堂園も上昇を続け、ついには浴室全体が湯で満たされ、そのとき堂園は死を迎えることになる。満杯になる直前、堂園は天井にぶつかるので、それで目を覚ますかもしれないが、その段階で気づいてももはや手遅れ、水魔から逃げることはできない。これが午前四時。ほら、宇都宮志穂のアリバイができただろう?

堂園をエアマットに乗せた理由がここにあるのだよ。エアマットに乗せなければ、たとえ水攻めにしたところで堂園の体は浮上せず、彼は宇都宮が浴室を去ってすぐに溺死してしまう。それではアリバイが作れない。

ついでに補足しておくと、このトリックを成功させるには、浴室の気密性を高めておく必要がある。外部に水が漏れたのでは何にもならないからね。窓ははめ殺しなので、そのままでかまわない。換気口は天井にあるので、これも塞がなくてよい。浴室が満杯になったあとオーバーフローするだけだ。問題は二つのドアだ。とくに脱衣場の方のドアは注意が必要だな。室内が水びたしになると疑惑を招きかねない。流出量は半端じゃないので、ふきとるのもままならない。

真田警部補にドア枠のゴムについて調べるよう言ったのは、そのためなのだ。枠の内側にぐるりとついているゴムはそもそも、ドアを閉めた時の衝撃を吸収するためにあるわけで、元のままではドアを閉めてもかなりの隙間が生じる。だから宇都宮はＤＩＹショップで厚手のゴムを買ってきて、つけ替えを行なっているはずなんだ。

隙間を塞ぐ手段としては防水テープによる目張りも考えられる。このほうがお手軽だな。しかしこれだとテープの跡がドアに残ってしまうし、それをこすり取ったら取ったで、その跡ができてしまう。ゴムの交換のほうが大がかりだけど、結果的には目立たずにすむ。また、あとで述べる事実からも、テープが使われていないことは確かだ」

「いま述べていいですか？」

それまで無関心を装っていた箕輪が高校生のように手を挙げた。

「ほう、わかるの？　どうぞどうぞ」

八神が笑顔で応じる。

「一つは、死んだ宇都宮が、使い終えたテープを持っていなかったこと。もう一つは、秘書が浴室に入った時、脱衣場の方のドアにテープが貼られていなかったこと」

「ご名答。そのぶんだと箕輪君は、堂園の死後何が起きたのかもわかっているね？」

こっちはテープのことも理解がいかないというのに話が飛ばされた。

「はい。午後一時過ぎ、堂園夫人が別荘を訪ね、脱衣場から浴室に踏み込もうとしました。しかしドアは開かなかった。これは当然です。このドアは浴室側に押し開けるようになっていますが、浴室内は水で満たされているため、人が押したところでびくともしません」

鍵がかかっていたのではなく、水圧が作用していたのか。

「そして午後五時、宇都宮が戻ってきて、仕上げの工作にかかります。やることは二つです。一つは堂園さんの死体を浴槽に戻すこと、もう一つはエアマットの回収。そうしておかないと入浴中の溺死事故に見えませんからね。宇都宮は外の階段を使ってバルコニーに昇ります。先ほど言ったように、脱衣場のドアは水圧により開かないので使えません。バルコニーのドアは外側に開くようになっているので、こちらは水圧にじゃまされることはありません。

ところが宇都宮は一つ大事なことを考え忘れていました。バルコニーのドアはたしかに、水圧にじゃまされず外から開けることができます。けれどこのドアにも強い水圧がかかっているのです。ドアを開けようとしたらどうなるでしょう？　ノブをひねり、ラッチがはずれたその時、浴室内に満ちた水が猛烈な力でドアを押し開けます。宇都宮の意志では制御できないほどの圧力です」

「え!? 宇都宮はドアに吹っ飛ばされ、低い手摺りを越えて地上に落下したの?」

私は思わず立ちあがった。

「はい。彼女の顔に縦方向のミミズ腫れがあったとのことですが、これはドアの縦の縁《へり》が直撃してできたものだと考えられます」

「いいよいいよ。その後は?」

八神が手を叩いてうながした。

「彼女が墜落したあとも、浴室内の水はなお濁流となってバルコニーに流れ出します。堂園さんの死体を乗せたエアマットもその流れに乗ってドアの方へ移動、やがて外に飛び出します」

「な……、あ……」

何か言おうとするのだが、私はそれを言葉に変えられない。

「飛び出したあとは重力に引かれて降下しますが、マットは手摺りの上端にぶつかったのでしょう、ここでマットと死体が離ればなれになり、死体だけが地上に落ちていった。当日天気が良かったなら、警察は以上のことに気づいたかもしれません。浴室を満たしていた水がすべてバルコニーに流れ出したのですから、バルコニーはびちゃびちゃです。ところが当日は雨で、バルコニーは濡れていて当然、何の疑問も持たれなかった。

ついでですから、先ほどのテープの件をもう少し詳しく説明します。ドアをテープで目張りしていたのなら、バルコニー側のドアを開ける前に当然それを剝がすことになりますよね。したがって宇都宮の死体を調べたら、ポケットなどからそれが出てくるはずなのです。また、宇都宮は浴室に入る前に死んでしまったのですから、脱衣場の方のドアの目張りは残っていなければいけません。ところが両方ともそうなっていなかったことから、テープによる目張りはされていなかったと判断できます。僕の話は以上です」

箕輪はそう言葉を結び、照れくさそうに鼻の下をこすった。

「九十点」

八神が言った。

「間違いがあるのですか？」

箕輪が笑みをおさめた。

「浴室が満水状態の時にバルコニーのドアを開けたらどうなるか、宇都宮にはわかっていたのだよ。けれど開けてしまった。開けざるをえなかった。なぜなら、本来開けるはずだったもう一つのドアを使えなかったから」

「当然です。脱衣場の方のドアは水圧で開きません」

「あのね、宇都宮が別荘に戻ってきた時には浴室の水はすっかり抜けているはずだったの、本来はね。つまり脱衣場の方のドアは開くはずだったの。彼女はそこから浴室に入り、事後処理をするつもりだったの。ところが堂園夫人の工作により、エレベーターが動かなくなっていたでしょう。だから階段でバルコニーにあがり、そこのドアを開けた。彼女としては、水は抜けていると思い込んでいるので、躊躇なく開けてしまった」

こまたまた謎かけのような話になってきた。

「どうして浴室に満ちた水が抜けるのです。排水口は塞いでいる、ドアの気密性もわざわざ高めておいた、水の逃げ道はどこにもありません」

箕輪がむくれた。

「ある時間が経過したら、排水口が機能を回復するはずだったのだよ。宇都宮はそういう時限装置を排水口にセットしていた。続きは洗面所で話そう。先に行って待っていなさい。箕輪君はレコーダーを忘れずにね」

八神はさっと立ちあがり、シェーバーを拳銃のように回しながら局長室に消えた。私と箕輪はしばし顔を見合わせたが、ともかくボスの指示に従った。

遅れて洗面所にやってくると、八神は洗面台の上から石鹸《せっけん》を取りあげた。

「時限装置の要《かなめ》は、おそらくこれさ」

石鹼が洗面ボウルの中に落とされ、蛇口がひねられた。石鹼により排水口が塞がれ、洗面ボウルに水がたまっていく。

「時間とともに石鹼が溶け、排水がはじまるということでしょうか？　でも……」

私は釈然としない。

「そうね、柔らかくはなるけれど、溶解はしないだろう」

八神は蛇口を閉じ、水の中から石鹸を取りあげた。ゴブゴブという音とともに、水が渦《うず》を巻いて排水されていく。

「だから、ただ排水口の上に置くだけでなく、少々細工が必要だ。まず、排水口の口径より一回り大きな固形石鹸を用意する。排水口の口径が大きく、一個の石鹸では塞ぎきれなかったら、複数の石鹸を合体させればいい。水で柔らかくした石鹸どうしをくっつけ、乾かせば、一つの塊《かたまり》になる。それをこのようにする」

八神はポケットから釣り糸を取り出し、石鹸を十文字に縛った。結び目は十字の交点で、三十センチほど余らせてナイフで切断し、糸の先端に鉛色の小さな固まりを結びつけた。

「この排水口の口径は小さいので、便宜上釣りの錘《おもり》にしたけれど、実際に使われた錘はもっと大きく重かったと思われる」

八神は排水口の中に錘を落としたのち、排水口の上に十字に縛った石鹸を置き、洗面ボウルを水で満たした。錘は糸によって排水管の中に垂れていることになる。

「この状態で時間が経過するとどうなるか。石鹸は溶解しない。しかし柔らかくなる。いま使った錘は軽いのでだめだが、垂らした物体に充分な重量があれば、時間とともに糸が石鹸に食い込んでいく。石鹸はどんどん柔らかくなり、糸はどんどん食い込み、最終的にはこうなる」

八神は石鹸を取りあげると、十字の糸に沿ってナイフを入れた。石鹸は四つに分かれた。

「石鹸が割れてしまうと、糸は支えを失うのだから、錘に引かれて配水管の中を落ちていくことになる。いっぽう割れた石鹸はどうなるだろうか?」

「排水口に飲み込まれます。一つの塊だった時には排水口の口径より大きく、蓋になっていたけれど、四つに割れたことで、その一つ一つは口径より小さくなり、排水管に落ち込んでしまう。そして石鹸の蓋がなくなれば排水がはじまる」

箕輪が感心の面持《おもも》ちで答えた。八神はうなずいて、

「あらかじめ実験することで、石鹸が割れるまでの時間を割り出すことができる。浴室が満水するまでの時間、排水にかかる時間も割り出せる。満水になったことは浴室の外から確認できる。建物の屋根から水が流れ落ちはじめたら満水だ。天井の換気口からオーバーフローしているわけだからね。排水終了も外から確認できる。脱衣場の方のドアが開けば、水はもうないことになる。宇都宮は殺害決行以前に一人で別荘を訪ね、それらのデータを取っておいた。そしてデータを基に、堂園が溺死する時刻を算出し、そのころのアリバイを作ることにした。排水完了時刻も読めるので、そのころ別荘に戻ってくることにし

た。あとは事後処理を行ない、何食わぬ顔で救急車を呼べばよい」

「なるほど、すると洞口さんの足の怪我は、排水口のトリックが招いたものなのですね。格子状の蓋があったのでは、石鹼が割れても排水管の中に落ちていかない」

私は納得して手を打った。

「そう。だから石鹼をセットするにあたってはずしておいた。別荘に戻ってから元どおりにするつもりだったのだが、その前に死んでしまったので、はずれたままになっていた」

「でも先生、実際には石鹼の仕掛けは作動しなかったのですよね？　だから排水されず、宇都宮はドアに吹っ飛ばされた」

箕輪が疑問を呈した。

「いや、作動はした。作動しなかったとしたら、秘書が浴室に入った時、排水口が石鹼で塞がれていなければならない」

「ああ、そうですね。すると、石鹼が割れるまでの時間を読み違えた？　彼女が別荘に戻ってきた時、排水はまだはじまったばかりだった」

「それも違う。計算した時刻に割れている。宇都宮の失敗はね、皮肉なことに、その周到さが招いたのだよ。実験を繰り返すうちに排水管の流れを悪くしてしまった」

八神は腰をかがめると、洗面台の下に手を伸ばし、排水管のS字になっている部分を叩いた。

「これを排水トラップという。何のために曲がっているのか知っているかい？」

「さあ」

私が首をかしげ、

「まっすぐだと、下水ガスや害虫が侵入してくるからです。曲がった部分に常に水がたまることで、それらを防いでいます」

箕輪が答えた。

「そのとおり。したがって、排水口に物を落とした場合、下水に直行するかといえばそうではない。まず排水トラップに沈殿する。そこに水が落ちてくれば、その勢いでトラップを通り抜け、下水に流れることになるのだが、落ちたものが大きかったり重かったりすると自浄作用が働かない。トラップに沈殿したままいつまでも残る」

「別荘の排水管も？」

「錘や割れた石鹼が詰まった？」

私と箕輪が同時に言った。

「錘は流れないだろうね。石鹼も、固まりが大きいうちは流れない。水が流されるうちに徐々に形が崩れ、一部は流れていくだろうが、一部は錘にこびりつく。実験を重ねるたびにトラップの中の錘の数が増え、石鹼かすのコーティングが厚くなり、沈殿物は巨大化していく。そして本番で錘と石鹼が落ちたその時、排水管が決定的に詰まってしまった。少しは水の通り道があったのかもしれないけれど、一方で湯は出っぱなしなのだから、満ちた水を充分処理するだけの能力を失ってしまった。だから宇都宮が別荘に戻った時、浴室内はまだ水でいっぱいだった。

でもね、発生したアクシデントがこれ一つだけだったら、宇都宮はおそらく死を回避できたと思う。なぜなら彼女は、エレベーターを使って四階にあがり、脱衣場から浴室に入ろうとしただろうから。するとドアが開かず、まだ水が抜けていないとわかる。排水がすむまで待つことにするだろう。あるいはバルコニーから入ろうとするかもしれないが、その場合もドアを不用意に開けはしない。モップを使うなどして、水の勢いをまともに受けない位置からノブを回そうと試みるだろう。

ところがもう一つのアクシデントが彼女をパニックに陥れた。エレベーターだ。一階で扉を開いたまま動かない。自分の留守中に誰かが侵入して何かをしていったのか——一般人でも訝《いぶか》る状況なのだから、脛《すね》に傷持つ者ならなおさら心臓バクバクだ。一刻も早く浴室の状態を確かめたく思う。だから彼女はバルコニーに急ぎ、不用意にノブに手をかけてしまったわけだ。

箕輪君、録音はもういいよ。いけない、もう三時じゃないか。一課の戸島《とじま》さんに会いにいく。そのあと赤坂の『志の多』に行って、今日はもう帰ってこない」

八神は石鹸と釣り糸をゴミ箱に放り投げ、あわただしく洗面所を出ていった。

「ある意味、宇都宮志穂は堂園依子に殺されたのね」

私が溜め息まじりにつぶやくと、箕輪が唇に人さし指を立てた。

「そういう観念的な表現、先生が最も嫌うところですよ」

鬼の孤島

1

自分のデスクにさがって記憶を確かめていると、八神一彦が近づいてきて、

「どう？」

と首を突き出した。

「共通点はあります。たしかにありますが……」

私がうなるように答えると八神は、顎《あご》をぐっと上にそらして、

「ネクタイだよ、ネクタイ。曲がってない？」

と怒ったように言う。これから接待があるらしい。

「曲がっていません。それで学習効果の件ですが、八神さんがおっしゃりたいのは『黒塚七人殺し』の最後の部分ですよね？」

「なんだい、その自信のない言い方は」

八神が眉《まゆ》をひそめた。私は指を折りながら、

「堂園が溺死《できし》で、老婆も溺死。堂園は泥酔、老婆は緊縛、いずれも無抵抗状態にあった。宇都宮の顔面には縦方向のミミズ腫《ば》れがあり、河瀬の額《ひたい》も縦に裂けていた。バルコニーから浴室に入るにはドアを引くことになり、〈予備の間〉の手前の部屋から奥の部屋に入る際もドアを引くことになる。バルコニーのドアには漏水を防ぐためのゴムパッドがつけられ、〈予備の間〉のドアは隙間を板で塞がれていた。バルコニーは水びたし、〈予備の間〉も湿地帯のようになっていた。

したがって、〈予備の間〉の奥の部屋も展望風呂と同じように水で満たされていて、その中で老婆が溺死したのではないかと考えられる。それと知らずに奥の部屋に入ろうとした河瀬が、水圧で押されたドアに吹っ飛ばされ、おそらく壁で後頭部を強打した」

「そういうこと。鬼が復活したのでも、秘密の通路から第二の鬼がやってきて二人を殺したのでもなく、二人は勝手に死んでいった。つまり事故だ」

八神はそう断言し、机の上にちょこんと腰を降ろす。

「ですが八神さん、奥の間を水で満たそうにも肝腎《かんじん》の水がありません。あの部屋にはたしか水道施設などなかったはず」

私は原稿を見返す。

「水は室外から入ってきたのだよ」

「秘密の通路から、ですか?」

「いいかげん、秘密の通路に執着するのはよしなさいって。〈予備の間〉に秘密の通路などなかったの。水の侵入口は窓だよ、窓」

「窓? それは変です。あそこの窓ははめ殺し――、あ、割れてますね」

河瀬が鬼に向けて撃った最初の一発が窓ガラスを壊している。

「そう。水はそこから入ってきた」

「待ってください。やっぱり変です。犯人は中庭からガラスの破れ目にホースを差し込んで水を送ったということですよね。でも、中庭に水道施設があったとは記されていません。仮にあったとして、いったい誰が犯人たりえたというのです。兵吾少年と河瀬は、老婆を監禁したのち、揃って崖崩《がけくず》れの復旧作業に出かけていました。あの二人を除いたら全員死んでいるのですよ。すると崎村喜平ですか? けれど八神さんは先ほど、彼は無関係だと言った。じゃあ何です、あとは鬼しか考えられないじゃないですか。〈予備の間〉で仕留められた鬼とは別の鬼がやってきた」

「やれやれ。君という人はどうしても重箱の隅をつつくような思考から離れられないのだね。それにトキさん、かりにも探偵業に就《つ》いている人間が何を聞いていたの。僕は、二人とも事故死だと言ったはずだよ。事故死だから犯人はいない。〈予備の間〉への注水は意図的なものではないのだよ」

八神はあきれたように言った。私はますます混乱した。

「河瀬が事故死だというのは理解できますよ。でも老婆も？　誰かが意図しないで、どうやって水が入るというのです？」

「自然と入ってきた」

「自然と……、雨が降り込んだのですか？　まさか！　どれだけ雨が降れば、部屋が水で満々となるのです。だいいち、兵吾少年と河瀬が作業に出かけている間、雨が降ったようではありません。雨が降ったのは老婆が監禁される前です」

「中庭が満々と水をたたえていたのだよ。その水が割れた窓から〈予備の間〉に浸入した」

「はあ？」

「屋敷の中庭は、全体がプールになっていたのだよ。水面は二階の窓の下まで達していた」

「え⁉」

「一階部分は水面下だ。窓が破れていれば、部屋は当然、天井まで浸水する」

私はもちろん驚いた。しかしにわかに受け入れられる話ではない。

「いったいいつ、中庭がプールになってしまったのです？」

「兵吾少年と河瀬が出かけたあとだ」

「兵吾少年と河瀬が戻ってきた時、中庭は以前の中庭と変わりありませんでした。二人は〈花の間〉の窓から中庭を覗《のぞ》き、石畳の上に山之辺の死体があることを確認しています。満々と水をたたえていたら、それと気づいたはずです」

「うん。その時はもう水が抜けていた。〈予備の間〉に入り込んだ水のうち、窓の破れ目より下にあるものだけが排水されずに残っていた。兵吾少年の記憶によると、はめ殺しの窓は大人の顔の高さほどだったというから、それより下に水がたまっただけでも相当な量になる。河瀬を吹っ飛ばすには充分だ」

「しかし雨は降っていないのですよ。中庭に水がたまる道理がありません」

「雨は関係ないよ」

「じゃあ、水はどこからやってきたのです？」

私は八神に詰め寄ったのち、はたと手を打った。

「龍虎の彫刻だ。龍虎の口から水が滝のように流れ出てくる仕掛けになっていたのですね。口の奥には、どこに続いているのか不明な穴がありました。なるほど、あの穴は導管だったのか」

しかし八神は言う。

「中庭の地面には排水口があったのではなかったかい？　龍と虎の彫刻の真下に一つず

つ。兵吾少年によると、龍虎の口の奥に空いていた穴が人の頭ほどの大きさで、地面の排水口が三十センチ四方。ほぼ同程度の大きさだね。すると、いくら龍虎が水を吐いても、すべて排水口に飲み込まれてしまう。中庭はプールにならない」

しかし私は言う。

「それはほら、展望風呂の事件のように、排水口に仕掛けが施《ほどこ》されていたのです。時間がきたら消滅するような蓋《ふた》がされていた」

「だめだめ。それじゃあ人為が加わることになる。何度も言うようだけど、老婆の溺死には誰の意図もからんでいない。自然の摂理がもたらしたものなのだ」

「自然って……、雨は違うのですよね……」

私は額に手をあてた。こめかみを押したり頭をコツコツ叩いてみたりするが、何も閃《ひらめ》かない。

「竹島《たけしま》さんとの約束は七時だよね？」

八神が箕輪に声をかけた。

「はい。柳橋《やなぎばし》の『月白《つきしろ》』で」

元気のよい答えが返ってくると、八神は自慢のロレックスに目を落として、

「あと少しだけつきあってあげよう。トキさんの大好きなディテールから攻めてみるか。兵吾少年と河瀬が、ふたたび虎に食われた中島を見たのは何時だったかな？」

「屋敷に戻ってきてすぐですから、朝の八時ごろですね」

「前夜、山之辺の死体を発見したのは何時？」

「河瀬が外から戻ってきたあとで……、八時過ぎですか」

原稿を確認しながら答える。

「松永と中島の死体を発見したのは？」

「その日の朝です。この書き方だと、八時台ですね。あら？　八時が続いていますね」

「では、パラシュートを発見したのは？」

「前夜の……、九時台でしょうか」

落下傘が発見されたあと山之辺が、「現在の時刻は午後十時を回っており」と言っている。

「兵吾少年がはじめて中庭を覗いた時刻は？」

「〈風の間〉で目覚めた直後ですから、十時前です」

「兵吾少年がその目で中庭を見たのは以上、都合五回だ。トキさんが気づいたように、ほぼ十二時間おきになっている。さてこの五回に共通した特徴は何だろう？」

「ええと……」

私はまた原稿を見返す。

「難しく考えないで。その五回の時においては中庭に水はなかった」

「はあ、まあそうですけど」

「換言すれば、その十二時間サイクルからはずれた時間帯において中庭がどのような状態にあったのか、兵吾少年は知らなかった」

「あのう、それはつまり、ほかの時間帯は中庭がプールになっていたということでしょうか？」

「僕の結論では、イエスだ。残りの時間まるまる満水だったとは言わないが、ある時間帯においてはプール状態になっていたと考えられる」

「何度も水を入れたり抜いたり、それこそ人の手が必要だと思いますが」

私は首をかしげた。

「いらないよ。自然の摂理でそうなったのだ。いいだろう、もう一つだけ閃きの種をあげよう。中庭では怪現象が多発しているが、兵吾少年がリアルタイムで遭遇したものはというと、〈風の間〉の窓の外に見た鬼だけだ。それはいつのことだったかい？」

「ドッグファイトが終わったのが午後三時半で、そのあと老婆と話したり便所に行ったりしているから、四時前くらいでしょうか」

「最初に中庭を覗いてから六時間ののちだね。次に中庭を覗いたのはパラシュートを発見した時だから、やはり約六時間の開きがある」

ヒントはそれだけらしく、八神は机を離れて局長室に入っていく。彼はすぐに上着に袖《そで》を通しながら出てきた。いよいよタイムアップか。

「降参します」

私がプライドを捨てたその時、

「僕が答えていいでしょうか？」

箕輪祐作が突然割り込んできた。

「聞こうじゃないか」

八神が嬉しそうにうながすと、箕輪はつと立ちあがり、にこっと笑って言った。

「潮汐《ちょうせき》です」

2

「潮汐、すなわち潮の満ち干《みひ》はおおよそ十二時間のサイクルで繰り返されます。満潮から干潮までは六時間です。したがって兵吾少年は干潮時の干あがった中庭を見たものと思われます」

「したがってって、あなた、じゃあ何よ、満潮時には水が満々なわけ？　どうして潮の満ち干が中庭に影響をもたらすのよ？」

私はうろたえ、怒ったように詰め寄った。

「中庭が海とつながっていたからです。伊渡多水道の潮が満ちれば中庭も海水で満たされ、伊渡多水道の潮が引けば中庭も干あがる」

箕輪は笑顔を崩さない。

「なに言ってるの。屋敷は波打ち際に建っていたのではないのよ。まして中庭よ。四方を建物に囲まれた空間よ」

「海とは地下でつながっていたのです。中庭には排水口があったといいますが、それが海まで続いていたと考えられます」

「何ですって？」

と八神を見ると、満足そうな表情で顎をさすっている。

「鬼ヶ島は擂《す》り鉢《ばち》状の土地で、屋敷から海に出るにはきつい斜面を登る必要があったのですよね？」

「ええ、そうよ」

「つまり屋敷は非常に低い土地に建っていた。伊渡多水道の満潮時には海面より低くなってしまうのです。けれど干潮時は海面より上。そんな屋敷の中庭と海岸とを水路でつなげば、潮の満ち干に応じて海水が中庭に出入りします。鬼ヶ島の海岸線には多くの洞穴《どうけつ》が空いていたのですよね。その洞穴の一つが内陸に深く入り込んでいて、水路はそれとつながっていたのではないでしょうか。なぜそう考えられるのかというと、中庭に海藻《かいそう》が出現したからです」

「海藻が？　中庭に？　いったいいつよ？」

「火薬を取りに屋敷に戻ってきた時です。中庭に横たえられていた山之辺の死体の顔に、細長く、つやつやしたものがへばりついていたとあったでしょう」

「それが海藻？」

「はい。潮によって水路から中庭に流されてきたのです。それが引き潮に乗りきれず、中庭にとどまった。風呂を考えてください。浴槽の水を抜いても髪の毛が底にへばりついたままということがあるでしょう。ちょうどそんな感じで山之辺の顔に付着した。モズクのような細い海藻なら、遠目には髪の毛に見えるかと思います」

私はあぜんとして八神に顔を向けた。彼は目でうなずいて、

「モズクではないだろう。モズクは褐藻《かっそう》植物だ。兵吾少年によると、山之辺の顔に付着していたそれは、赤のような紫のような色をしていたという。これは紅藻《こうそう》植物であったことを物語っている」

「ああ、そうでした」

箕輪は頭を掻《か》いた。

「紅藻植物で髪の毛のように細いのはキヌクサあたりだな」

「キヌクサ？　どんな海藻なんですか？」

「寒天の原料となるテングサの仲間だ。もっと知りたければ図鑑を見なさい。それで、水路の存在を示すのは海藻だけかい？」

八神は腕時計に目を落とす。

「兵吾少年が屋敷ではじめてとった食事もです」

そう言って箕輪はこちらに寄ってくると、「黒塚七人殺し」の原稿を取りあげて、

「おばあさんが、『とれたての魚をさばいてやろうかの』と言い、実際、刺身が出てきました。どこで魚を手に入れたのでしょう。おじいさんは留守にしていました。おばあさんのあの脚で行けるような場所には市場もなければ民家もない。わざわざきつい斜面を登って海岸に出て、磯釣りをしたのでしょうか。僕はそうではないと思います。水路から中庭に迷い込んだ魚を捕獲したのだと思います。満潮時に迷い込み、引き潮に乗りそこねて中庭で口をぱくぱくさせていたのを〈鬼の間〉から中庭に降りて捕まえた」

「なるほどぉ」

それが私の素直な気持ちだったが、けれど事務員風情《ふぜい》に負けるのは悔《くや》しかったので、

「すばらしい想像力だわ。それで、いったいぜんたい何のために水路を造ったの？　中庭に海水を出し入れして何の得があるの？　粋《いき》なからくりだと思ったのかしら。家の傷みが早くなるだけだと思うけどな。魚を捕獲するためかしら。大がかりなわりに効率の悪い仕掛けだこと」

と、つっかかった。

「さあ、何でしょうかね。僕もわかりません」

箕輪は悪びれることなく爆発頭を掻いた。そう素直に認められたのでは、ますますおもしろくない。

「鬼のための水路だよ」

八神が言った。

「水路を通って鬼がやってくるのですか？　排水口と目されていた穴には鉄格子がはまっていたのですよ」

私は言う。

「鬼が水路を通る必要はない。鬼は屋敷に住んでいたのだから」

「え？　それは、河瀬が射殺した鬼のことですか？」

「そうだよ。鬼ヶ島の鬼は一人きりだ。仲間はいない。孤独な鬼だ」

「住んでいたということは、老婆もその存在を知っていたのですか？」

「もちろんだ。彼女が身の回りの世話をしていた」

「え？」

「まだわからないのかい。あれは鬼じゃない。人間だ」

私と箕輪は顔を見合わせた。

「角は頭皮に根づいていて、決して作り物ではなかったと……」

箕輪は原稿を確認する。

「死体を調べた警察官も、頭に角が生えた怪物だと扱っていたようですが」

私も言う。

「角が生えた人間だ」

八神が言い、私と箕輪はまた顔を見合わせた。

「病気だよ、病気。皮角《ひかく》という皮膚《ひふ》病だ。その名のとおり、皮膚が角のように円錐《えんすい》形に隆起する。通常は一、二センチだが、まれに十センチを超え、獣《けもの》の角と見まごうほどになる」

「では、顔面や手の甲が卸《おろ》し金《がね》のようだったのも？」

私は小声で尋ねた。

「そう、皮角の症状だ」

「すると……、おばあさんが世話をしていたとなると、その人は加藤家の人なのですね？」

「おそらく加藤惣太郎の三男、行正だ。事件当時、一族の中で所在があやふやだったのは彼だけだ。その後の生死も確認されていない。皮角は老人性角化症の肥大型と考えられているが、それが早期に発症したのだろう」

満州に渡り、赤軍の犠牲になったのだろうと語られていただけである。

「それはつまり、満州に渡ったというのは方便で、別荘で療養生活を送っていたと解釈していいのでしょうか？」

箕輪が暗い表情で尋ねた。

「療養、ね。その側面がないこともないが、本質は君がうすうす察しているとおりさ」

「人目を避けて田舎《いなか》で暮らしていた」

「探偵に婉曲《えんきょく》的な言い回しは不要だ」

八神が眉をひそめた。

「人目につかぬよう、孤島で暮らすよう強《し》いられた」

「そう、幽閉だ」

八神はうなずいて、

「言うまでもなく、ある日突然行正に角が生えたのではない。最初はおできのようなものであり、その段階ではとくにためらうことなく病院に行ったことだろう。しかし医者に見せても快方に向かわず、できものはどんどん大きくなる。顔は突起で覆《おお》われ、頭の二つは角と化してしまった。

こうなると世間体が問題になってくる。加藤惣太郎は名士だ。息子がそのような病気に冒《おか》されているとなると、自分にも家にも傷がつく。中央の大病院にかかれば治るのかもしれないが、なにしろ珍しい病気なので大きな話題となること必至だ。結果的に治ったとしても、妙な噂《うわさ》がのちのちまでついてまわり、名家の看板はおろさなければならなくなる。問題はそれにとどまらない。世の中の情勢はキナ臭く、人々の心もピリピリしていた。何か日本に不利なことでも発生しようものなら、鬼の一族である加藤家が不幸をもたらしたのだと詰め寄られかねない。不安定な世の中にあっては、そういう冗談のようなことが本当に発生する。人々はスケープゴートを立ててかりそめの安心を得ようとするのだ。関東大震災後の朝鮮人虐殺を見れば明らかだ。加藤家も焼き討ちに遭《あ》うかもしれない。

会社の存続も危うくなる。加藤織物は軍需品を生産していた。たとえいわれがなくとも、加藤のせいで日本軍がやられたとなると、虎印のゲートルの信用はがた落ちで、軍部がその使用を中止するかもしれない。戦争こそ験《げん》をかつぐ。

だから行正は本家から遠く離れた鬼ヶ島の別荘に移された。行正が長男なら扱いはまた違ったのかもしれないが、不幸にも三男だった。永遠に隠そうとしたのか、あるいは世の中が落ち着いたら大病院に連れていこうと思っていたのか、それはさだかではないが、ともかく彼は鬼ヶ島の別荘に送られ、長年仕《つか》えて信用のおける崎村夫妻が世話をまかされた」

別荘が行正専用の住まいとなったため、加藤茂雄は別荘に連れていってもらえなくなったのだ。行正の病気は、幼《おさな》い茂雄には隠されていた。

「行正を移すにあたり、別荘の増改築を行なったのですね？」

私は確認する。

「そう。コの字だった建物を枡形《ますがた》にし、中庭が海水プールになるようにした。箕輪君が言ったように、奥の深い洞穴に水路をつなげたのだろう。一階の窓をはめ殺しにしたのはもちろん、開閉可能な窓だと浸水するからだね。窓が小さかったのは耐圧ガラスがそれだけしか手に入らなかったからだろう。物資の乏しい時代だ。そしてこの増改築工事をささえていたのが、肥後の石工の水も漏らさぬ技術というわけだ」

「海水の出入口は、ただの排水口と思われていたあそこなのですね？」

「そう。龍虎の彫刻の真下にあった二ヵ所の穴。逆に、龍虎の彫刻こそ、ただの排水口だ」

「あんな高いところに排水口？　二階の窓の下ですよ」

私は首をかしげた。

「大潮の時は水位が二階まで達してしまうのではないでしょうか。そのままでは二階は水浸しです。だから水位を二階より下に保つため、龍虎の口を通じて海水をオーバーフローさせていたのだと思います」

箕輪がニコニコ答えた。

「うん、君は優秀だ」

八神は満足そうに顎をさすって、

「箕輪君にはもう、中庭に海水を引いた理由がわかっているね？」

「はい。軟禁状態の行正を慰《なぐさ》めるためです。海はすぐ近くだというのにそれを眺めることもできないのはかわいそうだと、屋敷の中に海を持ってきた。本物の海にはかなうべくもありませんが、泳げるだけの広さはあります。満潮時には結構な高さになるので素潜《すもぐ》りもできます。それに、一階の窓を完全に塞《ふさ》がなかったことで、まぎれこんだ魚の姿を部屋の中から眺めることもできる。

おばあさんが兵吾少年に語ったからくりとは、この天然の水族館のことだったのです。あんな事件さえ起きなければ、帰る際に一度見せてやるつもりだった。

屋敷の廊下に水中を泳ぐ魚の絵があったそうですが、それは行正が一階の窓から覗いた光景を描いたのでしょう。松林の絵も、果実の絵も、彼がつれづれに描いたのでしょう」

「残念ながら急所をはずしている」

八神はかぶりを振った。

「息子を追いやった加藤惣太郎氏の、せめてもの親心ではないのですか？」

箕輪は不満そうだ。

「ああ、親心によるものだ。その気持ちがなければ、あのような大工事はしやしない。だが、慰めのためというのはどうだろうか。一階のはめ殺しの窓に関しては水族館化ということでいい。けれど娯楽はあくまでおまけだ。中庭に海水を引いた一番の理由は治療のためだと考えられる」

「海水はお肌にいいのよ」

私ははたと手を打った。

「そう、海水療法だ。海水に含まれる多量のミネラルが皮膚病に効果があるという説がある。そのミネラルが空気中に飛散してイオン化したものを吸入することで鎮静効果が得られるという説もある。実際にどれほどの効果があるのかは不明だが、医者に見せられない以上、民間療法に頼るしかない」

「なるほど。〈鬼の間〉から中庭に出られるようになっていたのは、海水療法の便《べん》をはかってのことだったのですね。水位に応じて石段を任意の高さまで降り、海水を浴びる。潮の満ち干によって海水は入れ替わるから、いつも新鮮だわ」

私はしきりにうなずいた。

「地元の子どもが見たという鬼は行正だったのですね?」

悔しいからだろう、箕輪は話題を変えた。

「もちろんそうだ。軟禁状態の彼にできることは、海水療法のほかには、絵と読書くらいだっただろう。崎村喜平を相手に将棋《しょうぎ》を指したかもしれないが、退屈であることには変わりない。あまりの息苦しさに、つい外に出て、子どもに目撃されてしまったのだね。さいわいにして鬼の噂は子どもの間だけにとどまり、行正の身に火の粉が降りかかることはなかった。ところが昭和二十年の八月二日、あと少しで世の中が変わるという時になって、予期せぬ形でカタストロフィーが訪れたわけだ。じゃあ、僕はこれで」

八神はアタッシェケースを持って立ちあがった。

「えーっ、柳橋に七時なら、あと十分くらいだいじょうぶですよ」

私は不満をあらわにした。いよいよ怪事件の謎解《なぞと》きという段になってやめられたのでは生殺しだ。

「接待する側は相手より十分早く着いておくものだ。それに核心部分の説明はもう終わっている。残りの話はおまけだ。なあ、箕輪君？」

「そうですね。今までの話を総合して考えれば、残りの部分は自《おの》ずと知れます」

「うん、やっぱり君は見どころがある。では箕輪君がトキさんに説明してあげて」

「いや、それはちょっと……。まだ考えをまとめていません」。

「話しながら考えをまとめるのさ。僕はいつもそうだよ。将来のため、君もその技術を身につけておいたほうがいい。あとで添削《てんさく》してあげるから、録音しておくのも忘れずにね」

八神はすたすたと事務所を出ていく。

3

「先生、お話しいただいて結構ですよ」

私は皮肉らしく言ってICレコーダーのスイッチを入れた。

「時間軸に沿って説明します。最初の怪異は〈風の間〉の外に出現した鬼でしたね」

腹立たしいことに、箕輪はまんざらでもない様子である。

「あれはアメリカ兵です。パラシュート降下してきたアメリカ兵が、中庭から脱出するために二階への侵入をはかった。それは満潮時のことで、中庭は海水で満ちています。五メートルの巨人でなくても、立ち泳ぎした状態で腕を上に伸ばせば窓の下部に手がかかります。アメリカ兵はそうして、プールからあがる要領でぐっと体を持ち上げ、〈風の間〉に入ろうとしたのです。兵吾少年はこれに度肝《どぎも》を抜かれたわけですね。紅毛碧眼《こうもうへきがん》の人間をはじめて見れば、怪物だと恐れおののきもするでしょう。また、アメリカ兵は水の中から出てきたのですから、このとき当然窓ガラスが濡《ぬ》れます。

アメリカ兵はやがて姿を消します。〈風の間〉の窓が開かなかったので、よそから侵入しようとしたわけですね。移動はもちろん泳ぎです。で、〈鬼の間〉の窓には鍵がかかっておらず、そこを開けた。兵吾少年が目撃したのはその瞬間なのですが、背の低かった彼にはアメリカ兵のバストアップしか見ることができなかった。彼がもし大人だったら、あるいは椅子から転落しなかったら、水面にまで目が届き、なあんだ水に浮いていたのかとなったわけで、五メートルの怪物説は出ず、以後の混乱も生じなかった可能性が高いと思われます」

それは私にも見通せている。

「では次の場面に移ります。〈鬼の間〉の様子を窺《うかが》いにいった兵吾少年は、獣がうなるような声を耳にします。これは脚に怪我を負っていたアメリカ兵があげたものと考えられますが、ところで兵吾少年はそれとは別の種類の音も耳にしています。ゴブゴブという、怪物が何かを飲み込んでいるような低い音。当日の潮汐が大潮に近かったことから判断して、その正体は排水音でしょう。必要以上に上昇してきた海水を龍虎が飲み込んで処理していたのです」

「ちょっと待って。排水音だというのはわかる。虎の彫刻は〈風の間〉と〈鬼の間〉の間に取りつけられていた。兵吾少年が待機していた位置に近い」

「はい。そして排水管は建物の壁の中を通っていたから、水が通る音がよく伝わったのだと思います」

「でも、当日が大潮に近かったと、どうして言えるの？」

「その晩、月が出ていなかったからです。大潮は、新月と満月から一日ないし二日後に発生します」

「ふーん、そうなの。それで、〈鬼の間〉から廊下に現われたのは加藤行正よね？　角があったのだものね」

引けを取ったことをごまかすように、私は話題を移した。

「はい。〈鬼の間〉にはもとから行正がいて、そこに窓からアメリカ兵が入ってきたのです。行正は突然の侵入者に驚いたものの、彼を助けようと、おばあさんを呼びに部屋を出ました。ところが兵吾少年と鉢合わせしてしまったもので、あわてて部屋に戻ったのです。自分は存在を知られてはならない人間です。

ここで説明しなければならないのが、なぜ行正は敵国の兵士を助けようとしたかということです。彼がおばあさんのもとに行こうとしたのは、日本軍や警察への通報を要請するためでは決してありません。アメリカ兵を助けるためです。ではなぜ敵国兵士を？

行正は弱い立場にある者を放っておけない人だったのです。自分が弱い立場にあり、見捨てられたも同然の生活を強いられていたことが、そういう心を作ったのだと思います。アメリカ兵は脚を負傷していました。皮膚が裂け、肉が露出《ろしゅつ》していました。その痛々しい姿を見て行正は、見捨ててはおけないと強く思ったのです。

見捨てるとはすなわち、日本軍に渡すことです。この傷病兵を日本軍が手厚く扱ってくれるとはとても思えません。当時の日本はアメリカにいいようにやられていました。硫黄島を圧《お》さえられ、沖縄を落とされ、東京は焦土《しょうど》と化し、もはや本土決戦という名の国民総玉砕しかないところまで追いつめられていました。それに対して一番いらだちを感じていたのは、実際に戦っていた軍人でしょう。悔しさ、情けなさ、アメリカに対する恨《うら》みつらみに凝《こ》り固まっていた彼らの前に、このアメリカ人を差し出したらどうなるでしょう。アメリカは強国でも一人のアメリカ人は無力です。飢《う》えた狼《おおかみ》の群に羊を投げ入れるようなものです。たまりにたまった負のエネルギーをこれでもかとぶつけてくるでしょう。拷問にかけ、水もろくに与えず、強制労働をさせる。

行正は怪我を負った彼をそうさせたくなかった。アメリカ軍による内地攻撃、あるいは日本の敗戦がごく近いことを予感し、その時が来るまでかくまってやろうと決意したのです」

「やさしさかしら……」

私は首をかしげた。

「私はむしろ、日本軍に対する反発心、復讐心が働いていたような気がするな。行正が軟《なん》禁《きん》された背景には戦争がからんでいるのでしょう。人々の心が穏やかな世の中であれば軟禁をまぬがれたかもしれないのよ。おまけに軟禁後の戦局は悪くなるばかりで、平和な世の中がいっこうに見えてこない。自分は一生表《おもて》に出られないのかと暗澹《あんたん》たる気持ちになり、負け戦に血道をあげている日本軍を恨みに思う。そんな恨みの対象を喜ばせてなるものかと、アメリカ兵を渡すまいとしたのではないかしら」

「そうでしょうか。僕はやさしさだと思います。別荘の玄関先に倒れていた兵吾少年を助けたのも行正でしょう。見つけたのはおばあさんでしょうが、手厚く看病するよう仕向けたのは行正だと僕は思います。おばあさんしかかかわっていなかったら、主《あるじ》の空間である〈風の間〉に寝かせることはなかったはずです。狭い使用人部屋に連れていくか、あるいは彼女は脚が悪いので、玄関ホールに寝かせてそれで終わりだったかもしれません。〈風の間〉を使わせたのは行正であり、彼が兵吾少年をそこまで運んだのです」

箕輪は妙にむきになっていた。

「相手が日本人の少年とアメリカ兵とではわけが違うと思うけど……。まあいいわ、今となっては真実の調べようがないのだし」

私は大人になって話を進行させた。

「ともかく、事実として、行正がアメリカ兵を助けたわけよね。箪笥《たんす》の引き出しが乱れていたのは、そこからタオルを出してアメリカ兵の脚に巻いてやったからよね。で、老婆にその旨《むね》伝えようと部屋を出たのだけれど、廊下に兵吾少年がいたため、あわてて部屋に戻ったと。そして行正とアメリカ兵が〈鬼の間〉から消えてしまうのよね」

「はい。兵吾少年に見られずにおばあさんのもとに達するには、そういう手品めいた手段を用いるしかなかったのです」

「泳いでほかの部屋に移動した」

中庭はまだ海水で満ちている。

「はい。アメリカ兵は部屋に置いて、まずは行正一人でおばあさんに事情を説明しにいったと思われます。

行正に話を聞かされたおばあさんは仰天《ぎょうてん》し、いさめたことでしょう。先ほどトキさんが言ったように、行き倒れになっていた日本人の少年を助けるのとはわけが違います。けれど行正は屋敷の主です。そして主人の命令は絶対です。結局おばあさんは行正にしたがい、〈鬼の間〉に行きました。部屋の前に居着いている兵吾少年を排除するためですね。

兵吾少年は鬼を見たと言って聞きませんでしたが、おばあさんは必死になって叱ったりなだめたりします。〈鬼の間〉の中を見せ、外を覗きながら演技もしました。そのときアメリカ兵はおそらく、行正の指示を受け、中庭に出るドアの外に隠れていたのでしょう。

おばあさんはそうして兵吾少年をどうにか丸め込むと、今後あれこれ嗅《か》ぎ回られないよう、使用人部屋に連れていきました。彼女はこの怪事に先立ち、屋敷の中をうろつくなと兵吾少年に釘を刺しています。行正の存在に気づかれてはならないと、そう注意しておいたのですね。けれど行正にプラスして敵国兵士まで隠さなければならなくなりました。口で言っただけでは心もとなく思い、自分の監視下に置くことにしたのでしょう」

「老婆と兵吾少年が階下に降りたのと入れ替わりで行正が〈鬼の間〉に戻り、アメリカ兵を〈予備の間〉に連れていったのね」

「はい。そこまでが第一幕といってよいでしょう。第二幕のはじまりは――」

「幕間《まくあい》にお茶でもどう？」

私はレコーダーのスイッチを切った。

「コーヒーでいいですか？」

「うん」

すると箕輪はさっと立ちあがり、コーヒーメイカーをセットしてから外に出ていった。下の郵便受けに夕刊を取りに行ったのかと思ったら、たしかに新聞も持って帰ってきたのだが、もう一方の手にビクトリア洋菓子店の包みを提《さ》げていた。

「閉店間際でこんなものしかありませんでした」

とマドレーヌとラスクを机の上に並べた。

「あなた、いいお嫁さんになれるわ」

私は大いに感激して、木の葉の形をしたマドレーヌを頬張《ほおば》った。調査が終わったら即報告書の作成で、昼食をとる時間もなかった。時刻はもう七時。八神は今ごろ平目《ひらめ》の刺身でもつついていることだろう。

コーヒーを持ってくると、箕輪はレコーダーのスイッチを入れた。

「第二幕は松永以下四名の日本兵の到着にはじまります」

「行正と老婆にとって最も来てほしくなかった者がやってきてしまったのね」

「軍部がアメリカ兵を捜しにくるだろうとは、ある程度覚悟していたと思いますよ。パラシュート降下は遠くからでも目立ちます。けれど崖崩れはまったく予想外でした。おかげで日本兵を玄関先であしらうわけにいかなくなってしまった。おばあさんはあわてて〈予備の間〉に行き、行正とアメリカ兵を奥の間に隠し、間のドアを棚で塞ぎます。ところで、兵吾少年はこの段階で〈予備の間〉に人がいると察することができたのですよね。もし彼がそれに気づいていれば、のちの悲劇はすべて避けられたとも考えられ、僕は残念でなりません。子どもにそこまで要求するのは酷《こく》なのですが」

箕輪は溜め息をつき、マグカップを口に運んだ。

「人がいるって……、兵吾少年はこの段階ではまだ〈予備の間〉に一度も入ってないわよ。部屋の広さや窓の数についての違和感を覚えたのはもう少し先の話」

私は首をかしげる。

「救急箱ですよ」

「救急箱?」

「おばあさんは兵士たちを風呂場まで案内したあと、廊下の奥に消え、救急箱を持って戻ってきました。廊下の奥には〈予備の間〉しかないので、救急箱はそこから持ってきたとなります。けれど兵吾少年の目からすると、救急箱は〈風の間〉になければならないのです」

「そうだわ。兵吾少年の治療のために〈凬の間〉に置いてあった」

その後兵吾は〈凬の間〉から出されたので、それにともなって救急箱も動かされたかもしれない。しかしその場合、救急箱の行き先は兵吾と同じ使用人部屋だろう。老婆も庖丁で指を切っている。救急箱が〈予備の間〉に移動したのは、行正がアメリカ兵の治療のために持っていったからにほかならない。

悲しげな表情で箕輪は続ける。

「さらに酷な言い方になりますが、兵吾少年は正直すぎた。日中遭遇した出来事を松永たちにありのまま話してしまった。当初、彼らに家捜しの意志は感じられませんでしたよね。主目的は休憩で、ついでにアメリカ兵のことを訊《き》いてみるかといった雰囲気だった。もし兵吾少年が、おばあさんの言いつけどおり一連の怪異を夢だと思い込むことができるような子であったら、降下兵についての質問におばあさんがすっとぼけて、それで終わったはずなんですよね。松永たちの中には、日本人がアメリカ兵をかくまうはずがないという先入観もあったでしょうし。ところが兵吾少年は見たままを報告してしまった。その結果パラシュートが発見され、深夜の捜索に発展してしまいました」

「でも、この時の家捜しでは棚のごまかしが功を奏して隠し部屋は発見されずにすんだのだから、兵吾少年が正直に語ったことは問題にならないと思う」

「僕が問題としているのは隠し部屋の件ではありません」

箕輪は人さし指を振った。

「じゃあ何が問題なのよ」

「捜索が行なわれたという事実です」

理解できず、私は顔をしかめた。

「パラシュートが見つかったことにより、アメリカ兵が屋敷に舞い降りたと断定されましたよね」

「それはわかるわ」

「その結果松永は、手柄を立てたい一心も手伝って、深夜にもかかわらず、屋敷の内外の捜索を部下に命じました。屋敷の中が河瀬で、外が山之辺。その結果、松永と中島が二人きりになってしまった。もしパラシュートが発見されなかったら捜索は行なわれなかったわけで、すると四人はひとかたまりで一夜を明かしたはずで、中島が松永を殺す機会はなかったのです」

「そういえば八神さんは、松永を殺したのは中島だと言っていたわね」

「はい。松永の仕打ちに中島がキレたのです。ここからが第三幕」

と箕輪は幕間のコーヒーをすする。私もコーヒーとラスクでひと息ついて、

「中島による松永殺しはいいとして、中島の死が納得いかない。八神さんは、中島は逃亡

を図《はか》ったと言っていたけれど、逃げる前に殺されている。隣の部屋にいた河瀬が逃亡に気づき、上官の仇《かたき》とばかりに殺したの？　でも、河瀬には中島は殺せても、その死体を虎の口に吊《つ》るすことはできないわよ」

「中島の死もまた海水が招いたのです」

「あ⁉」

私は一瞬ですべてを理解した気がしたが、すぐには整然とした映像が浮かんでこない。代わりに箕輪が順序立てて説明する。

「上官を殺してしまい、中島の心は、自首と自決と逃亡の三者の間を揺れ動きます。長く迷ったすえ、彼は逃亡を決意します。けれど〈花の間〉の出口は河瀬が塞いでいるので窓から逃げるしかありません。飛び降りて、階段で〈鬼の間〉に侵入するか、あるいは屋上に登るか。実際にそれらは可能だろうかと、彼は外を観察してみます。そして驚くべきことに気づきます。中庭がプールになっているのです。窓はそれまでもずっと開いていたのだけれど、新月の晩だったので、ちょっと目をやった際には気づかなかったのですね。

プールを見た中島は閃きます。泳いでほかの部屋に侵入し、そこから廊下、階段、玄関と進めば、誰にも見とがめられず屋敷を脱出できる。中島は早速裸になります。服を着たままだと泳ぎにくいし、また、ぐしょぐしょの服で逃亡するのはつらいものがあります。といって服を脱ぎ捨てていったのでは、これまた外を歩く時に困る。中島はそこで、脱いだ服をパラシュートで包んで頭に載せました。ただ載せただけでは落ちてしまうので、紐を顎から首に巻いて固定しました。そうして窓からプールに入り、壁づたいに泳いでよその部屋への侵入を試みます。

しかし窓は開きません。〈鬼の間〉のドアも開きません。家捜しの際、河瀬が鍵をかけてしまったからですね。中島は焦《あせ》りながら、鍵のかかっていない窓を探し求めます。そして虎の彫刻の横を通過した時、アクシデントが発生した。虎の牙にパラシュートの紐が引っかかり、もがくうちに紐が深く首に巻きつき、そのまま首が絞まってしまったのです」

「そうか。で、その後引き潮になり、死体発見時は干潮にあたっていたため、不思議な首吊り死体に見えたと」

私はしきりにうなずいた。

「松永と中島の死は、おばあさんにとっては相当ショックな出来事だったと思いますよ。というのもですね、前夜の捜索で隠し部屋が発見されずにすみ、危機的状況は脱していたわけです。屋敷の中にアメリカ兵が隠れる余地はないとなったのだから、道が開通しない日本兵は素直に引き揚げていき、それきり屋敷は静かになるはずだったのです。

ところが松永と中島の死により、将来予測が一変してしまいました。道が通じたら警察を呼ばれ、あらためて屋敷の中を調べられること必至です。といって今さらアメリカ兵を差し出すわけにはいきません。一度かくまってしまった以上、その罪は重い。行正の存在も知られたくない。では警察が来る前に二人を屋敷の外に出してはどうかと考えますが、崖崩れで道が塞がれているので島内にとどまるしかありません。島内では山之辺が目を皿にしてアメリカ兵を捜しています。アメリカ人と角のある人間の二人連れはあまりに目立ちすぎます。

おばあさんはどうしてよいかわからず、さりとて行正と相談することもできません。河瀬の目が光っているので、迂闊《うかつ》に隠し部屋に入れない。おばあさんはただ、鬼もアメリカ兵も知らないと繰り返し、からくりが見つからないようにと祈り続けることしかできません。中庭の秘密がばれたら、自分が手引きして〈鬼の間〉からアメリカ兵を逃がしたと推理されてしまいますからね。といって帝国軍人に向かって、二階の窓から外を覗くなと命ずることはできないので、ただ祈るしかなかったのです。

けれど、ついに中庭の秘密は一人の兵士に知られることとなり、これが新たな悲劇を招くこととなります」

箕輪はそこで言葉を止め、コーヒーで喉《のど》を湿らせた。

「第四幕、山之辺の死にも水が関係しているのね？」

私は膝《ひざ》に手を重ね、身を乗り出した。山之辺は、石像の槍の先が口の中に突き刺さり、体が宙ぶらりんになっていた。アメリカ兵も中島も、水に浮くことで、地面に立ったのではとうてい届かない高さまで達している。

「はい。山之辺が外から戻ってきたのは午後二時ごろで、松永の死体を確認するために〈花の間〉にあがっていったのはまさに満潮時でした。彼は窓の外を見て驚くのと同時に、兵吾少年が語っていた怪現象の正体に気づきました」

「ふんふん、なるほど、それで兵吾少年を呼んだのね。自分がアメリカ兵となってプールから室内を覗き込み、ベッドで寝ている兵吾少年の目にはどう映るか試そうとしたのだわ。ところが兵吾少年に協力を拒《こば》まれたので、とりあえず自分一人で試してみようとプールに入った。うん、そうだわ。水に入るために裸にならなければならず、したがって〈花の間〉に落ちていた山之辺の服は、彼が自分の意志で脱ぎ捨てたものだった。わかってみればあたりまえのことだわ」

私は自分の言葉にいちいちうなずいたが、

「でもその先はどうなっているのかしら。第二の人物がプールに入ってきて山之辺を襲い、死体を槍に引っかけた——、のではないわよね。兵吾少年によると、二階にあがっていった者はいない」

「山之辺は干潮時の中庭をその目で見ていませんよね?」

箕輪は私を凝視して言った。

「そうね。彼が二階にあがったのはこの時がはじめて」

「パラシュートを発見したあとの河瀬の報告から、干潮時の中庭の様子は山之辺にも伝わっています。けれどそれは間接的な情報でしかありません」

「そうだけど」

「つまり山之辺は、武将像が立っていた位置や形について把握できていなかったわけです。そして彼は目が悪かったですよね？」

「みたいね。眼鏡をかけていた。レンズはなくなっていたけど」

「そう、眼鏡は用をなしておらず、そのため〈花の間〉から中庭を覗いた山之辺は、水中に没していた武将像を映像としてとらえられなかったのです。山之辺は、障害物の存在に気づかぬままプールに飛び込み、勢いよく泳ぎはじめてしまった」

「じゃあ……」

私は口元に手をあてた。

「無警戒に障害物に接近し、息継ぎで口を開けたところ、水面近くにあった穂先が口の中に飛び込んできたのです。そして穂先は口腔の柔らかな粘膜を破って脳を傷つけた。中島同様、山之辺も事故死なのです」

箕輪は淡々と語っていたが、私はその時の様子がスローモーションで想像され、背筋に悪寒《おかん》が走った。ぞっとする映像を消し去ろうと、話を次に飛ばす。

「第五幕の舞台は〈予備の間〉ね。奥の間がついにあばかれ、ソファーの裏からアメリカ兵の死体が発見された。死体がそんな場所にあったのは、奥の間の存在に気づかれたと察した行正が隠したからよね？」

「はい。そうして自分は簞笥の中に身を隠し、ともに見逃されることを期待したのです」

「アメリカ兵は脚の傷がもとで命を落としたのでしょう？　素人《しろうと》の治療では救いようがなかった」

「おそらく傷口から入った菌が原因でしょう。でも、素人治療を責めることはできません。仮に日本兵が屋敷に到着した段階で彼らにアメリカ兵を渡したとしても、医者に見せることはできなかった。崖崩れにより本土への道が閉ざされていますからね。それ以前に医者を呼ぶことも無理な状況でした。電話が使えず、おばあさんの脚は悪く、おじいさんは不在。どのみちアメリカ兵は助かりませんでした」

簞輪はつとめて無感情を装っているようだった。

「行正が簞笥から姿を現わしたのは、覚悟を決めたからね？」

「はい。アメリカ兵の死体が見つかっても、おばあさんは何とかごまかそうとしました。あくまで主人への忠誠を貫《つらぬ》こうとしたのです。けれどももはや口先の嘘は通用せず、拘束され、連行されることになった。こうなったら捨てておけません。アメリカ兵を助けると言い出したのはおばあさんではなく自分なのですから」

「しかし河瀬は鬼が出たと驚き……」

やりきれなくなり、私は言葉の続きを飲み込んだ。簞輪もその部分を補完することはな

く、

「第六幕についてはもうおわかりですね？」

と言った。

「中島の死体がふたたび虎に食われたことね。ええ、これも水の力によるものよ。中庭に寝かせてあった中島の死体が水に浮き、オーバーフローしようとする水の流れに乗って虎の口に吸い込まれていった」

盛夏では、死体は死後約一日で水に浮くようになる。山之辺の死体が寝かせてあった場所から動いていなかったのは、死んだのが中島よりあとで、水に浮くほど腐敗が進行していなかったからだ。

「そして終幕になるのですが、おばあさんと河瀬の死については、すでに先生が説明していましたね。じゃあ、僕はもう話すことはありません」

箕輪はふうと溜め息をつき、レコーダーのスイッチを切った。

なんという事件だったのだろう。「黒塚七人殺し」とはいうものの、実は殺しではない死がほとんどではないか。殺されたのは松永と行正の二人だけなのだ。老婆の死も事故だ。彼女を監禁し、窓に穴を開けたのは河瀬だが、彼は中庭に水が満ちてくるとは知らなかったので、未必の故意にはあたらない。

おまけに「黒塚七人殺し」は河瀬の死をもって幕が引かれているが、屋敷における人死にはまだ続くのだ。米軍機が捨てた爆弾が屋敷を直撃し、崎村喜平と駐在一名が命を落としている。実際は「黒塚九人殺し」なのである。

「爆撃で――」

箕輪がぽつりとつぶやき、ずいぶん間を置いてからあとを続けた。

「――建物が倒壊した際、たぶん地下水路も塞がってしまったのです。もし塞がっていなかったら、現場検証の際にも潮の満ち干が見られたはずで、その現象と事件とのかかわりについて警察は考えようとしたでしょう。少なくとも、おばあさんの死とは結びつけようとしたはずです。彼女は溺死ですから。ところがそういう推理がなされた様子はなく、だから水路は塞がってしまったのではないかと思うのです。

重要な手がかりとなるはずだった水路が消滅し、重要な話を持っていると思われた崎村喜平も死んだ。一方、別荘で事件が発生したのと時を同じくして東京の加藤家が空襲に遭い、警察は捜査の糸口を完全に失った。

なんだか、大きな意志を感じませんか？　得体の知れない力が天から降りてきて、事件を閉ざしてしまった」

「そういう詩的な考え、八神さんの機嫌をそこねるわよ」

私は顔をしかめてみせた。

「わかってます。だから録音してません」

箕輪はにこっと笑う。

「それより、困ったことになったわね」

私は顔をしかめたまま頬杖を突く。

「小磯文子さんにはどう伝えればよいの？　これって、大ショックな真相よ。お兄さんの行動が多くの不幸を招いているのだから」

「証拠に乏《とぼ》しいので真相とはいえません。もっともらしい想像です」

「想像ももっともらしければ、その重さは真相に等しいわ。お兄さんに悪意はなかった。子どもとして純粋に行動しただけよ。でも、結果として多くの犠牲者を出すことになったのだから、衝撃を受けずにはいられない。つきつめてみると、お兄さんがお寺を脱走しなければ『黒塚七人殺し』は起きなかったのよ。別荘にアメリカ兵が侵入しても、それを騒《さわ》ぎたてる子どもがいなかったら、その後の死は回避できた。あなたもさっきそう言ったわ」

「さっきはたしかに兵吾少年を責めたてるようなことを口にしました。でも、めぐりあわせでそうなってしまったのだから、今さらあれこれ言っても仕方のないことです」

箕輪はあっけらかんと言った。私は少々ムッとして、

「他人のあなたはそれでいいかもしれないけど、小磯文子さんは兵吾少年の妹なのよ。お兄さんの何気ない行動が不幸を招いたのだと感じた時、『ま、いいか』と笑ってはいられ

ない。お兄さんがその後精神を病んだのも自業自得《じごうじとく》となってしまうじゃない。真相をお兄さんに伝えることもできない」

「そういう心配はするものではないと思います。当調査局がなすべきことは、調査、ただその一点です。調査の結果が誰にどんな影響を及ぼそうが、当調査局の知ったところではありません。仕事とはそういうものです」

たしかにそうだ。調査結果にいちいち感情を注ぎ込んでいては仕事にならない。ただ、今回の依頼は個人によってもたらされたものだけに、つい依頼主の気持ちを考えてしまう。結果に愕然《がくぜん》としたくなければ調査依頼を持ち込まなければよかったのよ、自業自得だわ、とは切り捨てられない。

気持ちの整理がつかず、頬杖を突いてぼんやりしていると、箕輪に肩を叩かれた。

「だいじょうぶです。先生がうまくやりますって。小磯さんの依頼を思い出してください。真相がわからなかったら、もっともらしい話を作ってくれ——そうだったでしょう。で、今回の調査により、真相は判明しなかった。もっともらしい話を伝えるしかないのです」

「その、もっともらしい話が、小磯さんやお兄さんに打撃を与えるのよ」

すると箕輪はちっちと人さし指を振って、

「さっきまでの話をベースに、あたりさわりのない別のストーリーを構築し、それを伝えればいいじゃないですか」

「八神さんがそれを？　まさか。こんな依頼に時間をかけるなと言ったのは八神さんなのよ」

私は首をすくめた。

「見ててごらんなさい、先生はやりますよ。先生はそういう人です」

箕輪は自信満々に言う。私より長く八神を見ている彼には何か思うところがあるのだろう。なにしろ彼は中学生の時分からここに出入りしている。

「まあいいわ。あの話をどう処理するにしても、ここから先は八神さんの領域なのだし。私は世田谷のＯＬ殺しに頭を切り換えなくっちゃ」

私は大きく伸びあがり、凝った首筋を掌《てのひら》で叩きほぐす。

「その前に、旅費の精算をお願いしますね。トキさんはいつも遅いんだから」

箕輪は爆発頭に手を差し込み、ニコニコ笑った。

The Ripper with Edouard

——五つ数えろ!

15

ビルが仰向けに倒れている。右手にナイフを握っている。スーツの左脇がぐっしょり湿っている。雨のせいではない。

「突然切りつけられてね。もみ合ううちにああなってしまった。仕方ない、正当防衛だ」

ヘンリー・ハワードは二の腕の傷口を手で押さえた。

「ビル、が？　犯人、なの？」

ナオミは雲の上を漂《ただよ》っているようだった。

「やつが首を絞めようとしたのに気づかなかったのかい？　サングラスを持った手を君の首に持っていった」

ナオミはぼんやりと首を振った。

ビルが仰向けに倒れている。右手にナイフを握っている。ぴくりとも動かない。うめき声も漏れてこない。

「あとは警察にまかせよう。すでに連絡してある。三十分待っても車に戻ってこなかったから」

ナオミはうなずいた。

「警察に電話したら、ウィリアム・ハミルトンが緊急手配されたと聞かされてね。泡を食って君を捜しにきた。間一髪だったよ。首はだいじょうぶか？ どれ、顎《あご》をあげてごらん」

ヘンリーが腰をかがめ、ナオミの顔を覗《のぞ》き込んだ。

ビルが仰向けに倒れている。右手にナイフを握っている。

スタジアムの地下で、ビルは左手でマッチをすった。車の中で、左手にペンを握った。

過去の映像が浮かびあがった時にはもう遅かった。

一瞬にして、ナオミの息が詰まった。脳の血管が切れそうになった。目玉が飛び出そうになった。

ヘンリーが首を絞めている。

「ママ、ママ……」

と口走りながら、ナオミの首を両手でぐいぐいやっている。

あまりに突然のことで、ナオミは恐怖を感じる暇がなかった。痛みもだんだん薄れていく。

銃声が鳴り響いた。

「彼女から手を離せ！」

そう声がして、ナオミの頭に濁流のように血が昇ってきた。

「頭の上に手を載せろ！」

声は上の方から聞こえる。

「待て。これは――」

「しゃべるな！」

非常階段の上から人が降りてくる。

「ゆっくり左を向け。そうだ。そのまま壁に両手をつけ。足はもっと広げろ。もっと！

そうだ。そのまま動くな。動いたら、今度は狙いをはずさないぞ」

ナオミは激しく咳《せ》き込《こ》みながら顔をあげた。

「僕のパーカのポケットを調べて。ウォークマンとカセットテープが入ってる」

エリック・ロバートソンだった。両手で銃を構えている。

「ウォークマンからイヤホーンをはずして。テープも抜いて。ほかのテープはケースから
出して。出したら全部足下に置いて」

ナオミは言われたとおり、イヤホーンをはずし、三本のカセットテープを裸にした。

「よし。そのままやつの方を向いて。そう。僕と同じように構えて。もっと腰を入れて。

44マグナムだ。ヨコヅナのようにどっしり構えないと吹っ飛ばされるぞ」

エリックは素早い動作で銃をナオミに握らせた。ナオミは引き金に指をかけ、銃口をヘンリーの背中に向けた。

「ナオミ、これは何かの間違いだ」

ヘンリーがうめいた。

「しゃべるな！　ナオミ、やつが今度しゃべったら遠慮なくぶっ放せ。その距離からなら小学生が撃ってもはずれない」

「ええ、撃つわ。エリック、急いで」

ナオミはようやくことの次第を理解できはじめた。

ビルが仰向けに倒れている。右手にナイフを握っている。ぴくりとも動かない。うめき声も漏れてこない。

エリックは腰をかがめると、呼吸を整え、ヘンリーの両脚を背後から抱きかかえるようにすくった。ヘンリーは顔面からその場に落ち、エリックはすかさず彼の背中に馬乗りになった。

「ナオミ、頭を狙ってろ」

ナオミは言われたとおりに銃口を移動させた。

エリックはヘンリーの左腕を逆関節に取り、それを膝で押さえつつ、右腕も逆関節に取った。そして両手首をイヤホーンで縛りあげる。次に一本のカセットからテープを引き出し、それでヘンリーの両脚をぐるぐる巻きにした。顔面もカセットテープを使ってミイラ状態にする。

「よし、警察だ」

エリックに言われるまでもなくナオミは、バラの花が咲いた銃を投げ捨て駆け出していた。

16

昼休みのナオミの様子からエリックは、彼女がセイント・パトリック・ロードに行くと感じたらしい。そして彼は彼女を心配して、セイント・パトリック・ロードの入口近くで待ちかまえていた。行くなと説得し、止めきれなかったら付き添うつもりだった。はたしてナオミはやってきた。しかしエリックは彼女に声をかけなかった。彼女のあとにヘンリー・ハワードがついていたからだ。この時点ではまだ、エリックはヘンリーを怪しんでいなかった。ナオミのボディーガードをつとめているのだと思い、黙って様子を窺《うかが》っていた。

おかしいと感じるようになったのは、ナオミとビルがニールのところに行っている時だったという。ヘンリーは建物の陰に身をひそめ、ナイフの素振りを繰り返すのだ。しかしエリックは、万が一の事態に備えて練習しているのだろうと、非常階段の上に陣取って、ナオミとビルが出てくるのを待った。

決定的におかしいと思ったのは、ヘンリーが嘘をついたからだ。

――突然切りつけられてね。もみ合ううちにああなってしまった。仕方ない、正当防衛だ。

ナイフの所有者はヘンリーである。しかもエリックは見たのだ。ヘンリーが問答無用でビルの脇腹を刺し、そののち自分の腕を傷つけ、倒れたビルの右手にナイフを握らせるのを。

混乱していると、ヘンリーがナオミの首を絞めた。エリックは一か八かで行動するしかなかった。パーティーで使った銃は、もしもの場合にはったりになるかと持ってきたわけだが、本当にその事態に陥《おちい》るとは思いもよらなかった。

ヘンリーが描いた図式は、ナオミを絞め殺したビルがサムライのように腹を切って自害、というものだった。たんなる心中の偽装ではなく、過去三件の殺人をもビルに押しつけようという魂胆《こんたん》だった。

ヘンリー・ハワードを狂わせたのはハリケーンである。

彼はミドルスクールの時分、ハリケーンの夜に母親の姦通を目撃し、彼女を殺している。

その記憶が、一昨年のハリケーンの晩、突如として彼の心によみがえり、パンドラを母親と同じように殺した。

パンドラの殺害をきっかけに彼は、ハリケーンがやってくるたびに母親殺しを思い出し、その再現を欲するようになった。彼は心のうずきをおぼえると、それがまだ膨らみきらないうちに薬を飲んで、魔物が完全に目覚めるのを抑えつけようと努めた。しかし抑えきれないこともあった。それがベビーB事件であり、ジョセフィン・テイラーの殺害である。

言い訳にしかならないがと前置きして、ジョセフィン・テイラーは狙って殺したのではないとヘンリーは言った。彼が狙っていたのは街娼だった。娼婦の顔を持っていた母親の代償には彼女たちこそふさわしいと考えていた。ところが八月十五日の晩は悪天候のため、セイント・パトリック・ロードに街娼は立っていなかった。そしてジョセフィン・テイラーがいた。

殺そうと思って近づいたのではないとヘンリーは言った。適当に時間を潰し、クスリが醒めたら彼女の車に戻してやるつもりだったらしい。なのに殺してしまったのは、ジョセフィン・テイラーが娼婦のようなふるまいをしたからだった。

しかし死体を木の上に持っていったのはヘンリーではない。エドワードである。

「こいつ、うすのろエディがやったのかって、マジな顔で詰め寄るんだよ」

ベッドの中でビルが笑った。

「あ、それ、聞こえてました。エドワード・モーランなのかって真剣に言ってた」

エリックも笑った。

「あんな嵐の晩、エディの野郎が外に出ていくわけないだろう。百ドル賭けてもいいが――おっと、賭はやめとこう――やつのことだ、毛布をかぶってがたがたふるえてたさ。なのにナオミときたら、マジな顔で言うんだよ。思い出すたびに腹の皮が、いたっ、いた……」

「笑いすぎると傷口が開くわよ」

ナオミは顔を赤らめ、そっぽを向いた。

ウィリアム・ハミルトンは一命をとりとめ、ダウンタウンの病院に入院している。週明けのこの日はコロンブス・デイで学校はなく、ナオミはエリックと二人で見舞いに訪れていた。

ジョセフィン・テイラーの死体を木の上に持っていったのは水である。

ハリケーンにより洪水が発生し、死体を殺害現場からオーク・アレイ・ドライブまで流したのだ。そして樫の木に引っかかり、そのままとどまった。夏場なら、死体は死後一日で水に浮くようになる。

オーク・アレイ・ドライブの建物がどれもみすぼらしかったのは、洪水の被害から復旧しきっていなかったからだ。

エドワードはハリケーンである。

日本では台風を番号で呼ぶが、アメリカではハリケーンを人名で呼ぶ。名前のつけ方には一定のルールがあって、その年の第1号にはAではじまる名前がつけられる。第2号はBではじまる名前で、以下アルファベット順に続く。エドワードの頭文字Eはアルファベットの五番目なので、日本流にいうなら台風5号だ。

ルールはほかにもあり、第1号がArthur《アーサー》という男性名だったら、第2号はBertha《バーサ》という女性名、第3号はCristobal《クリストバル》で男、第4号はDolly《ドリー》で女、といった具合に、男と女の名前が交互に使われる。先週末のハリケーンは、Edouard《エドワード》君の次なのでFay《フェイ》嬢だった。

そして、これらはハリケーンが発生するたびに命名されるのではなく、大西洋側で発生するハリケーンについては一年につき二十一の名前が六年分用意されていて、六年サイクルで使い回される。太平洋側のハリケーンについては一年につき二十四の名前が、やはり六年分用意されている。どうしてそんなめんどうなことをするのかナオミには理解できないし、日本の台風も「あきら」「いっこ」「うめきち」「えみ」「おとぞう」と呼ばなければならないとしたら、かなり抵抗がある。

「ヘンリーは俺を恐れていたんだろう？　ジョーの事件について何か握っているのではないかと。だからナオミの頼みをきくふうを装って、その実、俺の動向を探るためにセイント・パトリック・ロードにやってきた」

　ビルが言った。

「実際は何も知らなかったわけだけど、警察で洗いざらいぶちまけると宣言したじゃないですか。ヘンリーをつき動かしたのはそれだったみたいです。あなたの発言の裏を取ろうと警察が動き、その過程で自分にとって致命的な証拠なり証言なりが出てくるのではないかと恐れた」

　エリックが応じた。

「で、どうせ殺すなら、これまでの罪をひっかぶせちまえと。ひっかぶせるにはもう一人犠牲者が必要で、ナオミを巻き添えにしたと。ひどいことを考えてくれるぜ」

「わたし、マッチブックのメモをヘンリーに見せたのね、スクールバスの中で。それも彼を刺激したみたい」

　ナオミは言う。

「ヘンリーは、あのメモでわたしが呼び出されたと知っていた。彼はまた、わたしたちのやりとりを盗み聞くうちに、ジョセフィン・テイラーも同じようなメモであなたに呼び出されたと気づいた。すると、ここでナオミ・フセを殺せば、ウィリアム・ハミルトン直筆のメモが連続して死体から発見されることになる。ウィリアム・ハミルトンがより疑わしくなるわけよ。だからあなたを刺して自殺の偽装をほどこすだけでなく、わたしも殺す必要があった」

「ま、二人とも死なずにすんでよかったよ」

エリックがわざとらしく咳払《せきばら》いした。

「ああ、おまえには何と感謝したらいいか」

ビルが神妙な面持ちで首を振った。

「ホント、ありがとう」

ナオミもうなずいた。

「『ありがとう』もいいけどさ、お礼のキスとかないの？　誰かさんにやってもらったみたいにしてくれとは言わないけどさ」

ナオミは耳が熱くなった。

「ビルは慣れてるふうだった？　二人はいつからそういう関係だったわけ？　だいたいどこで知り合ったの？　ビルがアイオワに飛ばされたら追いかけていくの？」

エリックがダグ・コールマンのように矢継《やつ》ぎ早《ばや》に質問を浴びせてくる。

「慣れてるかどうか確かめてみるか？」

ビルが唇をすぼめ、エリックがのけぞった。

「まあエリック、そのくらいにしといてやれ。ナオミ・フセ《FUSE》をあまり困らすと、彼女の頭がオーバーヒートして、ヒューズが飛んじまう」

こうへいくんとナノレンジャー
きゅうしゅつだいさくせん（つづき）

「どうしたの？」

ふたりが、おもいおもいにないていると、つるつるはげあたまのおとこのひとがちかよってきました。さぎょうふくをきた、こうえんそうじのおじさんです。

「これをあげるから、もう、なかないの」

おじさんはガムをさしだしてきました。こうへいくんは、いらないとくびをふって、しゃくりあげのあいまあいまに、たいせつなおもちゃがおちてしまったことをせつめいしました。

はなしをききおえると、おじさんは、いどのなかをのぞきこんで、

「ちょっとまってなさい」

と、かけあしでたちさりました。

しばらくして、おじさんが、かいちゅうでんとうをもってもどってきました。なかまのおじさんもつれてきました。ひとりは、めがねのおじさんで、もうひとりは、ひげのおじさんです。

はげあたまのおじさんが、かいちゅうでんとうでいどのなかをてらすと、あんがいちかいところに、そこがみえました。といっても、さんメートルはあるでしょうか。

これでは、こうへいくんがいくらうでをのばしても、とどくはずがありません。いどのそこにみずはなく、そのかわりに、かみくずとか、タバコのすいがらとか、つぶれたあきかんとか、たくさんのゴミがおちていました。

「ネオ・ルーセントだんしゃく！」

こうへいくんはさけびました。ゴミのやまのうえに、きいろとくろのにんぎょうがみえます。うでやあしがもげているようすはなく、こうへいくんは、ちょっとだけほっとしました。ゴミがクッションになってくれたのでしょう。

「ブルー・サファイア！」

こんどはゆみちゃんがさけびました。ガチャポンのカプセルは、ゴミにはんぶんうもれていました。カプセルのなかには、あおっぽくひかるものがあります。

「あたり」のかみはみえません。でも、ゴミのなかにまぎれているのではないかと、こうへいくんはそんなきがしました。

「かべはいしぐみのようだから、それをつたって、おりられるんじゃないの？」

めがねのおじさんが、いどのふたにてをかけました。

「だめだめ。どこにめをつけているのです」

ひげのおじさんのいうとおりです。ふたには、べろのかたちをしたかなぐがふたつついていて、それぞれ、いどのわくにうめこまれたでっぱりにさしこまれ、カバンのかたちをしたかぎがおりています。こうへいくんも、さいしょから、きづいていました。

「おまえは、すっこんでろ」

めがねのおじさんはふてくされ、こんどは、てにもっていたくまでほうきを、ふたのすきまにつっこみました。ぜんぜんとどきません。おじさんが、じぶんのうでをひじまでさしこんでも、だめでした。こうへいくんも、そうだとおもっていました。

「かかりのおじさんにれんらくしてあげるよ。ふたのかぎをあけて、はしごをおろせば、かんたんにとりもどせる。でも、きょうはもうおそいから、あしたね。おっと、あしたはどようびか。じゃあ、げつようびね」

はげあたまのおじさんが、こうへいくんのあたまを、てんてんとたたきました。

そらは、ほんのりあかくそまっています。そろそろかえらないと、おかあさんにしかられます。こんばんと、あしたと、あさってと、ネオ・ルーセントだんしゃくであそべないのはざんねんですが、こうへいくんは、おじさんのことばに、すなおにうなずきました。

ところが、ゆみちゃんが、いうことをききませんでした。

「だめー！　いま、とってくんなきゃ、だめー！」

「ごじをすぎてるから、かかりのおじさんは、もう、おうちにかえっちゃってるんだよ」

めがねのおじさんがなだめました。すると、ゆみちゃんは、またなきじゃくりはじめました。

「おねえちゃんにしかられちゃう……」

あのブルー・サファイア、じつは、ゆみちゃんのものではなく、おねえちゃんのものだったのです。おねえちゃんが、まだがっこうからかえっていないのをいいことに、こっそりもちだしたのです。

おじさんたちはこまりはて、けいたいでんわで、しやくしょにれんらくしました。けれど、こうかんのじかんがおわっていて、つながりませんでした。

「よおし、おじさんにまかせとけ」

めがねのおじさんが、ふたのうえにとびのりました。てんじょうにてをのばし、ひきあげられていたつるべおけをはずし、つるべおけとロープのむすびめをほどきました。そして、ロープのはしっこを、くまでほうきのえにしっかりむすびつけました。

こうへいくんは、おじさんがなにをしようとしているのか、ピンときました。そうです、ロープをつかって、くまでほうきを、いどのそこまでとどかせようというのです。

かんがえは、みごとにてきちゅうしました。はげあたまのおじさんが、いどのそこをかいちゅうでんとうでてらし、めがねのおじさんが、ふたのすきまにくまでほうきをさしいれ、するするとロープをおろしていきます。そして、ほうきは、いどのそこまでとどきました。

いちどめこそ、ほうきは、けんとうちがいのところにとうたつしましたが、いったんロープをたぐりよせ、しっかりねらいをさだめて、べつのすきまからおろしたところ、こんどはカプセルのまよこにちゃくちしました。めがねのおじさんがロープをよこにうごかします。ほうきの、かぎにおれたさきっぽに、カプセルがのっかりました。

「よし、いただき!」

はげあたまのおじさんがこえをあげました。めがねのおじさんが、ゆっくり、ゆっくり、ロープをたぐります。

ところが、すこしひきあげたところで、カプセルがするりとおちてしまいました。そのご、なんどちょうせんしても、うまくいきませんでした。

「だめだ、こりゃ」

めがねのおじさんがよわねをはき、ロープをほっぽって、タバコにひをつけました。ゆみちゃんが、また、わんわんなきだしました。

「はさまないとだめだな。よし、くまでがもういっぽんあっただろう。もってこい。

それから、ロープももういっぽんひつようだな」

はげあたまのおじさんにめいれいされ、ひげのおじさんが、べつのほうきをもってきました。ロープはなかったらしく、みずまきにつかっていた、ながいビニール・ホースをもってきました。ひげのおじさんは、いまもってきたほうきのえにホースをむすびつけ、ふたのすきまからおろしました。

「UFOキャッチャーだ」

こうへいくんは、ぽんとてをたたきました。ふたつのくまででカプセルをはさみつけ、ひきあげようというわけです。

ところが、UFOキャッチャーさくせんも、うまくいきませんでした。ひきあげているとちゅう、それぞれのくまでが、すきかってなほうにうごいてしまい、カプセルがぽろりとおちてしまうのです。

「おまえ、へたくそだなあ」

なんどかしっぱいしたあと、めがねのおじさんが、ひげのおじさんをしかりつけました。

「やっぱり、ふたをあけないことには、どうにもならんな」

はげあたまのおじさんが、ためいきをつきました。ゆみちゃんが、また、なきだしました。

おじさんたちは、ほかにもいろいろしてくれました。

はげあたまのおじさんが、かんでいたガムをロープのさきにくっつけ、いどのなかにたらしました。ガムにくっつけてひきあげようというのです。ですが、これもしっぱいしました。くっつくことはくっついたのですが、ひっぱりあげるにつれて、ガムがびよーんとのびて、カプセルはとうとうおちてしまいました。

めがねのおじさんは、いどのなかにホースをたらし、いっぽうのはしをくちにくわえ、なんどもなんどもいきをすいこみました。くうきのちからでホースのさきにカプセルをくっつけ、そのままひきあげようとしたのです。けれど、おじさんは、ほこりばかりすいこんだらしく、ゲホゲホせきこんでしまいました。

めがねのおじさんは、すいどうでくちのなかをゆすいでから、ゆみちゃんのあたまをなでました。

「おじさん、いまので、ひらめいた。こんどこそ、とってあげる」

そして、めがねのおじさんは、ひげのおじさんにむかって、

「きんじょで、そうじきをかりてこい。そうじきのホースに、このすいどうホースをつないで、すいあげる」

と、めいれいしました。

けれども、ひげのおじさんは、あーあとおおきなあくびをして、いどのふちにこし

をおろしてしまいました。

「きこえんのか？　そうじきをかりてこい。さあ、はやく」

めがねのおじさんが、ひげのおじさんのせなかをおしました。ひげのおじさんは、また、おおきなあくびをしました。

「これもしごとのうちだ。そうじきをかりてこい！」

はげあたまのおじさんがどやしつけました。すると、それまでずっとおとなしくしていたひげのおじさんが、もうれつないきおいでしゃべりはじめました。

「このこうえんのどこにコンセントがあるのですか。えんちょうコードもかりてこいというのですか。いちばんちかくのいえからも、なんじゅうメートルもはなれているのですよ。いったい、なんこのえんちょうコードがひつようでしょう。いったい、なんげん、ほうもんしなければならないのでしょう。だいたい、かていのなかに、あまっているえんちょうコードなんて、ありませんよ。テレビ、ビデオ、パソコン、でんわ――たいてい、でんかせいひんのプラグがささっています。それを、ぬいてくれとたのめ、というのですか。そもそも、いっぱんかていのえんちょうコードをなんじゅうメートルもつなげて、でんりゅうがうまくながれるとおもったら、おおまちがいです。でんきていこうが、どれだけぞうだいすることでしょう。かねつしてはっかするかもしれない」

そして、おじさんたちは、やいのやいのと、けんかをはじめてしまいました。

ゆみちゃんは、おじさんたちのけんかにびっくりしたのか、ますますなきわめきます。

そらは、すっかりゆうやけいろです。カラスもカァカァないています。

ぜったいぜつめいのピンチです。

こうへいくんは、このままかえってもいいのです。げつようびまでまって、ネオ・ルーセントだんしゃくと「あたり」のかみをとりもどせれば、それでいいのです。それより、きょうのかえりがおそくなって、おかあさんのおこごとをちょうだいするほうが、なんばいもいやでした。

けれど、こうへいくんは、ゆみちゃんをほうっておけませんでした。しらないおじさんのなかにおいてきぼり、というわけにもいきません。

ナノレンジャーがいたらなあ、と、こうへいくんはまたおもいました。

こうへいくんは、いどのそこにむかって、いのりをこめてつぶやきました。

「エネルギーじゅうてんひゃくにじっパーセント。レッド・シグナル、イエロー・シグナル、ブルー・シグナル。ナノレンジャー、しゅつどう、スタンバイ」

「おまたせ。さあ、もうじきかえれるよ」

あんまりタイミングがよかったので、ほんとうにナノレンジャーがきてくれたのかと、こうへいくんはびっくりしました。けれど、にっこりかたりかけてきたのは、ひげのおじさんでした。

けんかはおわったようです。はげあたまのおじさんと、めがねのおじさんは、ふくされて、どこかにいってしまいました。

「いじわるしたわけじゃないんだけど、すこし、おきゅうをすえようとおもってね。ゆびわをとりもどすまえに、やくそくしてくれるかな？」

と、おじさんは、ゆみちゃんにむかって、こゆびをたてました。

「ひとのもちものを、かってにもちださないこと。たとえ、おねえちゃんのものでも、かってにもちだしたら、どろぼうだよ」

ゆみちゃんは、うんとうなずき、おじさんとゆびきりしました。

「もうひとつ。ゆびわは、こっそりかえさないこと。だまってもちだしました、ごめんなさい、と、おねえちゃんにあやまるんだ。しょうじきにはなせば、おねえちゃんは、きっとゆるしてくれる」

「うん、やくそくする。やくそくするから、おじちゃん、はやくとってぇ。はやくかえんないと、ママにしかられちゃう」

「おっと、もうひとつ。おじちゃんとよばないこと。おにいさんだ」

おにいさんは、そうわらって、くまでほうきにむすんであったホースをはずすと、すいどうのじゃぐちにはめこみました。

「こうへいくん、おにいさんがあいずしたら、じゃぐちをひねってくれるかな。いっぱいいっぱいにね」

おにいさんはホースをずるずるひっぱってきて、いどのふたのすきまにつっこみました。

「エネルギーじゅうてんひゃくにじっパーセント」

おにいさんのこえがひびきました。なんと、おじさんのようなおにいさんのくせに、ナノレンジャーをしっていたのです。

「レッド・シグナル、イエロー・シグナル、ブルー・シグナル」

こうへいくんは、うれしくなって、あとをつづけました。

「ナノレンジャー、しゅつどう、スタンバイ」

ふたりそろっていいました。そして、「ゴー！」のあいずで、こうへいくんは、じゃぐちをめいっぱいひねりました。

じめんにおりかさなっていたホースが、いきているヘビのように、くねくねうごきまわり、やがて、さきっぽから、いきおいよくみずがとびだしました。ジャブジャブおとをたてて、いどのそこにおちていきます。

「さあ、みててごらん」

おにいさんが、かいちゅうでんとうのひかりを、いどのそこにむけました。

こうへいくんは、てつのぼうにかおをおしつけて、なかをのぞきこみました。

べつに、どうということはありませんでした。みずがジャブジャブおちているだけです。

ところが、がまんづよくながめつづけているうちに、なんだか、カプセルが、だんだんちかづいてくるようなきがしてきました。カプセルだけでなく、かみくずも、タバコのすいがらも、そして、ネオ・ルーセントだんしゃくも、じわじわうえにのぼってくるかんじなのです。

「さあ、もういいだろう。じぶんでとってごらん」

そういって、おにいさんがすいどうのじゃぐちをとじたときには、こうへいくんのめとはなのさきにカプセルがありました。きのせいではありません。こうへいくんが、てつのぼうのあいだにうでをさしいれると、そのてのなかに、すっぽり、カプセルがおさまりました。ブルー・サファイアも、ちゃんとはいっています。

「わーい。ありがとう」

ゆみちゃんが、ぴょんぴょんとびはねました。

こうへいくんは、もういちど、ぼうのあいだにてをつっこんで、ネオ・ルーセントだんしゃくをきゅうしゅつしました。あたま、どうたい、うで、あし、と、ねんいりにしらべましたが、どこもこわれていないようです。

「これも、いるんだろう？」

かみくずのやまのなかから、おにいさんが「あたり」のかみをみつけだしてくれました。ぐっしょりぬれているけれど、「あたり」のもじはにじんでいません。

「みずにはね、ものをもちあげるせいしつがあるんだよ。ゴミそうじもできて、いっせきにちょうだ」

おにいさんは、いどのなかにてをつっこんで、みずによってうきあがってきた、すいがらやジュースのかんをひろいあげます。

「このおみず、どうするの？」

ゆみちゃんがいいました。

「そんなの、きまってるじゃん。ここ、いどなんだよ。つるべおけでくみだすにきまってる」

こうへいくんがこたえました。

「でも、ふたがあかないよ。おけがはいらないよ」

「げつようびに、かかりのおじさんがあけるんだよ。そんなの、きまってるじゃん」

するとおにいさんがいいました。

「だめだめ、こうへいくん。どんなときも、きまってる、なんていってはいけないよ。ものごとをきめつけてしまったら、はつめいも、はっけんも、はっそうも、あたらしいものはなんにもうまれてこないよ。きまっていることしかできないこどもは、おおきくなっても、ほかのひとがきめたことしかできなくなるよ」

むずかしくてよくわからず、こうへいくんは、めをきょときょとさせました。

「ナノレンジャーがつよいのは、がったいベロシティ・ビームがきょうりょくなのではなくて、いつも、あっとおどろくようなさくせんをかんがえているからなんだよ。せんしゅうのアルテミスこうぼうせんはおぼえてるよね？　ブロッケンぐんだん、まんまとうらをかかれたでしょう」

これはとてもよくわかったので、こうへいくんは、にこにこうなずきました。

「それで、おみずはどうなるの？」

ゆみちゃんがつまらなそうにいいました。

「あした、きてごらん。みずはすっかりなくなっているから」

こうへいくんは、きょとんとしました。

「おにいさんが、こんばんのうちに、きれいさっぱりくみだしておく。まほうをつかってね」

「まほう？」

ゆみちゃんが、めをかがやかせました。

「それは、あした、おしえてあげる。ほら、すっかりくらくなった。はやくかえらないと、おかあさんがしんぱいしてるよ。きをつけておかえり」

ひげのおにいさんは、バイバイとてをふりました。

「おにいさん、ありがとう」

ゆみちゃんとこうへいくんも、バイバイとてをふって、ふたりならんでおうちにかえりました。

―おしまい―

解説——著者の歩みを象徴する一冊

文芸評論家 千街《せんがい》晶之《あきゆき》

本書『安達《あだち》ヶ原《はら》の鬼密室』は、二〇〇〇年一月、講談社ノベルスから書き下ろしで刊行された歌野晶午《うたのしょうご》の長篇小説である（後述の通り、長篇と言い切っていいのかどうか些《いささ》か迷う構成の作品ではあるのだが）。二〇〇三年三月に講談社文庫版が刊行されており、今回が二度目の文庫化である。

この解説を執筆するにあたって私は本書を久しぶりに読み返したのだけれど、まず込み上げたのは「懐かしい」という思いだった。もちろん、刊行当時に読んでいたので内容そのものが懐かしかったという意味でもあるが、同時に、本書が発表された時期に関連するいろいろな記憶が蘇《よみがえ》ったのも懐旧に囚《とら》われた理由のひとつである。これには説明が必要だろう。刊行から十六年経った今、今回初めて本書に触れる読者も少なくない筈《はず》だからだ。

ある小説を読むにあたって、それがいつ発表されたかなどの情報は必須ではない、純粋にテキストだけを鑑賞すればいい――という考え方もあり得る。しかし、何しろ十六年も前の作品である。本書が刊行された時代背景、そして著者の作品系列における本書の位置づけを、まず説明しておかなければならないと思う。

綾辻行人《あやつじゆきと》の『十角館の殺人』(一九八七年)に始まる本格ミステリ復興のムーヴメントを「新本格」と呼ぶことは周知の通りである。綾辻に続き、法月綸太郎《のりづきりんたろう》や我孫子武丸《あびこたけまる》らの有力新人が次々と世に出たが、一九八八年、『長い家の殺人』でデビューした歌野晶午も、新本格の初期デビュー組のひとりだった。

著者は『長い家の殺人』、『白い家の殺人』(一九八九年)、『動く家の殺人』(一九八九年)と続く名探偵・信濃譲二《しなのじょうじ》シリーズ三部作を発表したあと、江戸川乱歩《えどがわらんぽ》調の作中作と現実の出来事が並行して描かれる『死体を買う男』(一九九一年)、殺害された天才歌手の人生を追う『ROMMY そして歌声が残った』(一九九五年。文庫版は『ROMMY 越境者の夢』と改題)などの作品で、どんどん評価を高めていった。

ところで、著者が『長い家の殺人』でデビューするにあたって推薦文を寄せた島田荘司《しまだそうじ》は、一九八九年に『本格ミステリー宣言』を刊行していた。この本で主張された、幻想的な謎と高度な論理性の兼備を本格ミステリの条件とする理論は、九〇年代に「島田理論」と呼ばれ、大きな話題を巻き起こした。島田は(本人の理論なのだから当然といえば当然だが)これを使いこなした傑作・力作を続々と発表したけれども、この理論に従っても、誰もが傑作が書けるというわけではなかったのもまた当然だった。そんな中、著者の長篇『ブードゥー・チャイルド』(一九九八年)は、前世の記憶を持つ少年が事件に巻き込まれるという幻想的な設定を論理的に解明する物語であり、「島田理論」に対するまさにパーフェクトな回答と言える傑作だった。だが当時の著者は、自分がガチガチの本格ミステリの執筆には向かないのではとも感じていたようだ。

『安達ヶ原の鬼密室』は、著者がその『ブードゥー・チャイルド』から二年ぶりに発表した新作長篇だったのである。本書を現在から振り返るにあたっては、ここまで簡単に説明したような当時のミステリ界の状況を念頭に置いておいたほうがいいかも知れない。

本書のタイトルからまず思い浮かぶのは安達ヶ原の鬼婆《おにばば》伝説だろう。安達ヶ原とはかつて阿武隈川《あぶくまがわ》の畔《ほとり》にあったとされる野原で(現在の福島県二本松《にほんまつ》市)、奈良時代、ここに鬼婆が棲《す》み、旅人を殺して食べていたが、旅の僧に退治されたという(同様の伝説は埼玉県にも伝わっている)。主君の姫の病を治すため妊婦の生き肝《いぎも》を求めていた岩手《いわて》という乳母《めのと》が、そうとは知らずに自分の娘を殺めて《あや》しまい、発狂して鬼婆と化したとされている。平安時代の歌人・平 兼盛《たいらのかねもり》の「陸奥《みちのく》の安達が原の黒塚に鬼籠《こ》もれりと言ふはまことか」という有名な歌をはじめ、能の『黒塚《くろづか》』、人形浄瑠璃《じょうるり》・歌舞伎《かぶき》の『奥州《おうしゅう》安達原』等々、この伝説をもとにした文芸作品は少なくない。本書もその系列に属する物語なのだろうか――当然読者の脳裏《のうり》に湧《わ》くであろうそんな疑問に答えるかのように、講談社ノベルス版の「著者のことば」は以下の通りである。

孤島の鬼、蓬髪《ほうはつ》の老婆、石造りの屋敷、閉ざされた中庭、武者の像、巨人、出口のない土地、迷い込んだ人々、中空の死体、屍肉《しにく》を食う虎、開かずの扉、そして誰もいなくなった、推理嫌いの探偵、学習による謎解き——本書はつまりそういう物語です。

けれども、ページを繰《く》っても繰っても「安達ヶ原」には到達せず、「鬼」の影さえ見えず、「密室」殺人も発生しません。

けれど実は、ほのぼのとした一ページ目を開いたその時から、あなたは「鬼密室」に迷い込んでいるのです。

単に安達ヶ原伝説をなぞったわけではない、一筋縄では行かないミステリであることが窺《うかが》える。ここで著者が「ほのぼのとした」と形容している通り、本書はミステリのミの字もなさそうな、「こうへいくんとナノレンジャーきゅうしゅつだいさくせん」と題された童話風の物語からスタートする。（なお、講談社ノベルス版と講談社文庫版ではこのパートに季史め井子によるイラストがついていて絵本仕立てになっていたが、今回は省かれた）。小学校一年生のこうへいくんと同級生のゆみちゃんは、公園の井戸のそばで遊んでいた。その際、二人は大事なおもちゃを井戸に落としてしまう。

ところが、この子供たちの物語は途中で唐突に途切れてしまい、「The Ripper With Edouard──メキシコ湾岸の切り裂き魔」と題された第二の物語が開幕する。主人公は、テキサス州南東部のある町の高校に通う日本人、ナオミ・フセ。彼女はあるパーティーに出席した帰り、友人が運転する車に同乗していて交通事故に巻き込まれてしまう。幸い、誰も大きな怪我《けが》は負わなかったけれども、それどころではない珍事が発生していた。後部座席に、いつのまにか他殺死体が出現していたのだ。犠牲者は扼殺《やくさつ》された上、乳房を切り刻まれていた。昨年と一昨年にも、全く同じ手口の殺人事件が起きており、犯人は捕まっていないという。好奇心旺盛《おうせい》なナオミは、周囲の反対を押し切って事件に関する情報を集めはじめる。

冒頭の絵本とは打って変わってミステリ色が濃厚な物語になっているけれども、これもクライマックスで中断されてしまい、そこからまた全く関係のない物語が始まるので、読者もこのあたりで「本書の意図はどこにあるのだろう」と訝《いぶか》しむ筈だ。新たにスタートする「安達ケ原の鬼密室」は、終戦直前の昭和二十年八月、H県に疎開《そかい》していた国民学校四年生・梶原兵吾《かじわらへいご》の異様な体験を描いている。ある名家の立派な屋敷に迷い込んだ彼を迎えたのは、主《あるじ》の留守を預かる老婆《ろうば》だった。兵吾はその屋敷で「鬼」を目撃するが、老婆は彼の言うことを信じようとしない。そこに、一夜の宿を借りたいという軍人たちがやってきた時、あまりにも不可解な惨劇《さんげき》が幕を開ける……。

そして現代。民間の探偵事務所だが警察の捜査に協力している八神一彦《やがみかずひこ》調査局に、ある女性がやってくる。彼女の兄である兵吾は、まだ少年だった昭和二十年八月、迷い込んだ屋敷で不可解な大量殺人に巻き込まれていた。一連の惨劇と米軍による空襲により、事情を知る関係者は全員死亡しており、唯一生還した兵吾の記憶があまりにも現実離れしているため、屋敷で結局何が起こったのかは不明のまま。その事件の真相を知りたいというのが彼女の依頼なのだ。八神の下で働く調査員の木元鴇子《きもとときこ》は、三日間という期限を与えられ、彼のために情報を集めはじめた。

このパートに登場する八神一彦は、まず直観で事件の全体像を把握《はあく》し、それに当てはめて情報を集めてゆくタイプであり、「できることなら推理なんてめんどうなことはしたくない」と探偵らしからぬ発言も散見される。「いいんだよ、真相にいたらなくても。わかった範囲の情報を基に僕が物語を作る」とまで言い切るあたり、城平京《しろだいらきよう》の『虚構推理』(二〇一一年)や円居挽《まどいばん》の「ルヴォワール」シリーズ(二〇〇九~一四年)などの近年の本格ミステリに見られる、推理の真実性より聴衆への説得力を重視するトレンドを先取りしたようなキャラクターでもある。著者の初期作品に登場する名探偵・信濃譲二が、短篇集『放浪探偵と七つの殺人』(一九九九年)所収の「有罪としての不在」で、「より蓋然性《がいぜんせい》の高い判断材料を用いて一つの結論を導き出す。その結果、実は蓋然性の低い材料を用いるのが正解だったとなっても、それはいたしかたない。確からしい方向を求めて進むことが推理であり、その前提に基《もと》づかない思考形態は推理とは呼ばない。山勘《やまかん》という」と述べているのとは好対照だ。信濃が放浪の自由人なのに対し八神が警察組織と持ちつ持たれつの関係にあるのも正反対で、このあたりのコントラストは意図的なものかも知れない。なお八神はその後しばらく著者の作品に登場せず、本書一作きりの探偵役かと思われたが、中篇集『そして名探偵は生まれた』祥伝社文庫版（二〇〇九年）にボーナス・トラックとして収録された「夏の雪、冬のサンバ」に再登場した。

このパートで描かれる不可能犯罪の解明は、時代背景を戦時中にしたことにのっぴきならない必然性が存在していて秀逸《しゅういつ》である。また、上から見るとロの字型で、一階には人間の頭くらいの小さな窓しかない奇怪な屋敷が何故建てられたかという謎解きも鮮やかで、「これぞ新本格」という華が感じられる。ただし、このパートだけが中篇として発表されていたならば、『ブードゥー・チャイルド』で完成形に達した「島田理論」の実作化の延長線上という評価に落ち着いていた筈である。そこから更に先へと進もうという意志が、本書の一見奇妙な構成の背後にあるのではないか。

本書の複数のエピソードはそれぞれ独立しており、どこかで登場人物が密かに共通しているといった趣向はない。読んでいるうちに、果たしてこれは長篇小説なのだろうかという疑問も湧いてくるだろう。にもかかわらずそれらのエピソードが一冊の長篇にまとめられている理由は、本書を最後までお読みになった方にはもうおわかりの筈だ。複数の物語を貫《つらぬ》く趣向に読者がどの時点で気づくか——それこそが、本書における著者から読者への挑戦だったのである。

『ブードゥー・チャイルド』で島田流本格ミステリの領域における一定の達成を示した著者は、その境地に安住することなく、賛否両論も恐らくは承知の上で新たな一歩を踏み出した——それが本書なのであり、この果敢《かかん》な実験精神はその後の著者の作品とも共通するものだ。近年の傑作・秀作群については一作ごとの具体的な言及は省《はぶ》くけれども、それらの作品で著者は、時に伝統的な本格ミステリのガジェットを使いこなしつつ、本格どころかミステリの枠《わく》さえも破壊するような前衛的趣向を前面に押し出すことが多くなっている。異形《いぎょう》の館での惨劇《さんげき》や車内に突如《とつじょ》出現する死体といった事件に「いかにも新本格」という印象のトリックを盛り込みながら、それらを貫く大胆な趣向を軸《じく》とした本書は、伝統と革新のあわいを往還しながら新境地に挑み続ける著者の歩みをまさに象徴するかのような一冊なのである。

ところで、ここから先はあくまでも「そういう可能性もある」程度の仮説として読んでいただきたいのだが、冒頭の童話風のパートに登場する「ひげのおじさん」とは何者なのだろうか。髭《ひげ》を生やしていて理屈っぽい性格という特徴だけから推測するのは乱暴かも知れないけれども、初期作品で活躍した信濃譲二のその後の姿と考えることも可能なのではないだろうか。

この推測を否定する材料としては、著者自身が信濃譲二シリーズは完結していてもう書く予定はないと言明していることが挙げられる。だが、『放浪探偵と七つの殺人』講談社文庫増補版の解説で作家の柄刀一《つかとうはじめ》が「信濃譲二は、見える形での足跡は消したようだが、まだどこかを放浪し、鮮やかに謎を解いては皮肉な口調で救いをもたらしていることだろう」と記しているのが私には気になるのだ。読者の皆さんは如何《いかが》お考えだろうか。

本書『安達ヶ原の鬼密室』は二〇〇三年三月、講談社より文庫判で刊行されました。

安達ヶ原の鬼密室

一〇〇字書評

切・り・取・り・線

購買動機（新聞、雑誌名を記入するか、あるいは○をつけてください）

□（　　　　　　　　　　　　　　）の広告を見て
□（　　　　　　　　　　　　　　）の書評を見て
□ 知人のすすめで　　□ タイトルに惹かれて
□ カバーが良かったから　　□ 内容が面白そうだから
□ 好きな作家だから　　□ 好きな分野の本だから

・最近、最も感銘を受けた作品名をお書き下さい

・あなたのお好きな作家名をお書き下さい

・その他、ご要望がありましたらお書き下さい

住所	〒				
氏名		職業		年齢	
Eメール	※携帯には配信できません	新刊情報等のメール配信を 希望する・しない			

この本の感想を、編集部までお寄せいただけたらありがたく存じます。今後の企画の参考にさせていただきます。Eメールでも結構です。

いただいた「一〇〇字書評」は、新聞・雑誌等に紹介させていただくことがあります。その場合はお礼として特製図書カードを差し上げます。

前ページの原稿用紙に書評をお書きの上、切り取り、左記までお送り下さい。宛先の住所は不要です。

なお、ご記入いただいたお名前、ご住所等は、書評紹介の事前了解、謝礼のお届けのためだけに利用し、そのほかの目的のために利用することはありません。

〒一〇一・八七〇一
祥伝社文庫編集長　坂口芳和
電話　〇三（三二六五）二〇八〇

祥伝社ホームページの「ブックレビュー」からも、書き込めます。
http://www.shodensha.co.jp/bookreview/

祥伝社文庫

安達《あだち》ヶ原《はら》の鬼密室《おにみつしつ》

平成 28 年 4 月 20 日　初版第 1 刷発行

著　者　歌《うた》野《の》晶午《しようご》

発行者　辻 浩明

発行所　祥伝社《しようでんしや》

東京都千代田区神田神保町 3-3
〒 101-8701
電話　03（3265）2081（販売部）
電話　03（3265）2080（編集部）
電話　03（3265）3622（業務部）
http://www.shodensha.co.jp/

印刷所　萩原印刷
製本所　関川製本
カバーフォーマットデザイン　芥 陽子

Printed in Japan ©2016, Shōgo Utano ISBN978-4-396-34198-5 C0193

祥伝社文庫の好評既刊

有栖川有栖ほか
まほろ市の殺人

どこかおかしな街「まほろ市」を舞台に、有栖川有栖、我孫子《あびこ》武丸《たけまる》、倉《くら》知淳《ちじゅん》、麻耶《まや》雄嵩《ゆたか》の四人が描く、驚愕の謎！

石持浅海
扉は閉ざされたまま

完璧な犯行のはずだった。それなのに彼女は——。開かない扉を前に、息詰まる頭脳戦が始まった……。

石持浅海
君の望む死に方

「再読してなお面白い、一級品のミステリー」——作家・大倉崇裕《おおくらたかひろ》氏に最高の称号を贈られた傑作！

石持浅海
彼女が追ってくる

親友の素顔を、あなたは知っていますか？　女の欲望と執念が生む、罠の仕掛けあい。最後に勝つ彼女は誰か……。

石持浅海
Rのつく月には気をつけよう

大学時代の仲間が集まる飲み会は、今夜も酒と肴と恋の話で大盛り上がり。今回のゲストは……!?

京極夏彦
厭《いや》な小説　文庫版

パワハラ部長に対する同期の愚痴に、うんざりして帰宅した〝私〟を出迎えたのは!?　そして、悪夢の日々が始まった。

祥伝社文庫の好評既刊

恩田 陸 不安な童話

「あなたは母の生まれ変わり」——変死した天才画家の遺子から告げられた万由子。直後、彼女に奇妙な事件が。

恩田 陸 puzzle〈パズル〉

無機質な廃墟の島で見つかった、奇妙な遺体！ 事故か殺人か、二人の検事が謎に挑む驚愕のミステリー。

恩田 陸 象と耳鳴り

上品な婦人が唐突に語り始めた、象による殺人事件。少女時代に英国で遭遇したという奇怪な話の真相は？

恩田 陸 訪問者

顔のない男、映画の謎、昔語りの秘密——。一風変わった人物が集まった嵐の山荘に死の影が忍び寄る……。

鯨 統一郎 金閣寺に密室《ひそかむろ》 とんち探偵 一休さん

足利義満《あしかがよしみつ》が金閣寺最上層で首吊り自殺。謎解きを依頼された小坊主・一休が辿り着いた仰天の真相とは!?

鯨 統一郎 謎解き道中 とんち探偵 一休さん

同じ寺に寄宿する茜の両親を捜すため、一休は侍の新右衛門と三人で旅に出た。道中で待ち受ける数々の難題。

祥伝社文庫の好評既刊

西村京太郎ほか
不可思議な殺人
西村京太郎・津村秀介・小杉健治・鳥羽亮・日下圭介・中津文彦・五十嵐均・梓林太郎・山村美紗

結城信孝編
緋迷宮《ひめいきゅう》
宮部みゆき・永井するみ・森真沙子・明野照葉・新津きよみ・篠田節子・服部まゆみ・海月ルイ・若竹七海・小池真理子

結城信孝編
蒼《そう》迷宮
小池真理子・新津きよみ・桐生典子・青井夏海・若竹七海・乃南アサ・菅浩江・清水芽美子・篠田真由美・宮部みゆき

結城信孝編
紅《こう》迷宮
唯川恵・柴田よしき・五條瑛・光原百合・桐生典子・篠田節子・森真沙子・小沢真理子・永井するみ・小池真理子

結城信孝編
紫《し》迷宮
乃南アサ・近藤史恵・明野照葉・森青花・松尾由美・加門七海・新津きよみ・麻見展子・黒崎緑・篠田節子

結城信孝編
翠《すい》迷宮
乃南アサ・皆川博子・光原百合・森真沙子・新津きよみ・海月ルイ・藤村いずみ・春口裕子・雨宮町子・五條瑛

祥伝社文庫　今月の新刊

富樫倫太郎
生活安全課0係《ゼロ》　スローダンサー
美男子だった彼女の焼身自殺の真相は？　シリーズ第四弾。

歌野晶午
安達《あだち》ヶ原《はら》の鬼密室
孤立した屋敷、中空の死体、推理嫌いの探偵…著者真骨頂。

はらだみずき
たとえば、すぐりとおれの恋
もどかしく、せつない。文庫一冊の恋をする。

泉　ハナ
外資系オタク秘書
ハセガワノブコの仁義なき戦い
人生の岐路に立ち向かえ！　オタクの道に戻り道はない。

辻堂　魁
うつけ者の値打ち　風の市兵衛
用心棒に成り下がった武士が、妻子を守るため決意した秘策。

辻堂　魁
はぐれ烏《がらす》　日暮し同心始末帖
旗本生まれの町方同心。小野派一刀流の遣い手が悪を斬る。

小杉健治
砂の守り　風烈廻り与力・青柳剣一郎
殺しの直後に師範代の姿を。見間違いだと信じたいが…。

睦月影郎
生娘だらけ
初心だからこそ淫らな好奇心。迫られた、ただ一人の男は。

宇江佐真理
高砂　なくて七癖あって四十八癖
こんな夫婦になれたらいいな。心に染み入る人情時代小説。

佐伯泰英
完本　密命　巻之十二　乱雲　傀儡《くぐつ》剣合わせ鏡
清之助の腹に銃弾が！　江戸で待つ家族は無事を祈る…。

今井絵美子　岡本さとる　藤原緋沙子
競作時代アンソロジー
哀歌《あいか》の雨
哀しみも、明日の糧になる。切なくも希望に満ちた作品集。

風野真知雄　坂岡　真　辻堂　魁
競作時代アンソロジー
楽土《らくど》の虹
幸せを願う人々の心模様を、色鮮やかに掬い取った三篇。